Hermann
Hesse
데미안

데미안

Demian

헤르만 헤세 지음 | 홍성광 옮김

현대문학

차례

머리말

내 속에서 솟아 나오려는 것,
바로 그것을 나는 살아 보려고 했다.
그런데 그것이 왜 그토록 어려웠을까.

내 이야기를 하려면 먼 옛날로 거슬러 올라가야 한다. 할 수만
있다면, 더욱 먼 옛날로 거슬러 올라가 유년 시절의 초기로, 혹
은 더 아득한 조상의 과거로까지 갈 수 있으리라.

작가들은 소설을 쓰면서, 마치 신이라도 되어 누군가의 인생
이야기를 훤히 내려다보고 완벽하게 파악한 것처럼 굴곤 한다.
마치 신이 직접 이야기를 들려주는 것처럼, 그들과 진실 사이에
는 어떤 장벽도 없다는 듯 이야기 전체를 의미심장한 것으로 서

술하곤 한다. 그러나 작가들은 신처럼 이야기할 수 없다. 나도 마찬가지이다. 작가라면 모두 자신의 이야기가 중요하겠지만, 내 이야기는 내게 그 이상으로 중요하다. 바로 나 자신의 이야기이기 때문이다.

한 인간의 이야기, 즉 어떤 만들어진 인물, 있을 수 있는 인물이거나 이상적인 인물, 혹은 그 외의 존재하지 않는 인물이 아니라, 현실적이고 일회적이며 살아 숨 쉬는 한 인간의 이야기이기 때문이다. 물론 오늘날에는 현실적으로 살아 숨 쉬는 인간의 의미를 알기란, 과거 어느 때보다도 더 힘들어졌다. 그런 이유로 자연의 입장에서는 귀중한 일회적 실험 대상인 개개인이, 대규모로 학살당하고 있다. 만약 우리가 아직 일회적인 인간 그 이상이 아니라면, 우리들 각자를 정말 총알 하나로 이 세상에서 완전히 없애 버릴 수 있다면, 인간에 대해 이런저런 이야기를 들려주는 것은 더 이상 의미가 없으리라.

하지만 개개인의 인간은 그 자신일 뿐만 아니라, 일회적이고 매우 특별한, 어떤 경우라도 중요하고 주목할 만한 존재이다. 세상의 여러 현상은 이 지점에서 오직 한 번 서로 교차하며, 결코 다시는 되풀이되지 않는다. 그러므로 각자의 이야기는 중요하고 영원하며 신성하다. 그러므로 개개인은, 각자 어떻게든 살아가며 자연의 의지를 실현한다는 점에서 경이롭고 주목할 만한 가치가 있다. 각 개인의 내면에서 정신은 육신이 되었고, 각 개인은 내면에서 피조물로서 고통스러워하며, 각 개인의 내면에는 하나의 구세주가 십자가에 못 박혀 있다.

오늘날 인간이란 무엇인지 아는 사람은 많지 않다. 많은 사람들이 그런 무지 덕분에 좀 더 쉽게 죽음을 맞이한다. 나 또한 마찬가지로 이 이야기를 다 쓰고 나면, 좀 더 편안히 죽음을 맞이할 것이다.

나는 나 자신을 깨달은 자라고 칭해서는 안 된다. 나는 끝없이 무언가를 찾아 헤매는 구도자였으며, 여전히 그러하다. 하지만 더 이상 별자리나 책에서 답을 구하지 않는다. 나는 내 몸속의 피가 속삭이는 가르침에 귀 기울이기 시작했다. 내 이야기는 유쾌하지 않다. 꾸며낸 이야기들과 달리 달콤하지 않고 짜임새도 없다. 더 이상 자신을 기만하려 하지 않는 모든 사람들의 삶이 그렇듯이, 이 이야기에는 무의미와 혼란, 광기와 몽상의 맛이 배어난다.

한 사람 한 사람의 삶은 자기 자신을 향해 가는 길이다. 그 길을 가려는 시도인 동시에 끊임없이 이어지는 그 좁은 길 자체를 암시하는 것이다. 일찍이 완전히 자기 자신이 되어 본 이는 아무도 없었다. 그럼에도 누구나 자기 자신이 되려고 노력한다. 어떤 사람은 서투르게, 어떤 사람은 좀 더 현명하게 노력하며, 각자 나름대로 최선을 다한다. 누구나 목숨이 다하는 날까지 출생의 흔적, 원초적인 과거의 점액과 알의 껍질을 지니고 산다. 어떤 것은 인간이 되지 못하고 개구리나 도마뱀, 개미의 수준에 머물기도 한다. 어떤 것은 허리 위는 인간이고, 허리 아래는 물고기에 그치기도 한다. 하지만 그 하나하나는 인간이 되라는 마음을 담은 자연이 던진 주사위[*]인 것이다. 그리고 우리 모두는 동일한 기원, 즉 같은 어머니를 갖고 있다. 우리 모두는 동일한 심연에서 나온 것이다. 그러나 그 심연에서 나온 실험 대상이자, 던져진 주사위인 각 개개인은 자신의 독자적인 목표를 향해 노력한다. 우리는 서로를 이해할 수는 있다. 하지만 해석은 각자 자기 자신에 대해서만 할 수 있을 뿐이다.

[*] 이 표현은 니체의 말을 연상시킨다. 니체에 의하면 우리의 삶은 신들의 주사위 놀이이고, 우리의 존재 하나하나는 하늘에 던져졌다가 땅에 떨어진 주사위이다.

1. 두 세계

내 나이 열 살일 때, 조그만 도시의 라틴어 학교에 다니던 시절의 체험담으로 내 이야기를 시작하려고 한다.

그 시절의 내음이 물씬 풍겨와, 내 마음은 슬픔과 기분 좋은 전율에 휩싸인다. 어두운 골목과 밝은 집, 탑, 시계 소리와 사람 얼굴, 안락하고 아늑하며 따스한 방, 유령이 나타날 것만 같은 공포와 비밀로 가득 찬 방, 따뜻하고 좁은 방의 냄새, 토끼와 하녀들의 냄새, 상비약 냄새와 말린 과일 냄새가 난다. 그곳에는 두 세계가 뒤섞여 있었고, 낮과 밤이 그 양 끝에서부터 나왔다.

한 세계는 아버지의 집이었다. 하지만 그 세계는 비좁아서, 실은 우리 부모님만을 내포하고 있었다. 나도 그 세계는 잘 알고 있었다. 그곳은 어머니와 아버지라는 이름의 세계였다. 그 세계는 사랑과 엄격함, 모범과 학교라고도 불렸다. 그 세계에 속하는 것은 은은한 광채, 맑음과 깨끗함이었다. 그곳은 부드럽고 다정한 대화, 깨끗이 씻은 손, 말끔한 옷, 예의범절의 영역이었다. 그곳에서는 아침 찬송가를 불렀고 성탄절을 축하했다. 이 세계에는 미래로 통하는 선과 올바른 길이 있었다. 의무와 책임, 양심의 가책과 참회, 용서와 훌륭한 결심, 사랑과 존경, 성경 말씀과 지혜가 있었다. 맑고 깨끗하며, 아름답고 가지런한 삶을 원한다면 이 세계를 향해야 했다.

반면에 또 하나의 세계는 이미 우리 집 한복판에서 시작되고 있었지만, 완전히 다른 세계였다. 냄새도 달랐고, 사용하는 말도 달랐고, 약속해 주는 것도 요구하는 것도 달랐다. 그 두 번째 세계에는 하녀와 직공들이 있었고, 유령 이야기와 추문들이 있었다. 도살장과 감옥, 술주정꾼과 사람들과 악다구니 쓰는 여인네들, 새끼를 낳는 암소와 쓰러진 말들, 강도의 침입, 살인, 자살과 같은 섬뜩하고도 유혹적이며, 끔찍하고 불가사의한 온갖 다채로운 일들이 있었다. 이러한 거칠고도 잔인한 모든 일이 사방에서, 바로 옆 골목에서, 바로 옆집에서 일어났다. 경찰과 부랑자들이 돌아다니고 있었고, 술주정뱅이들은 자기 아내를 두들겨 팼고, 저녁이면 어린 여공들이 공장에서 떼 지어 쏟아져 나왔다. 노파들은 누군가에게 주문을 걸어 병들게 할 수 있었다. 숲 속에는 도둑들이 살고 있었고, 방화범들은 경찰에게 붙잡혔다. 곳곳에서 이 두 번째의 격렬한 세계가 분출하여 냄새를 풍겼다. 부모님이 사는 우리 집을 제외하고는 말이다. 매우 바람직한 일이었다. 여기 우리 집에 평화와 질서, 고요함이 존재한다는 것, 의무와, 거리낌 없는 양심, 용서와 사랑이 존재한다는 것은 놀라운 일이었다. 그리고 이와는 다른 모든 것, 즉 모든 소란스러운 것과 상스러운 것, 음산한 것과 폭력적인 것이 존재한다는 사실도 놀라운 일이었다. 하지만 나는 그런 것들로부터 단숨에 어머니에게 달아날 수 있었다.

그런데 두 세계가 서로 맞닿아 있으면서, 서로 매우 가까이 함께 있다는 게 가장 이상했다! 예를 들어 우리 집 하녀 리나는 저녁 기도 시간에 거실 문가에 앉아, 깨끗이 씻은 두 손을 가지런히 편 앞치마 위에 얹고 맑은 목소리로 함께 찬송가를 불렀다. 그럴 때 그녀는 아버지와 어머니, 우리들, 즉 밝음과 올바름의 세계에 속했다. 그러나 그 후에 부엌이나 목재 창고에서 내게 머리 없는 난쟁이 이야기를 들려줄 때나, 작은 정육점에서 이웃 아낙네들과 싸움을 벌일 때 그녀는 다른 세계에 속했고, 비밀에 둘러싸여 있었다. 그런데 모든 것이 그랬고, 나 자신이 가장 그러했다. 물론 나는 밝음과 올바름의 세계에 속했고, 내 부모님의 자식이었다. 하지만 어느 방향으로든 눈과 귀를 돌리기만 하면 나는 다른 세계를 느낄 수 있었다. 비록 그것이 종종 낯설고 섬뜩했고, 그곳에서는 줄기차게 양심의 가책을 느끼고 불안했지만, 나는 다른 세계 속에서도 살았다. 심지어 어떤 때는 금지된 세계에서 사는 것을 가장 좋아하기도 했다. 그리고 때로는 밝음의 영역으로 돌아가는 것은, 아무리 당연하고 좋은 일이라 해도, 덜 아름다운 곳, 좀 더 지루하고 황량한 곳으로 돌아가는 것과 거의 다를 바 없었다. 때로는 내 인생의 목표가 우리 아버지와 어머니처럼 밝고 순수하며, 우월하고 질서 있게 살아가는 것임을 잘 알고 있었다. 하지만 그 목표는 아득히 멀어 보였다. 그 목표에 도달하려면 숱한 학교들을 억지로 다니고, 대학 공부를 마치고, 온갖 시험을 치러야 했다. 그러나 그 길은 번번이 또 하나의 좀 더 어두운 세계를 스쳐 지나가거나, 그 중심을 뚫고 지나가는 것이었다. 그러다가 그 세계에 머물면서 그 속으로 가라앉게 될 수도 있었다. 그렇게 된 탕아들의 이야기를 나는 열심히 읽었다. 그 이야기들에서는 늘 아버지와 선한 곳으로 돌아오는 것이 구원이자 위대한 것이었다. 나는 그것만이 올바르고 선한 일이며 바람직하다고 확실히 느끼기도 했다. 그렇지만 그런 이야기에서 악한과 탕아들이 등장하는 대목이 훨씬 더 강하게 내 마음을 붙들었다. 솔직히 고백하자면, 탕아가 뉘우치고 다시 제 길을 찾는 것이 때론 몹시 유감스럽기도 했다. 하지만 그런 말을 입 밖에 내는 것은 고사하고, 생각도 해서는 안 될 일이었다. 그것은 하나의 예감이자 가능성으로 의식의 밑바닥에 잠재하고 있었을 뿐이다. 내가 악마를 상상할 때, 악마는 변장한 모습으로, 혹은 본연의 모습으로 저 아래 거리나 장터나 술집에 있었다. 결코 우리와 함께 집에 있다고는 상상할 수 없었다. 누이들도 마찬가지로 밝은 세계에 속했다. 나는 가끔 나보다도 그들의 본성이 아버지나 어머니와 더 가깝다고 느꼈다. 그들은 나보다 더 착하고 예의 바르며 결점도 없었다. 물론 그들도 나름대로 결점이 있고 나쁜 습관이 있었지만, 그리 심하다고 느낄 만한 정도가 아니었다. 나는 어두운 세계에 그들보다 훨씬 가까이 있었다. 그들은 악과의 접촉이 때로 너무나 힘들고 곤혹스러웠던 나하고는 달랐다. 누이들은 부모님과 마찬가지로 소중히 여겨 존중해야 할 대상이었다. 누이들과 다투었을 때, 나중에 양심에 비추어 보면 늘 잘못이 컸고 용서를 빌어야 할 장본인은 나 자신이었다. 누이들을 모욕하는 것은 부모님과 선함과 명령을 모욕하는 일이었다. 나는 누이들보다는 오히려 구제불능인 거리의 부랑아와 공유할 수 있는 비밀들이 더 많았다. 맑고, 양심에 거리낌이 없는 좋은 날에는 누이들과 놀면서, 착하고 얌전히 그들과 함께 행동하고 착실하고 고상한 빛에 비추어 나 자신을 바라보는 것도 때로는 유쾌했다. 천사가 되는 것이 바로 이런 것이었으리라! 그것은 우리가 생각해 낼 수 있는 최고의 상태였다. 우리는 천사가 된다는 것을 성탄절이나 행복처럼, 밝은 음과 향기에 에워싸인 달콤하고 경이로운 것으로 생각했다. 아, 하지만 그런 순간과 그런 날들은 얼마나 드물었던가! 이따금 나는 놀이를 하다가도, 우리에게 허락된 건전하고 좋은 놀이를 하다가도 누이들에게 심하게 화를 내고 흥분하고 격해지기도 했다. 그러다가 말다툼이 벌어지고 불만이 생겼다. 그러면 나는 화가 치밀어 올라 물불을 가리지 않고 너무나 끔찍한 행동과 말을 하곤 했다. 그렇게 행동하고 말하는 중에도, 이건 구원받기 어렵다는 생각으로 마음속 깊이 뜨끔하기도 했다. 그런 다음에는 후회하고 참회하는 고약하고 우울한 시간이 찾아왔다. 그 후에는 용서를 비는 고통스러운 순간이 이어졌다. 뒤이어 몇 시간 동안, 혹은 잠시 동안 다시 한 줄기 밝은 빛이, 내적 갈등이 없는 고요하고 고마운 행복이 찾아왔다.

나는 라틴어 학교에 다녔다. 시장의 아들과 삼림국장의 아들이 나와 같은 반이었다. 그 두 아이는 이따금 우리 집에 찾아오기도 했다. 그들은 악동들이긴 했지만 선한 세계, 허용된 세계에 속한 아이들이었다. 그렇지만 나는 우리가 평소에 괄시하던 동네 아이들, 즉 공립학교에 다니던 아이들과도 가까운 관계를 맺고 있었다. 그들 중 한 아이에 관한 일로 내 이야기를 시작해야겠다.

열 살이 갓 넘었을 때, 방과 후의 어느 날 오후 나는 이웃의 두 아이와 이리저리 뛰놀고 있었다. 그때 덩치가 좀 더 큰 아이가 다가왔다. 힘도 세고 성격도 거친 열세 살쯤 되는 아이였다. 그는 공립학교에 다니는 재단사의 아들이었다. 그 아이의 아버지는 술주정꾼이라서, 그 집안에 대한 평판이 좋지 않았다. 나는 프란츠 크로머가 어떤 아이인지 잘 알고 있어서, 그가 무서웠다. 그가 우리에게 다가온 것이 내심 달갑지 않았다. 그 애의 태도는 이미 어른스러웠고, 젊은 공장 직공의 걸음걸이와 말투를 흉내 내고 있었다. 우리는 그의 지휘 아래 다리 옆의 강가로 내려갔고, 첫 번째 교각 밑에서 세상으로부터 우리의 몸을 숨겼다. 아치형의 다리 벽과 느릿느릿 흐르는 강물 사이의 좁은 강변은 온통 폐기물,

깨진 조각, 잡동사니, 어지럽게 뒤엉킨 녹슨 철사 뭉치며 다른 쓰레기 더미로 뒤덮여 있었다.

어쩌다가 그곳에서 쓸 만한 물건이 발견되기도 했다. 우리는 프란츠 크로머의 지시에 따라 그곳을 샅샅이 뒤져서, 찾아낸 것을 그에게 보여 주어야 했다. 그러면 그는 그 물건들을 자기 주머니에 집어넣거나, 아니면 강물에 내던져 버렸다. 그 아이는 혹시 납이나 구리 혹은 주석으로 된 물건이 있는지 주의해서 살피라고 했고, 그런 것들은 모두 가로챘다. 또 뿔로 만든 낡은 빗도 마찬가지였다. 나는 그와 같이 있으면 무척 가슴이 답답하고 불안했다. 그 이유는 만일 아버지께서 이런 사실을 알게 되면 이런 교제를 금지할 것임을 알았기 때문이 아니라, 프란츠라는 아이가 무서웠기 때문이다. 하지만 그 아이가 나를 받아들여 다른 아이들과 똑같이 대하는 것은 기뻤다. 그 아이는 명령했고, 그러면 우리는 복종했다. 마치 오랜 습관처럼 생각되었다. 나는 이번에 처음으로 그와 함께였는데도 말이다.

마침내 우리는 바닥에 자리를 잡고 앉았다. 프란츠는 강물에 침을 뱉었다 그의 모습은 어른 같았다. 그는 이빨 사이로 침을 뱉어 어떤 목표에든 명중시켰다. 아이들은 대화를 시작했다. 아이들은 그 나이에 가능한 각종 무용담과 짓궂은 장난질을 저마다 자랑삼아 떠벌였다. 나는 잠자코 있었다. 그렇지만 이런 나의 침묵이 눈에 띄어서 크로머의 노여움을 살 것 같아 두려웠다. 나의 두 동료는 처음부터 나를 따돌리며 크로머를 편들었다. 나는 이들 사이에서 이방인이었고, 내 옷차림과 태도가 그들에게 도발적이라는 걸 느꼈다. 라틴어 학교 학생에다 부유한 집안의 버릇없는 아들인 나를 프란츠가 좋아할 리 없었다. 그리고 다른 두 아이도 여차하면 나를 외면하고 궁지에 빠져도 나를 그냥 내버려두리라는 것도 분명히 알고 있었다.

마침내 나는 불안해서 이야기를 늘어놓기 시작했다. 황당무계한 도둑 이야기를 꾸며내어 나를 주인공으로 만든 것이다. 어느 날 밤 길모퉁이에 있는 방앗간 옆의 과수원에서 친구와 함께 사과가 가득 든 자루를 통째로 훔쳤다고 이야기했다. 그것도 보통 사과가 아니라 순전히 라이네테와 골트파르메네와 같은 최상의 품종이었다고 말했다. 나는 그 순간의 위험을 피하려고 그런 이야기로 도망쳤고, 꾸며내서 하는 이야기는 술술 흘러나왔다. 금방 말문이 막히면 혹시 더 난처해질까 봐, 온갖 재주를 부려 그럴싸하게 들리게 했다. 나는 우리 둘 중 하나가 나무에 올라가 사과를 아래로 던지는 동안 다른 친구는 계속 망을 보아야 했다고 이야기했다. 그런데 자루가 너무 무거워져 할 수 없이 다시 자루를 열고 사과의 절반을 남겨두어야 했지만, 반 시간 후에 다시 돌아와 남은 것을 마저 가져갔노라고 덧붙였다.

이야기를 다 마치고 나는 약간의 박수갈채를 기대했다. 이야기의 끝부분에 가서는 열이 올랐고, 이야기를 꾸며내는 데 도취되었던 것이다. 작은 두 아이는 말없이 기다리기만 했으나, 프란츠 크로머는 실눈을 뜨고 나를 뚫어져라 쏘아보며 위협적인 목소리로 물었다.

"그거 정말이야?"

"그렇다니까." 내가 말했다.

"그게 모두 진짜고 사실이란 말이지?"

"그래, 정말로 사실이야." 고집스럽게 우기기는 했지만, 속으로는 불안해서 숨이 막힐 지경이었다.

"그 말 맹세할 수 있어?"

나는 속으로 뜨끔했지만 즉시 그렇다고 대답했다.

"그럼 하나님한테 맹세한다고 말해 봐!"

나는 말했다. "하나님께 맹세해."

"그래, 좋아." 이렇게 말하고 그는 몸을 돌렸다.

나는 이제 일이 끝났다고 생각해, 그가 곧장 일어나 집으로 돌아가는 길로 접어들자 기뻤다. 우리가 다리 위에 올라왔을 때, 나는 수줍게 이제 집으로 가야겠다고 말했다.

"그렇게 서두를 건 없잖아." 프란츠는 소리 내어 웃었다. "우린 가는 길이 같은데 뭘그래."

그 아이는 느릿느릿 걸었다. 나는 감히 도망칠 수가 없었다. 그런데 그 애는 정말 우리 집 쪽으로 가는 것이었다. 이윽고 집에 다다라 우리 집 대문과 문의 두꺼운 놋쇠 손잡이와, 창문에 비친 햇살과 어머니 방의 커튼을 보았을 때 나는 깊은 안도의 한숨을 쉬었다. 휴, 집에 돌아왔구나! 휴, 이 얼마나 다행스럽고 축복받은 귀가인가. 밝고 평화로운 곳으로 돌아왔어!

얼른 문을 열고 안으로 쏙 들어가 문을 닫으려는 순간 프란츠 크로머가 함께 밀며 집 안으로 들어섰다. 서늘하고 컴컴한 통로는 타일을 깔았는데 마당 쪽에서만 빛이 들어왔다. 그는 통로에서 내 팔을 잡고 곁에 서서 나직하게 말했다.

"너, 그렇게 서두를 건 없잖아!"

나는 공포에 휩싸여 그를 쳐다보았다. 내 팔을 붙잡은 그의 손은 무쇠처럼 단단했다. 속셈이 무엇인지, 혹시 나를 괴롭히려는 것은 아닌지 곰곰 생각해 보았다. 만약 내가 지금 소리를 지르면, 크고 시끄럽게 소리를 지른다면, 누군가 나를 구하러 저 위에서 급히 내려올 것인지 생각해 보았다. 그러나 나는 단념했다.

"왜 그래? 뭘 어쩌겠다는 거야?" 내가 물었다.

"별거 아니야, 그냥 뭐 좀 물어볼 게 있어서 그래. 다른 애들은 상관없는 얘기야."

"그래? 대체, 뭘 더 말하라는 거야? 난 올라가 봐야겠어."

프란츠는 나직이 말했다. "길모퉁이에 있는 방앗간 옆의 과수원이 누구네 것인지 너도 알지?"

"아니, 몰라. 방앗간 주인 거겠지."

프란츠는 내 어깨를 팔로 감아 나를 자기 쪽으로 바짝 끌어당겼다. 그래서 바로 코앞에 닿은 그의 얼굴을 보지 않을 수 없었다. 두 눈은 악의에 차 있었고 심술궂은 미소를 흘렸다. 얼굴에는 잔인한 기운이 넘치고 있었다.

"좋아, 이봐, 그 과수원이 누구네 것인지 가르쳐 주지. 나는 오래전부터 그 집 사과를 도둑맞았다는 걸 알고 있었어. 그리고 그 집 주인이 과일을 훔친 놈을 알려 주는 사람한테 2마르크를 주겠다고 한 사실도 알고 있단 말이야."

"아, 이런!" 나는 소리쳤다. "하지만 설마 주인한테 일러바치진 않을 거지?"

나는 그의 명예심에 호소해 봐야 소용없을 거라고 느꼈다. 그는 다른 세계의 사람이었고, 그에게 배신 따위는 범죄가 아니었다. 이런 문제를 '다른' 세계의 사람들은 우리와는 달리 보았다.

"일러바치지 말라고?" 크로머는 웃음을 터뜨렸다. "이봐, 너는 내가 2마르크 동전을 만들어 낼 수 있는 위폐범이라도 된다고 생각하는 거야? 난 가난뱅이야. 너처럼 돈 많은 아버지도 없단 말이야. 그러니 2마르크를 벌 수만 있다면 무슨 수를 써서라도 벌어야지. 혹시 주인이 더 줄지도 모르지."

그는 갑자기 나를 놓아 주었다. 이제 우리 집 현관에는 더 이상 평화와 안전이라는 느낌이 감돌지 않았다. 내 주위의 세계가 무너져 내리기 시작했다. 그는 나를 일러바치겠지. 내가 죄를 지었다고. 아버지도 아시게 되겠지. 어쩌면 경찰이 나를 찾아올지도 몰라. 혼돈에서 발생한 온갖 공포가 나를 위협했다. 온갖 추악하고 위험한 것들이 한데 뭉쳐 나에게 대적하고 있었다. 내가 훔치지 않았다는 사실은 아무 소용이 없었다. 나는 맹세까지 해 버리지 않았던가. 아, 세상에, 이럴 수가!

눈물이 북받쳤다. 나는 몸값을 치러서라도 곤경을 벗어나야겠다고 느끼고, 필사적으로 주머니를 샅샅이 뒤져 보았다. 그러나 사과도 주머니칼도 없었다. 아무것도 없었다. 그때 문득 시계가 생각났다. 낡은 은시계였는데 가지는 않았다. '그냥 차고 다니는' 것이 좋아서 차고 다녔던 것이다. 할머니께서 유품으로 물려주신 시계였다. 나는 얼른 그것을 풀었다.

나는 말했다. "크로머, 내 말 들어 봐. 날 일러바치면 안 돼. 그러면 네가 잘못하는 거야. 이 시계를 줄게. 자, 봐. 이거야. 미안하지만 이것 말고는 가진 게 없어. 가져도 돼. 은으로 만든 거야. 기계 장치도 좋아. 조금 고장 나긴 했지만, 고치면 될 거야."

그는 미소를 흘리며 커다란 손에 시계를 받아들었다. 나는 그 손을 보고, 우악스러운 그 손이 나에게 깊은 적의를 품고 있으며, 내 생활과 평화를 손아귀에 넣으려 한다는 것을 느꼈다.

"은으로 만든 거야." 나는 수줍게 말했다.

"이런 고물딱지 은시계 따위는 필요 없어!" 그는 경멸하는 투로 말했다. "네가 고치러 보내면 될 거 아냐."

"하지만 프란츠." 나는 그가 그냥 가버릴까 봐 두려워서 외쳤다. "잠깐만 기다려! 이 시계를 받아 줘! 정말 은으로 만든 거야. 진짜란 말이야. 다른 건 아무것도 없어."

그는 경멸하듯 싸늘한 표정으로 나를 바라보았다.

"그러니까 내가 누구한테 갈 건지 아는구나. 거기가 아니면 경찰한테 말할 수도 있어. 경찰 아저씨와는 잘 아는 사이니까."

그는 몸을 돌리고 가려 했다. 나는 그의 옷소매를 잡고 매달렸다. 그가 가서는 안 되었다. 이런 상태로 돌려보내 놓고, 그 뒤에 일어날 온갖 일을 감당하느니 차라리 죽어버리는 편이 훨씬 더 나을 것 같았다.

"프란츠." 나는 흥분한 나머지 쉰 목소리로 애원했다. "제발 그러지 마! 그냥 농담으로 그러는 거지?"

"그래, 농담이야. 하지만 넌 그 때문에 대가를 톡톡히 치러야 할 거야."

"말 좀 해봐, 프란츠! 내가 어떻게 하면 돼? 무슨 일이든 할게!"

그는 실눈으로 나를 찬찬히 훑어보고는 다시 웃음을 터뜨렸다.

"멍청한 소리 하지 마!" 그는 선량한 척하며 말했다. "너도 나처럼 잘 알고 있잖아. 난 지금 2마르크를 벌 수 있어. 너도 알다시피 난 그걸 내버릴 수 있을 만큼 부자가 아니란 말이야. 그런데 넌 부자야. 시계도 가지고 있잖아. 나한테 2마르크만 주면 돼. 그러면 다 잘될 거야."

그가 무슨 말을 하는지 이해했다. 그러나 2마르크라니! 2마르크란 내 능력이 미치지 않는 큰돈이란 점에서 10마르크, 100마르크, 1,000마르크와 마찬가지였다. 나에겐 돈이 없었다. 어머니가 보관하는 저금통이 있기는 했다. 그 안에는 친척들이 오거나 할 때 받은 10페니히나 5페니히 동전 몇 개가 들어 있었다. 내가 가진 돈이라곤 그것뿐이었다. 그 당시 나는 아직 용돈을 받지 않던 것이다.

"난 아무것도 가진 게 없어." 나는 애처롭게 말했다. "돈이 한

푼도 없단 말이야. 하지만 다른 거라면 뭐든지 다 줄게. 나한테는
인디언 책이 있고, 장난감 병정도 있고, 나침반도 하나 있어. 그걸
가져다줄게."

크로머는 뻔뻔하고 심술궂게 입을 씰룩이다 바닥에 침을 내뱉
었다.

"헛소리 집어치워!" 그는 명령하듯 말했다. "그따위 쓰레기는
너나 가져. 나침반이라니! 날 화나게 하지 마. 내 말 잘 들어, 돈
을 가져오란 말이야!"

"하지만 난 돈이 없어. 돈은 절대 얻을 수 없어. 아무리 해도
구할 수 없단 말이야!"

"그럼 내일 2마르크를 가져와. 방과 후에 저 아래 시장에서 기
다릴게. 그럼 얘기는 끝난 거야. 만약 돈을 안 가져오면 어떻게 되
는지 잘 알고 있겠지!"

"알아, 하지만 돈을 어디서 가져오지? 빌어먹을, 돈이 하나도
없는데."

"너희 집에는 돈이 얼마든지 있잖아. 그건 내 알 바 아냐. 그럼
내일 방과 후다. 다시 한 번 말하지만 안 가져오는 날에는……."

그는 무서운 눈초리로 나를 쏘아보더니, 또다시 침을 내뱉고는
그림자처럼 사라져 버렸다.

나는 계단을 올라갈 수도 없었다. 나의 삶은 파멸이나 다름없
었다. 집을 나가서 다시는 돌아오지 말까? 물에 빠져 죽어 버릴
까? 별별 생각이 들었다. 하지만 그렇게 한다면 어떻게 될지 잘

알 수 없었다. 나는 계단 맨 아래의 어두운 곳에 쭈그리고 앉아 불행에 나 자신을 내맡기고 있었다. 그때 가정부 리나가 장작을 가지러 바구니를 들고 내려오다가 울고 있는 나를 발견했다.

나는 그녀에게 위층에 가서 아무 이야기도 하지 말라고 사정한 뒤 계단을 올라갔다. 유리문 곁에 있는 옷걸이에는 아버지의 모자와 어머니의 양산이 걸려 있었다. 이 물건들을 보니 고향에 온 것처럼 마음이 편안해졌다. 마치 탕아가 고향에 돌아와서 옛날 방들을 둘러보고 그 냄새를 맡고 그러듯이, 나도 간절한 마음으로 그것들을 보고 고맙다는 인사를 했다. 하지만 이 모든 것은 이제 나의 것이 아니었다. 그 모든 것은 아버지와 어머니의 밝은 세계에 속하는 것이었다. 나는 큰 죄를 지어 낯선 세계의 홍수에 잠기고, 모험과 죄악에 휘말려 위험과 불안과 치욕을 기다리며 적의 위협을 받고 있었다. 모자와 양산, 오래되고 질 좋은 사암 바닥, 현관의 장식장 위에 걸린 커다란 그림, 그리고 안쪽 거실에서 들려오는 누이들의 목소리, 이 모든 것이 어느 때보다도 더 사랑스럽고 다정하며 소중하게 느껴졌다. 하지만 그것은 더 이상 위로가 되지 않았고, 확실한 나의 소유물도 아니었다. 이 모든 것이 나를 비난하는 것 같았다. 그것은 이제 모두 나의 것이 아니었고, 나는 더 이상 밝고 고요한 그곳에 끼어들 수 없었다. 나의 발에는 매트에 문질러도 털어 버릴 수 없는 더러운 흙이 묻어 버렸다. 나는 고향의 세계가 전혀 알지 못하는 그림자를 끌고 왔던 것이다. 이전에도 비밀이 많았고, 자주 두려움에 떨기도 했지만,

그런 것은 오늘 내가 집 안으로 안고 온 것에 비하면 어린애 놀이이고 장난에 지나지 않았다. 나는 운명에 쫓기고 있었다. 나를 휘어잡는 운명이 나를 향해 손을 뻗치고 있었다. 어머니도 그 손들로부터 나를 지켜 줄 수 없었고, 또 그런 일에 대해서는 알아서도 안 되었다. 이제 나의 범죄가 도둑질을 한 것이든 거짓말을 한 것이든(나는 하나님께 거짓 맹세까지 하지 않았던가?) 그것은 중요하지 않았다. 나의 죄는 특별히 이런저런 짓을 했다는 것이 아니라, 악마의 손을 잡았다는 사실 그 자체였다. 왜 나는 그들을 따라갔던가? 왜 나는 지금까지 아버지 말을 듣는 것 이상으로 크로머의 말을 순순히 따랐던가? 왜 나는 도둑질을 했다고 거짓말을 지어냈을까? 왜 마치 영웅적인 행위라도 되는 양, 꾸며낸 범죄를 자랑스레 떠벌였을까? 이제 나는 악마의 손아귀에 잡히고 말았다. 이제 적이 내 뒤를 따라다니게 된 것이다.

내일 일어날 일은, 이제 나의 앞길이 암흑 속으로 점점 깊이 빠져들 거라는 끔찍한 사실에 비하면 덜 무섭다는 생각이 얼핏 들었다. 나는 지금 내가 저지른 잘못에는 새로운 잘못이 계속 이어지기 마련이라는 사실을 절실히 느꼈다. 시치미를 떼고 누이들 앞에 나타나는 것도 부모님께 하는 인사나 입맞춤도 거짓이 되고, 나만 아는 운명과 비밀을 가슴 깊이 숨기고 살아가게 되리라는 것을.

아버지의 모자를 유심히 바라보고 있자니 일순간 마음속에 신뢰와 희망이 솟아올랐다. 아버지께 죄다 털어놓으리라. 아버지께서 내리는 판결을 따르고, 아버지께서 내리는 벌을 달게 받으리라. 아버지께 내 사정을 털어놓고 도움을 받으리라. 이러한 것은 내가 몇 번이고 견뎌낸 참회의 하나에 불과하리라. 쓰라리고 힘든 한순간, 진심으로 후회하며 힘들게 용서를 비는 것에 불과하리라.

이런 생각은 얼마나 달콤하게 들렸던가! 얼마나 아름다운 유혹이었던가! 하지만 아무 소용없는 일이었다. 나는 내가 그럴 수 없다는 것을 뻔히 알고 있었다. 나는 지금 비밀을, 나 혼자서 뒷감당해야 할 죄를 짊어지고 있음을 잘 알고 있었다. 어쩌면 지금이야말로 내 인생의 갈림길일지도 몰랐다. 어쩌면 이 순간을 기점으로 영원히 악의 세계에 몸을 담고, 악한 사람들과 비밀을 공유하고, 그들에 의해 조종되고, 그들의 말에 따르고, 그들과 같은 무리가 되어야 하리라. 나는 어른인 척하며 영웅 행세를 했었다. 이제 그로 인한 결과를 감당해야만 했다.

방으로 들어섰다. 아버지께서 젖은 신발을 보고 야단친 것이 나에게는 다행이었다. 그 때문에 아버지의 관심이 다른 곳으로 빗나가서, 정작 더 나쁜 상황은 눈치채지 못하셨다. 속으로 그 일이 아닌 다른 일로 꾸중을 듣는다 생각하자, 그 정도의 꾸지람은 견딜 수 있었다. 그때 내 마음속에서 문득 야릇하고 새로운 감정이 나를 사로잡았다. 그것은 온통 가시가 돋친 심술궂고 통렬한 감정이었다. 내가 아버지보다 우월하다는 느낌이 든 것이다! 일순간 나는 아버지의 무지에 대해 무어라 말할 수 없는 경멸감을 느졌다. 장화가 젖었다고 나무라는 아버지가 측은해 보였다. '아버지가 만약 이 사실을 아신다면!' 사실은 살인을 자백해야 할 판에 빵 한 조각을 훔친 혐의로 심문당하는 범죄자가 된 심정이었다. 그것은 흉측하고 역겨운 감정이긴 했다. 하지만 그 감정은 강렬했고, 깊은 매력이 있었으며 다른 어떤 생각보다도 더 단단하게 나를 나의 비밀과 죄에 결박해 버렸다. '아마 크로머 녀석은 지금쯤 경찰을 찾아가 나를 고발했을 테지.' 나는 생각했다. '폭풍우가 내 머리 위에 몰려와 있는데, 나는 여기서 어린아이로 취급받고 있어.'

지금까지 이야기한 모든 체험 중에서 그 순간이 가장 중요하고 오랫동안 기억 속에 남았다. 아버지의 신성한 이미지에 처음으로 금이 갔고, 나의 유년 시절을 떠받쳐 주던 기둥에 처음으로 상처가 난 것이다. 그러나 누구든 자기 자신이 되려면 그 기둥을 파괴할 수밖에 없다. 우리들 운명의 내적이고 본질적인 선線은 아무에게도 보이지 않는 이런 체험으로 이루어지고 있다. 그런 금과 베인 상처는 다시 아물고 치료되어 잊혀진다. 그러나 그것은 마음속 가장 비밀스러운 곳에서 계속 살아남아 피를 흘리는 것이다.

나는 그 새로운 느낌이 곧 무서워졌다. 즉시 아버지 앞에 엎드려서 발에 입을 맞추고 용서를 빌고 싶었다. 그러나 본질적인 것에는 용서를 빌 수 없는 법이다. 그쯤은 어린애라도 그 어떤 현인 못지않게 충분히 느낄 수 있을 것이다.

나는 내 문제를 곰곰 생각해서 내일의 대책을 강구해야 했다. 그러나 그럴 시간이 없었다. 저녁 내내 나는 싹 달라져 버린 거실의 느낌에 익숙해지느라 정신이 없었다. 벽시계와 테이블, 성경과 거울, 책장과 벽에 걸린 그림들이 내게 흡사 이별을 고하는 것 같았다. 나의 세계, 나의 좋았던 행복한 생활이 과거의 것이 되어 내게서 떨어져 나가는 광경을 얼어붙는 마음으로 그냥 지켜보아야 했다. 그리고 어둡고 낯선 바깥 세계에서, 새롭고 흡수력이 강한 뿌리에 나 자신을 단단히 얽어매어 붙잡혀 있다는 느낌을 갖지 않을 수 없었다. 처음으로 죽음을 맛보았다. 그 죽음의 맛은 쓰디썼다. 죽음은 일종의 탄생이며, 두려운 새 삶에 대한 불안이자 두려움이기 때문이었다.

마침내 잠자리에 눕게 되자 나는 기뻤다! 바로 전에 저녁 기도 시간이 마지막 정죄淨罪의 불길처럼 내 몸 위를 스쳐 지나갔다. 게다가 우리는 내가 제일 좋아하는 노래 중 하나인 찬송가도 불렀다. 아, 나는 차마 함께 따라 부를 수 없었다. 모든 음이 내게는 쓸개즙이자 독약이었다. 아버지가 축복의 말을 하고 "저희 모두와 함께 하소서!"라며 기도를 끝낼 때, 나는 같이 기도할 수 없었다. 그때 경련이 일어나 나를 그들로부터 떼어내 버렸다. 하느님의 은총이 식구들 모두에게 내렸으나, 나와는 더 이상 함께하지 않았다. 추위를 느끼고 몹시 지친 나는 가족들에게서 떠났다.

잠시 침대에 눕자 따뜻함과 편안함이 나를 기분 좋게 감싸왔지만, 마음은 다시 불안해졌고 지나간 일에 대한 두려운 생각이 마음속에 맴돌았다. 어머니는 언제나처럼 잘 자라고 말해 주셨다. 어머니의 발소리가 남긴 여운이 아직 방 안에 계속 울리고 있었고, 어머니가 들고 있는 촛불의 빛이 여전히 문틈으로 비치고 있었다. '지금이다'라는 생각이 들었다. '지금 어머니는 다시 한 번 돌아오실 거야. 어머니는 눈치채신 거야. 어머니는 내게 입맞추고 희망을 주며 자비롭게 물으시겠지. 그럼 난 울어 버릴 것이고 내 목구멍에서 응어리진 것이 녹아내릴 거야. 그러면 나는 어머니를 와락 껴안고 말하겠지. 그러면 모든 것이 잘되고 나는 구원받을 텐데!' 문틈에서 반짝이는 불빛이 이미 사라진 뒤에도 나는 한참 동안 귀를 기울이며, 그렇게 되기를, 반드시 그렇게 될 거라고 생각했다.

그다음 나는 내 문제로 되돌아와 적을 똑바로 바라보았다. 크로머의 모습이 또렷이 보였다. 한쪽 눈은 실눈을 뜨고, 입가에는 야비한 웃음을 짓고 있었다. 그의 눈을 뚫어져라 바라보며 그를 피할 수 없다는 확신이 들자, 그는 점점 더 커지고 흉측해졌다. 그의 사악한 눈은 악마의 눈처럼 번득였다. 나는 잠이 들 때까지 그에게 시달렸다. 그러나 꿈에 나타난 건 그도 아니고 오늘 있었던 일도 아니었다. 꿈에서는 우리들, 부모님과 누이들과 내가 배를 타고서 온통 휴일의 평화와 즐거움에 에워싸여 있었다. 한밤중에 깨어났을 때도 꿈속의 행복이 여운으로 남아 있었고, 누이들의 흰 여름옷이 희미하게 햇빛에 반짝이는 모습이 눈에 아른거렸다. 나는 그러한 모든 낙원으로부터 다시 현실 속으로 떨어져서 사악한 적의 눈과 마주하게 되었다.

　다음 날 아침, 어머니께서 "늦었구나. 왜 아직 잠자리에 누워 있니?"라고 소리치며 급히 달려왔을 때, 나는 아픈 시늉을 했다. 어머니가 어디가 좋지 않은지 묻자 나는 그만 토하고 말았다.

　토하고 나자 뭔가 유리해진 것 같았다. 나는 몸이 약간 아플 때면 아침 내내 카밀레 차를 마시고 누워, 어머니가 옆방을 청소하는 소리, 바깥 현관에서 리나가 정육점 주인과 주고받는 말에 귀 기울이는 것을 무척 좋아했다. 수업이 없는 오전은 동화 속의 세계처럼 매혹적이었다. 방 안에 어른어른 비치는 햇살도 녹색 커튼이 드리운 학교의 햇살과는 달랐다. 하지만 오늘은 그것마저 거짓인 것 같아서 조금도 기쁘지 않았다.

　그래, 차라리 죽어 버릴 수 있다면! 그러나 나는 전에도 자주 그랬듯이 그저 몸이 약간 찌뿌듯할 뿐이었다. 그 정도 아픈 것으로는 그다지 도움이 되지 않았다. 아프면 학교에야 가지 않아도 괜찮았지만, 그렇다고 11시에 시장에서 나를 기다릴 크로머를 만나지 않을 도리는 없었다. 어머니의 다정한 말도 오늘은 아무런 위안이 되지 않았다. 오히려 성가시고 마음만 아플 뿐이었다. 나는 곧 다시 잠든 척하며 깊이 생각에 잠겼다. 아무리 생각해 보아도 뾰족한 수가 없었다. 11시에는 시장에 가 있어야 한다. 그래서 10시가 되자 살그머니 자리에서 일어나, 이제 좀 나아졌다고 말했다. 이런 경우에는 으레 그렇듯이, 다시 누워 있든지 아니면 학교에는 오후에 가라고 말씀하신다. 나는 학교에 가겠다고 했다. 계획이 하나 서 있었던 것이다.

돈 없이 크로머를 만나러 갈 수는 없었다. 내 것으로 되어 있는 조그만 저금통을 손에 넣어야 했다. 그걸로는 돈이 모자랐고 어림도 없다는 것을 잘 알고 있었다. 그래도 조금은 채운 셈이다. 조금이라도 있다는 것은 전혀 없는 것보다야 나을 것이고, 최소한 크로머를 달래기라도 해야겠다고 생각했던 것이다.

양말만 신은 발로 살그머니 어머니 방으로 들어가 책상에서 저금통을 집어 들었을 때는 기분이 좋지 않았다. 그러나 어제 일어난 일만큼 나쁘지는 않다는 생각이 들었다. 가슴이 숨 막힐 정도로 격하게 고동쳤다. 계단을 내려와 자물쇠가 달린 저금통을 처음 발견했을 때도 여전히 가슴은 뛰었다. 저금통은 아주 쉽게 열렸다. 얇은 양철 격자만 뜯어내면 끝이었다. 하지만 그러자니 마음이 아파왔다. 비로소 진짜 도둑질을 한 셈이었으니까. 지금까지는 사탕이나 과일 따위를 훔친 것이 고작이었다. 그런데 이번에는 비록 내 돈이긴 하지만 도둑질을 한 것이었다. 크로머와 그의 세계에 다시 한 걸음 더 다가가는구나, 이렇게 조금씩 내리막길을 걷는구나, 하고 생각했다. 그리고 그에 대해 반항했다. 악마가 나를 데려간다 해도, 이제 다시 되돌아갈 수는 없었다. 나는 불안한 심정으로 돈을 헤아렸다. 통 안에 들어 있을 때는 돈이 가득 든 것 같은 소리가 났는데, 막상 손에 쥐고 보니 한심할 정도로 적은 액수였다. 고작 65페니히뿐이었다. 나는 저금통을 지하실에 숨기고, 돈은 손에 꼭 쥔 채 집을 나섰다. 일찍이 이런 심정으로 집을 나선 적이 없었다. 위층에서 누군가가 부르는 소리가 들리는 것 같았지만 급히 집을 떠났다.

시간은 아직 충분했다. 나는 일부러 먼 길을 돌아서 갔다. 지금까지 본 적이 없는 구름 낀 하늘 아래, 이제 바뀌어 버린 도시의 골목길을 통과하고, 나를 유심히 바라보는 집들과, 나를 미심쩍은 눈으로 쳐다보는 사람들을 지나갔다. 가는 도중에 언젠가 학교 친구 한 명이 가축시장에서 1탈러를 주웠다고 했던 말이 떠올랐다. 하나님이 기적을 일으켜서 내게도 그런 기적을 허락해 달라고 기도하고 싶은 심정이었다. 하지만 나는 이제 기도할 권리도 없었다. 비록 그럴 권리가 있다 한들 내 저금통이 다시 원래대로 되지는 못할 것이다.

프란츠 크로머는 멀리서 내 모습을 알아보았다. 그러나 그는 일부러 아주 천천히 다가왔고, 나 따위에는 신경 쓰지 않는 척했다. 그는 가까이 다가와서 따라오라는 눈짓을 하고, 한 번도 뒤돌아보지 않고 유유히 걸어갔다. 슈트로가세 가를 내려간 후 좁은 판자 다리를 건너, 마침내 주택가가 끝나는 변두리의 신축 건물 앞에 멈추어 섰다. 그곳에는 일하는 사람이 없었다. 아직 문도 창문도 달리지 않은 벽들은 벌거벗은 모습이었다. 크로머는 주위를 두리번거리다 문으로 들어갔고 나도 뒤따라 들어갔다. 그는 벽 뒤로 가더니 눈짓으로 나를 가까이 오라고 불렀다. 그러고는 불쑥 손을 내밀었다.

"갖고 왔어?" 그는 차갑게 물었다.

나는 꼭 쥔 손을 주머니에서 빼내 그의 펼친 손바닥에 돈을 쏟아 놓았다. 마지막 5페니히 동전이 딸랑 하고 손바닥에서 채 떨어지기도 전에 그는 이미 셈을 끝냈다.

　"65페니히인걸." 그는 내 얼굴을 쳐다보았다.

　"그래." 나는 민망해하며 말했다. "이게 내가 가진 전부야. 충분하지 않다는 건 잘 알아. 하지만 이게 다야. 더 이상은 없어."

　"좀 더 똑똑한 녀석인 줄 알았는데." 그는 상냥하다고 해도 틀리지 않을 어조로 나를 나무라며 야단쳤다.

　"의리 있는 사나이들끼리는 일을 똑바로 처리해야지. 너도 알다시피, 난 너에게서 부당한 돈을 챙기려는 게 아니야. 이 니켈 동전은 도로 가져가. 자! 너도 누군지 알겠지만, 다른 사람 같으면 값을 깎으려 하지는 않아. 제 값을 낼 거야."

　"하지만 이것밖에 없어. 이게 내 저금통에 들어 있던 전부야."

　"그건 네 사정이지. 하긴 나도 널 불행하게 할 생각은 없어. 넌 아직 나한테 빚이 1마르크 35페니히 있어. 그건 언제 줄 거야?"

　"아, 꼭 줄게, 크로머! 지금 당장은 모르겠지만, 아마 내일이나 모레쯤은 더 많이 가져올 거야. 이런 일을 아버지한테 말할 수 없다는 것은 너도 이해하겠지."

　"그런 건 내가 알 바 아냐. 난 너에게 손해를 입히려는 게 아니야. 알다시피, 난 내 돈을 정오까지 얼마든지 받아낼 수 있다고. 그리고 난 가난해. 넌 멋진 옷을 입고 다니고, 나보다 더 좋은 점심을 먹어. 하지만 난 일러바치지는 않겠어. 어쨌든 조금 더 기다려 주지. 모레 오후에 휘파람으로 신호를 할게. 그땐 제대로 가져 와야 해! 내 휘파람 소리는 알고 있지?"

그는 내게 휘파람을 불어 보였다. 여러 번 들었던 소리였다.

나는 말했다. "응, 알고 있어."

그는 나와 아무 관계가 없다는 듯 떠나가 버렸다. 그것은 우리 들 사이에 있었던 하나의 거래였고, 다른 그 무엇도 아니었다.

나는 지금도 크로머의 휘파람 소리가 갑자기 들려오면 깜짝 놀랄 것 같다. 그때부터 그 소리를 자주 듣게 되었고 계속해서 줄곧 들어온 것 같다. 어디에 있든, 무엇을 하며 놀고 어떤 일을 하든지 이 휘파람 소리가 빠짐없이 뚫고 들어왔다. 나는 휘파람 소리의 노예가 되었고, 그것은 이제 나의 운명이 되었다. 주위의 초목이 오색 빛깔로 물드는 청명한 가을날의 오후가 되면, 나는 내가 좋아하는 우리 집의 조그만 화단에서 놀곤 했다. 그럴 때 면 미묘한 충동이 일어나 어린 시절에 하던 소년들의 놀이를 다 시 해보기도 했다. 말하자면 나보다 어린, 아직 착하고 자유롭고 천진난만하여 보호받는 소년의 역할을 한 것이었다. 그러나 한창 즐겁게 놀고 있을 때면, 늘 예상하면서도 막상 닥치면 몹시 당황 하고 깜짝 놀라게 만드는 크로머의 그 휘파람 소리가 어디선가 울려와, 놀이를 망치고 내 환상을 깨뜨려 버렸다. 그럴 때면 나는 정원을 떠나야 했고, 못살게 구는 그를 따라 그 사악하고 지긋지 긋한 곳으로 가야 했다. 나는 돈을 가져오지 못한 사정을 이야기하고 빚 독촉을 받아야 했다. 그런 일이 몇 주 동안이나 계속되지는 않았다. 그렇지만 내게는 몇 년처럼, 아니, 영원히 계속된 것처럼 느껴졌다. 나는 돈이 있을 때가 드물었다. 기껏해야 5페니히나 10페니히 동전이 있었는데, 리나가 장바구니를 근처에 놔두었을 때 훔쳐낸 것이었다. 그때마다 크로머는 나를 야단쳤고 점점 더 경멸했다. 내가 그를 속이고 그의 정당한 권리를 빼앗고, 그의 몫을 가로채고, 그를 불행하게 만든다고 비난했다. 내 평생 이보다 더 큰 고통에 시달린 적이 없었고, 이보다 더 절망하고 이보다 더 남에게 종속된 적이 없었다.

저금통은 그 속에 장난감 돈을 채워 제자리에 놓아두었다. 아무도 묻지 않았지만, 언제라도 발각될지 모른다는 생각이 뇌리를 떠나지 않았다. 크로머의 야비한 휘파람 소리보다, 어머니가 살며시 내 방으로 다가올 때 더 무서웠다. 저금통에 대해서 물어보려고 오시는 게 아닐까? 하는 생각 때문이었다.

돈이 없는 채로 악마를 만나는 일이 자꾸 되풀이되자, 그는 다른 방식으로 나를 괴롭히고 이용하기 시작했다. 나는 그를 대신해서 일을 해줘야 했다. 그의 아버지가 그에게 이런저런 심부름을 시키면 대신 해야 했다. 아니면 10분 동안 한 발로 뜀뛰기를 시키거나, 지나가는 사람의 상의에 종이쪽지를 붙이게 하는 등, 나로서는 무언가 힘든 일을 시키기도 했다. 나는 몇 날 밤 꿈속에서 이런 고역을 치르고, 악몽을 꾸며 땀에 흥건히 젖기도 했다.

나는 한동안 병이 났다. 걸핏하면 토했고 곧잘 오한이 났지만,

밤이면 열이 나서 땀을 뻘뻘 흘렸다. 어머니는 무언가 잘못되었다고 느끼고 내게 관심을 많이 주셨다. 하지만 나는 신뢰하는 어머니가 묻는 말에 대답할 수 없었기에 더욱 괴로웠다.

한번은 어느 날 밤 내가 잠자리에 들었을 때, 어머니가 초콜릿을 가져다주셨다. 이전에 착한 일을 하면 잠들기 전에 이런 선물을 받았던 기억이 났다. 이제 어머니는 그 자리에 서서 내게 초콜릿을 내밀고 있었다. 나는 너무 괴로운 마음에 고개만 절레절레 내저었다. 어머니는 어디가 불편한지 묻고 내 머리를 쓰다듬어 주었다. 나는 단지 "아니에요! 필요 없어요! 아무것도 필요 없어요!"라고만 거칠게 내뱉었다. 어머니는 초콜릿을 협탁 위에 놓고 나가셨다. 다음 날 어머니가 어제 왜 그랬냐고 캐물었을 때 나는 그 일을 전혀 모르는 척했다. 한번은 어머니가 의사를 데려오셨다. 의사는 나를 진찰하더니 아침마다 냉수마찰을 하라고 처방했다.

그 시절 나는 일종의 정신착란에 시달리고 있었다. 나는 우리 집안의 질서 잡힌 평화 속에서 기죽고 고통받으며 마치 유령처럼 살았다. 다른 사람들의 생활에 관여하지 않았고, 단 한 시간도 나 자신을 떠올리지 않을 수 없었다. 가끔 화를 참지 못하고 내게 따져 물었던 아버지에게도, 나는 마음의 문을 닫고 냉담하게 대했다.

2. 카인

내 고민에 대한 구원의 손길은 전혀 예상치 못한 곳에서 왔다. 동시에 무언가 새로운 요소가 삶 속으로 들어왔고, 그 영향은 지금까지 계속되고 있다.

얼마 전 우리 라틴어 학교에 새로운 학생이 들어왔다. 우리 도시로 이사 온 어느 부유한 미망인의 아들이었는데, 옷소매에 검은 상장喪章을 두르고 있었다. 그는 나보다 한 학년 위였고 나이도 몇 살 더 많았지만, 모든 학생들에게 그랬듯이 이내 내 눈에도 띄었다. 어딘가 남다른 데가 있는 이 학생은 겉보기보다 훨씬 나이가 들어 보였고, 사실 누구에게도 소년이라는 인상을 주지 않았다. 어린애 같은 우리들과 비교해 보면 그는 좀 낯설고 성숙해 보였고 어른처럼, 아니 오히려 신사처럼 보였다. 그렇다고 그가 인기 있었던 것은 아니었다. 그는 우리들이 하는 놀이에 끼어들지 않았고 더구나 싸움질에는 가담도 하지 않았다. 다만 선생님을 대할 때 자신 있고 단호한 목소리로 말했고, 다른 학생들은 그런 면모를 마음에 들어 했다. 그의 이름은 막스 데미안이었다.

어느 날, 우리 학교에서는 흔히 있는 일이었지만, 이유는 몰라도 다른 반 아이들이 우리 반의 교실에 들어왔다. 데미안의 반이었다. 우리 하급 학생들 수업은 성경이었고, 상급 학생들 수업은 작문이었다. 카인과 아벨의 이야기를 주입당하면서, 나는 데미안 쪽을 자주 바라보았다. 나는 영리하고 총명하며 단호한 그의 얼굴을 유심히 살펴보았다. 그의 얼굴은 내게 유난히 매력적이었다. 그는 고개를 숙이고 주의 깊게, 야무진 모습으로 열심히 자기 일을 하고 있었다. 그 모습은 과제를 처리하는 학생이라기보다는 자신의 문제에 전념하는 연구자 같았다. 사실 데미안은 내게 호감을 주는 편은 아니었고 오히려 왠지 거부감을 주는 구석이 있었다. 그는 너무 월등하고 냉정해 보였다. 그의 태도는 본질적으로 지나치게 도전적이라 할 만큼 차분했다. 아이들이 결코 좋아하지 않는 어른스러운 표정에, 그의 눈은 뜻 모를 애수를 띠고 있었고, 그 안에는 빈정대는 듯한 광채가 번득였다. 그렇지만 좋든 싫든 나는 줄곧 그를 바라보지 않을 수 없었다. 그러면서도 그가 내 쪽으로 눈길을 돌리면 화들짝 놀라 얼른 눈길을 피했다. 그 당시 그가 학생으로서 어떤 모습이었는지 지금 돌이켜보면, 그는 모든 면에서 다른 학생들과 달랐고, 완전히 독자적이고 개성적인 특징이 뚜렷이 드러났다. 그는 남들 눈에 띄지 않으려고 온갖 노력을 다했지만, 그 때문에 더 눈에 띌 수밖에 없었다. 그의 태도는 시골 아이들 틈에 있으면서 그들과 똑같아 보이려고 갖은 애를 쓰는 변장한 왕자 같았다.

학교에서 돌아오는 길에 그가 내 뒤를 따라왔다. 다른 아이들이 뿔뿔이 흩어져 갔을 때, 그는 내 뒤를 쫓아와 인사말을 건넸다. 우리 어린 학생들의 말투를 따라하려고는 했지만 매우 어른스럽고 정중했다.

"우리 잠시 함께 걸을까?" 그가 다정하게 물었다. 나는 기분이 우쭐해져서 고개를 끄덕였다. 그러고는 내가 사는 곳에 대해 자세히 설명해 주었다.

"아, 거기 말이니?" 그는 미소를 띠며 말했다. "내가 이미 아는 집이구나. 너의 집 대문 위에 색다른 게 있지. 그것을 보자마자 관심이 갔어."

나는 그가 무엇을 말하는지 금방 알아채지 못했다. 그가 나보다 우리 집을 더 잘 아는 것 같아 깜짝 놀랐다. 대문 위에 있는 아치형의 홍석虹石에는 일종의 문장紋章이 새겨져 있었는데, 세월이 가면서 닳아서 몇 번이고 새로 칠했다. 내가 알기로는, 우리 가족이나 가문과는 아무런 관계도 없는 것이었다.

"그것에 대해선 난 아무것도 몰라." 나는 수줍게 말했다. "그건 새이거나 아니면 새 비슷한 것 같은데, 틀림없이 굉장히 오래되었을 거야. 그 집은 예전에 한때 수도원의 일부였대."

"그럴 수도 있지." 그는 고개를 끄덕였다. "한번 잘 살펴봐! 그런 것들은 가끔 아주 재미있을 수도 있어. 그건 새매일 거야."

우리는 계속 걸어갔다. 나는 깊이 생각에 잠겨 있었다. 별안간 데미안은 무슨 재미있는 일이라도 떠오른 듯 웃음을 터뜨렸다.

"그래, 아까 너희 반에서 같이 수업을 받았지." 그는 활기차게 말했다. "그때 이마에 표지標識를 단 카인의 이야기를 했었지, 그렇지? 그 이야기가 마음에 들었니?"

아니, 마음에 들지 않았다. 우리가 배워야 했던 내용이 내 마음에 든 때는 거의 없었다. 그러나 나는 마치 어른과 이야기하고 있는 것 같아서 감히 그대로 말할 수 없었다. 그래서 그 이야기가 무척 마음에 든다고 말했다.

데미안은 내 어깨를 툭 쳤다.

"이봐, 그럴듯하게 꾸며서 말할 필요 없어. 하지만 그 이야기는 정말 주목해 볼 만해. 우리가 수업 시간에 배우는 대부분의 다른 이야기들보다 훨씬 생각해 볼만 하지. 선생님은 그 이야기에 대해 아주 자세히 말해 주지는 않더군. 단지 하느님과 죄 등에 대한 일반적인 이야기만 하셨어. 하지만 내 생각에는……."

그는 말을 중단하고 미소를 띠며 물었다. "너, 이런 이야기가 재미있니?"

그는 말을 계속했다. "그래, 내 생각에는 말이야, 카인에 대한 이야기를 완전히 다르게 해석할 수도 있어. 물론 우리가 배우는 것들은 대부분 완전히 진실이고 올바르다고 볼 수 있어. 하지만 그것들 모두 선생님과는 다른 시각에서도 볼 수 있어. 그러면 대부분은 훨씬 이해가 잘되지. 예를 들어, 어떤 사람은 카인과 그의 이마에 찍힌 표지에 대해 뭔가 불만을 좀 가질 수도 있고, 그것을 우리에게 설명해 주는 방식에도 만족하지 않을 수 있어. 너도 그렇게 생각하지 않니? 어떤 사람이 싸우다가 동생을 돌로 쳐 죽이는 일은 얼마든지 일어날 수 있고, 나중에 더럭 겁이 나서 후회하는 일도 충분히 가능해. 하지만 그가 겁이 많다고 해서 그에게 특별한 훈장을, 그를 지켜 주고 다른 모든 사람을 겁주는 훈장을 주어 표창한다는 것은 상당히 이상하지 않니?"

"그건 그래." 나도 흥미를 느끼며 말했다. 그 문제에 마음이 사로잡히기 시작했다. "하지만 그 이야기를 달리 어떻게 해석한다는 거지?"

데미안은 내 어깨를 툭 쳤다.

"아주 간단해! 이 이야기의 맨 처음에 존재하면서 이야기를 시작하게 한 것은 그 표지야. 어떤 사람이 있었는데, 그의 얼굴에는 다른 사람들을 겁나게 만드는 무엇이 있었어. 사람들은 감히 그를 건드리지 못했어. 그와 그의 자손들은 사람들에게 깊은 인상을 주었지. 아마, 아니 틀림없이, 그건 우편물에 찍는 소인처럼 정말 이마에 찍힌 표지은 아니었을 거야. 세상에는 그처럼 거칠게 표현되는 일은 좀체 없거든. 오히려 그것은 쉽게 알아채기 힘든 뭔가 무시무시한 느낌을 주는 것이었겠지. 보통 사람들 기준보다 더 대담하고 재기가 번득이는 눈빛이었을 거야. 그 남자에게는 힘이 있었고 사람들은 그를 겁내며 피했어. 그는 '표지'를 지녔던 거지. 사람들은 그것에 대해 자신이 원하는 대로 설명할 수 있었어. '사람들'은 언제나 자기에게 편한 것만 원하고 그것만 옳다고 하거든. 사람들은 카인의 후예를 두려워했어. 그들은 '표지'를 갖고 있었기 때문이야. 그래서 사람들은 표지를 원래의 모습 그대로 하나의 표창으로 이해하지 않고 그 반대로 해석한 거야. 사람들은 이 표지를 지닌 녀석들이 무시무시하다고 말했고 사실 그렇기도 했지. 용기와 개성을 지닌 사람들은 언제나 다른 사람들에게 몹시 위협적이거든. 겁 없고 무시무시한 어느 족속이 돌아다니는 것을 보니 심기가 무척 불편했겠지. 그래서 사람들은 그 족속에게 별명을 달고 이야기를 꾸며 갖다 붙인 거야. 그에게 앙갚음을 하는 동시에 지금까지 온갖 공포를 견뎌 낸 데 대해 약간이나마 보상을 받기 위해서였지. 무슨 말인지 알겠니?"

"그래, 그렇다면 카인은 결코 나쁜 사람이 아니었단 말이야? 그럼 성경에 나오는 그 이야기가 실제로는 사실이 아니란 말이야?"

"그렇다고도 그렇지 않다고도 할 수 있어. 그렇게 오래된, 태곳적 이야기는 늘 진실에 가깝긴 해. 그러나 언제나 사실대로 기록되는 것은 아니고, 언제나 올바로 해석되는 것도 아니야. 요컨대 내 말은, 카인은 훌륭한 젊은이였는데 사람들이 그를 두려워했기 때문에 그런 이야기를 갖다 붙였을 뿐이라는 거야. 그 이야기는 그저 하나의 소문이었고, 세상 사람들의 입에 오르내린 이야깃

거리일 뿐이었어. 그런데 카인과 그 후예들이 정말로 일종의 '표지'를 달고 다녔고, 평범한 세상 사람들과는 달랐다는 건 완전히 사실이야."

나는 깜짝 놀랐다.

"그렇다면 그가 동생을 때려죽인 것도 절대 사실이 아니라는 거야?" 나는 충격을 받아 물었다.

"아니, 그 이야기는 사실이야. 강자가 약자를 때려죽인 거지. 진짜 형제였는지는 의심의 여지가 있지만 그건 중요하지 않아. 궁극적으로 보면 모든 사람이 형제인 셈이니까. 어쩌면 그건 영웅적인 행위였을지도 모르고 어쩌면 아닐 수도 있지. 아무튼 그때부터 다른 약자들은 잔뜩 겁이 난 거야. 그들은 불평을 늘어놓았지. 그들에게 '왜 그를 때려죽이지 않았어요?'라고 물으면, 그들은 '우린 겁쟁이이기 때문에'라고 말하지 않았지. '그럴 수 없어요. 그는 표지를 달고 있어요. 하느님이 그에게 그려 주신 거지요!'라고 말했지. 아마 대충 이런 식으로 거짓 전설이 생겨났을 거야. 어이쿠, 널 너무 오래 붙잡아 두었구나, 그럼 또 보자!"

그는 알트가세 가로 접어들었고, 혼자 남겨진 나는 전에 없이 어리둥절했다. 그가 떠나자마자 그가 한 모든 말들이 전혀 믿을 수 없다고 생각되었다! 카인은 고귀한 인간이고 아벨은 겁쟁이라니! 카인의 표지가 표창이라니! 그것은 정말 어처구니없는 말이었다. 신성모독이고 극악무도한 이야기였다. 데미안의 말대로라면 하느님은 어디에 계신다는 거지? 하느님은 아벨의 제사를 받으셨고 그를 사랑하지 않았던가? 아니야, 데미안이 한 말은 모두 헛소리야! 나는 데미안이 나를 놀리고 골탕 먹이려고 그랬다고 추측했다. 그는 굉장히 영리하고 말 주변도 뛰어났다. 하지만 그런 이야기를 내 마음에 심어 줄 수는 없었다.

아무튼 나는 성경이나 그 밖의 다른 이야기에 대해 지금까지 그렇게 심각하게 생각해 본 적은 없었다. 덕분에 정말 오랜만에, 프란츠 크로머를 몇 시간 동안, 아니 하루 저녁 내내 완전히 잊어버릴 수 있었다. 나는 집에 돌아와서 그 이야기를 성경에 쓰인 대로 다시 한 번 죽 읽어 보았다. 이야기는 짧고 분명했다. 거기에서 어떤 특별하고 은밀한 의미를 찾는다는 것은 완전히 미친 짓이었다. 데미안의 말대로라면 사람을 때려죽인 자도 누구나 하느님의 사랑을 받는다고 선언할 수 있을 것이다! 그렇지 않다, 데미안의 말은 터무니없는 주장이었다. 내가 그럴듯하게 생각한 유일한 이유는 데미안이 상냥한 말투로, 마치 모든 것이 당연한 듯 너무나 말끔하고 멋지게 말했기 때문이었다. 게다가 그 눈빛도 한몫했을 것이다!

물론 나 자신도 그리 정상적인 상태는 아니었다. 심지어 몹시 혼란스러웠다. 지금까지 나는 밝고 깨끗한 세계에서 살아왔다. 나 스스로가 한 사람의 아벨이었다. 그런데 이제 나는 '다른' 세계에 깊이 빠져, 너무 심하게 빠져들어 가라앉아 있었다. 그런데 기본적으로 그것은 내 잘못은 아니었다. 어떻게 내 잘못일 수 있겠는가? 그렇다. 그런데 이때 마음속에 불현듯 어떤 기억이 떠올라, 잠시 동안 거의 숨 쉴 수 없을 지경이 되었다. 지금의 내 불행이 시작된 그 고약한 저녁에 아버지와 약간의 문제가 있었다. 그 때 나는 잠깐 동안 아버지와 아버지의 밝은 세계, 그리고 그의 지혜를 꿰뚫어보고 문득 경멸을 느꼈던 것이다! 그렇다, 그때 나 자신은 카인이었고, 표지를 달고 있었다. 나는 그 표지가 수치스러운 것이 아니라, 하나의 표창이며, 나의 죄와 불행 덕분에 아버지와 선하고 경건한 사람들보다 내가 더 우월하다고 생각했다.

내가 그 당시 이렇게 분명한 생각으로 그 일을 경험한 것은 아니었다. 그러나 이 모든 것이 그 속에 포함되어 있었다. 그것은 단지, 내 마음을 아프게 했지만 그래도 자부심으로 가득 채워 준 여러 감정과 이상한 흥분이 분출한 데 지나지 않았다.

데미안은 겁 없는 무리와 겁쟁이들에 대해 얼마나 독특하게 이야기했던가! 카인의 이마에 찍힌 표지를 얼마나 이상하게 해석했던가! 그런 이야기를 할 때 그의 눈, 어른스러운 색다른 눈은 얼마나 기이하게 빛났던가! 이렇게 곰곰 생각하자, 그 자신 즉 데미안이 일종의 카인이 아닐까? 하는 의문이 어렴풋이 뇌리를 스쳐갔다. 그는 스스로 카인과 비슷하다고 느끼기 때문에 카인을 옹호하는 것이 아닐까? 그의 눈빛에 그런 힘이 있는 것은 무슨 까닭일까? 왜 그는 '다른 사람들', 겁쟁이들에 대해, 사실상 하느님의 선택을 받은 경건한 사람들에 대해 그처럼 조롱하는 투로 말했던가?

나는 이런 생각에 대해 결론을 내리지 못했다. 나의 어린 영혼이라는 옹달샘에 돌멩이가 하나 던져진 것이다. 그리고 오랫동안, 아주 오랫동안 카인과 형제 살해 그리고 표지의 문제는, 내가 인식과 회의와 비판을 시도하는 출발점이 되었다.

나는 다른 학생들도 데미안에게 관심이 많다는 것을 알았다. 나는 나름대로 해석한 카인의 이야기에 대해서는 누구에게도 말하지 않았다. 그러나 다른 학생들도 그에게 흥미를 느끼는 것 같았다. 어쨌든 '새 전학생'에 대해 여러 가지 소문이 나돌았다. 만일 내가 이 소문을 모두 다 알게 된다면, 어느 것이든 그를 조명하고 이해하는 데 도움이 될 것이다. 처음 알았던 사실은, 데미안의 어머니가 아주 부자라는 소문이었다. 그녀는 절대로 교회에 나가지 않았고 아들 역시 마찬가지라는 말도 나돌았다. 그들이 유대인인 것 같다는 소문도 있었지만, 어쩌면 비밀스러운 이슬람교도일지도 몰랐다. 막스 데미안의 체력에 관해서는 전설 같은 이야기들이 나돌았고, 그것은 사실로 판명되었다. 데미안의 반에서 가장 힘센 아이가 데미안에게 싸움을 걸었으나 거절당하자 그를 겁쟁이라고 불렀는데, 데미안이 그 아이에게 끔찍한 굴욕을 안겨 준 것이다. 그 자리에 있던 아이들이 말하기를, 데미안이 그냥 한 손으로 멱살을 잡고 꽉 눌렀을 뿐인데, 그 아이는 얼굴이 창백해졌다고 했다. 나중에는 그 아이가 슬금슬금 달아났고, 며칠 동안 팔을 제대로 쓰지 못했다고 했다. 어느 날 저녁에는 그 아이가 죽었다는 말이 나돌기까지 했다. 한동안 아이들은 온갖 터무니없는 이야기들을 퍼뜨렸고, 그것을 곧이곧대로 믿었다. 이야기마다 다 자극적이고 기이한 내용들이었다. 그러며 한동안은 아이들이 데미안의 모든 것을 충분히 아는 것 같았다. 그러나 얼마 안 되어 우리 학생들 사이에 새로운 소문들이 무성했다. 데미안이 여자애들과 친밀하게 지내며, '모든 것을 다 안다'는 소문이 나돌았던 것이다.

그러는 동안에도 나와 프란츠 크로머의 관계는 필연적인 방향으로 진행되고 있었다. 나는 그의 손아귀에서 벗어날 수 없었다. 그가 어쩌다가 며칠간 나를 가만히 내버려 두었을 때에도, 나는 변함없이 그에게 얽매여 있었기 때문이다. 꿈에서도 그는 그림자처럼 내 뒤를 따라다녔다. 나는 그가 현실에서 내게 하지 않은 짓을 꿈속에서 저지르는 상상을 했다. 꿈속에서 나는 완전히 그의 노예였다. 꿈을 자주 꾸었기에 나는 현실보다 이러한 꿈속에서 더 활동적이었다. 이 그림자로 인해 나는 힘과 활기를 잃어버렸다. 나는 크로머가 나를 학대하고, 나에게 침을 뱉거나 내 몸을 깔고 앉는 꿈을 유난히 자주 꾸었다. 그보다 더 고약한 것은 흉악한 범죄를 저지르도록 나를 유혹하는 꿈이었다. 유혹했다기보다는 오히려 막강한 그의 영향력을 행사해 강요하는 것이었다.

이러한 꿈들 중에서 가장 끔찍한 것은 아버지를 살해하는 꿈이었다. 나는 그럴 때면 반쯤 미친 상태로 깨어나곤 했다. 크로머는 칼을 갈아서 내 손에 쥐어 주었다. 우리는 어느 큰 도로의 가로수 뒤에 숨어 누군가를 노리고 있었다. 누구를 노리는지 알 수 없었다. 누군가가 다가왔고 크로머가 내 팔을 누르며 바로 내가 찔러야 할 사람이라고 알려 주었다. 그는 아버지였다. 그러고는 잠에서 깨어났다.

나는 이러한 일들을 카인과 아벨의 이야기와 관련지어 보았지만, 데미안에 대해서는 생각해 보지 않았다. 데미안이 다시 내게 다가온 것은 이상하게도 역시 꿈속에서였다. 말하자면 나는 또다시 학대받고 폭행당하는 꿈을 꾸었는데, 이번에 내 몸에 올라탄 사람은 크로머가 아닌 데미안이었다. 지금까지와는 달리 새롭고 깊은 인상을 주었다. 그런데 크로머가 그럴 때 나는 저항하면서 고통스러워했지만, 데미안이 그렇게 하자 희열과 두려움이 섞인 감정으로 그의 괴롭힘을 기꺼이 받아들였다. 이런 꿈을 두 번 꾸었다. 그다음에는 데미안 대신 다시 크로머가 나타났다.

나는 오래전부터 꿈에서 경험한 것과 현실에서 경험한 것을 더 이상 정확히 구별하지 못했다. 어쨌든 크로머와의 고약한 관계는 계속되고 있었다. 내가 조금씩 돈을 훔쳐내 마침내 빚을 다 갚은 뒤에도 그와의 관계는 끝나지 않았다. 내가 돈을 가져가면 크로머는 언제나 어디서 났는지 물어보았다. 그는 내가 또 다른 도둑질을 한 것을 알게 되었기에, 나는 이전보다 더더욱 그의 손아귀에 잡히는 신세가 되었다. 그는 우리 아버지에게 모든 걸 일러바치겠다고 번번이 나를 협박했다. 하지만 그런 때에도 나는 두려움보다는, 애초부터 그런 일을 하지 말았어야 했다는 깊은 후회가 앞섰다. 반면에 아무리 참담한 신세가 되었어도 모든 것을 후회하지는 않았다. 적어도 항상 후회만 했던 것은 아니었다. 때로는 모든 일이 이렇게 될 수밖에 없었다는 생각도 들었다. 어차피 나는 액운에 사로잡힌 몸이었다. 그러니 그런 불행에서 빠져나오려고 발버둥 쳐봐야 소용없는 일이었다.

나의 이런 상황 때문에 부모님도 적지 않게 시달렸을 것이다. 나는 낯선 악령에 사로잡혀 있어서, 예전에 그토록 친밀했던 공동체에 더 이상 맞지 않았다. 하지만 때로는 실낙원에 되돌아가는 것처럼 공동체로 다시 돌아가고 싶다는 강렬한 향수에 휩싸이곤 했다. 특히 어머니는 나를 악당이라기보다는 환자로 취급해 주셨다. 하지만 가족들이 나를 실제로 어떻게 생각했는지는 두 누이의 태도에서 가장 잘 알 수 있었다. 누이들은 나를 극진히 보살폈는데, 그러한 태도에 나는 한없이 비참해졌다. 이런 태도로 미뤄 보아, 누이들은 내가 악령에 홀렸다고 생각한 것 같다. 그러니 그런 상태를 나무라기보다는 애처롭게 여겨야 하지만, 내 안에 악한 것이 둥지를 틀고 있다고 생각했음이 분명했다. 나는 나를 위해 기도해 주는 그들의 모습이 평소와는 다르다고 느꼈다. 이런 기도가 부질없다는 것도 느끼고 있었다. 때로는 고통을 줄이고 싶은 열망, 올바르게 참회하고 싶다는 욕망을 강렬히 느끼기도 했다. 그러나 나는 아버지와 어머니에게 모든 사정을 솔직히 고백하고 자초지종을 설명할 수는 없으리라 예감하기도 했다. 내가 무슨 말을 해도 부모님은 다정하게 받아들이고, 나를 극진히 보살펴 주며, 불쌍히 여기리란 것도 알았다. 그러나 완전히 이해하지는 못하리라는 것도 알았다. 그리고 그것이 사실 나의 운명인데도 불구하고 그들은 이 모든 것을 일종의 탈선 행위로만 보리라는 사실도 잘 알고 있었다.

채 열한 살도 안 된 아이가 그렇게 느낄 수 있다고 믿지 못하는 사람들도 더러 있다는 것도 알고 있다. 나는 그런 사람을 위해 내 이야기를 쓰는 것이 아니다. 나는 인간에 대해 보다 깊이 이해하는 사람들에게 이 이야기를 들려주려는 것이다. 자기 감정의 일부를 생각으로 바꾸도록 배워온 어른은, 어린아이에게는 이런 생각이 없는 것을 보고서 아예 그런 체험 자체도 없다고 생각한다. 그러나 내가 그 당시처럼 깊이 체험하고 괴로워했던 경험은 내 인생을 통틀어도 드물었다.

비가 내리는 어느 날이었다. 크로머는 부르크 광장으로 나오라는 지시를 내렸다. 나는 광장에 서서 기다리며, 비에 흠뻑 젖은 시커먼 나무에서 떨어진 축축한 밤나무 잎을 두 발로 헤집고 있었다. 돈은 없었다. 그러나 크로머에게 최소한 뭐라도 주려고 케이크를 두 조각 챙겨 두었다가 가지고 왔다. 나는 이렇게 한구석에 서서 그를 기다렸는데, 가끔은 아주 오랜 시간 기다리는 데 이미 익숙해 있었다. 그리고 사람들이 어떻게 해도 바꿀 수 없는 운명을 감수하듯 그것을 받아들이고 있었다.

마침내 크로머가 왔다. 그날 그는 내 곁에 오래 머물지 않았다. 주먹으로 내 옆구리를 몇 대 툭툭 치고 웃으면서 케이크를 받았다. 그는 축축한 담배를 한 개비 주려고 했다. 그렇지만 나는 그 것을 받지 않았다. 그는 그날따라 유달리 다정하게 굴었다.

그는 떠나기 전에 말했다. "아참, 깜빡 잊어버릴 뻔했네. 다음에 올 때는 네 누이를 데려와라. 네 누나 말이야. 그 애 이름이 뭐였지?"

나는 무슨 말인지 전혀 이해하지 못해 대답하지 않았다. 어리 둥절해서 그의 얼굴을 쳐다볼 뿐이었다.

"무슨 말인지 못 알아듣겠어? 네 누나를 데려오란 말이야."

"알아들었어, 크로머. 하지만 그건 안 돼. 그럴 수도 없고. 누나 도 절대 따라오지 않을 거야."

나는 각오하고 있었다. 그것은 녀석의 새로운 계략이자 구실 에 지나지 않았다. 녀석은 늘 그런 식이었다. 즉 도저히 불가능한 일을 요구해서 겁 주고, 내게 굴욕감을 안긴 다음 서서히 흥정을 했다. 그쯤 되면 나는 약간의 돈이나 다른 선물을 주고 그 대가 로 풀려나는 수밖에 없었다.

그러나 이번에는 완전히 사정이 달랐다. 내가 거부했는데도 그 는 거의 성내지 않는 것 같았다.

"뭐 글쎄." 그는 건성으로 말했다. "잘 생각해 봐. 너의 누나와 알고 지냈으면 해. 조만간 그런 기회를 한번 만들어 보는 게 어 때. 네가 산책할 때 그냥 누나를 같이 데려가는 거야. 그럼 내가 끼어들 테니까. 내일 휘파람으로 부를게. 그때 다시 한 번 의논해 보자고."

나는 그가 가버린 뒤 갑자기, 그 요구의 의미가 무엇인지 어렴풋이나마 알아차렸다. 나는 그런 문제에 대해서는 아직 완전히 어린아이였다. 그러나 사내아이와 여자아이가 조금 나이가 들면 비밀스럽고 상스러운, 금지된 짓을 같이 할 수 있다는 걸 들어서 알고 있었다. 그러니까 이제 크로머가 내게 시키려는 짓이 얼마나 끔찍한 일인지 갑자기 분명해지는 것이었다! 결코 그런 짓을 하지 않겠다는 결심이 즉시 굳어졌다. 그러나 그다음에는 무슨 일이 벌어질 것인가? 크로머가 내게 또 어떤 복수를 할까? 이런 것에 대해서는 거의 생각할 엄두조차 나지 않았다. 이것은 새로운 고문의 시작이었다. 아직 그의 고문이 내게 충분하지 않았던 것이다.

나는 절망적인 심정으로 두 손을 호주머니에 집어넣은 채 텅 빈 광장을 가로질러 갔다. 새로운 고통이 시작되었고, 새로이 노예가 된 것이었다!

그때 갑자기 나를 부르는 힘차고 쾌활한 목소리가 들려왔다. 나는 깜짝 놀라 달아나기 시작했다. 누군가 내 뒤를 쫓아와 어떤 손이 뒤에서 나를 부드럽게 잡았다. 막스 데미안이었다.

나는 잡힌 척했다.

"너였어?" 나는 믿지 못하겠다는 듯이 말했다. "너 때문에 깜짝 놀랐잖아."

그는 나를 유심히 바라보았다. 그때처럼 그의 눈빛이 어른스럽고 우월하며 내 심중을 꿰뚫어보는 것 같던 적이 없었다. 우리는 퍽 오랜만에 서로 대화를 주고받았다.

"미안해." 그는 여느 때처럼 정중하지만 매우 단호한 어조로 말했다. "하지만 그렇다고 그렇게 깜짝 놀라면 안 돼."

"그렇긴 해, 하지만 놀랄 수도 있는 거지 뭐."

"그건 그래. 하지만 내 말 들어 봐. 너한테 아무런 해도 끼치지 않은 사람을 만났는데 그렇게 화들짝 놀란다면, 그 사람은 그에 대해 곰곰 생각하기 시작할 거야. 의아하게 생각하면서, 왜 그러는지 궁금해하겠지. 그는 네가 남달리 쉽게 놀란다고 생각하고는 무슨 걱정거리가 있어 그러는 게 아닐까, 계속 생각하겠지. 겁쟁이들은 항상 겁을 집어먹어. 그렇다고 네가 겁쟁이라는 말은 아니야. 그렇지? 물론 그렇다고 네가 영웅도 아니지. 넌 무언가를 두려워하고 있고 또 누군가를 무서워하고 있어. 그런데 그래서는 안 될 일이야. 그래, 결코 사람을 두려워해서는 안 되지. 나는 무서워하지 않지? 아니면 내가 무섭니?"

"아, 아니야, 넌 전혀 무섭지 않아."

"그럴 테지. 하지만 네가 무서워하는 사람들이 있지?"

"그런 건 몰라…… 제발 날 내버려 둬. 나한테서 뭘 바라는 거야?"

나는 달아날 생각을 하며 더 빨리 걸었으나 그도 나와 보조를 맞추었다. 그가 옆에서 쳐다보고 있는 것 같았다.

"가령, 네가 나를 호의적으로 생각한다고 치자." 그는 다시 말을 시작했다. "그러면 아무튼 나한테는 겁낼 필요가 없어. 난 너를 대상으로 한 가지 실험을 해보고 싶어. 재미있을 거야. 너도 뭔가 유익한 것을 배울 수 있을 거고. 자, 잘 들어 봐! 나는 이따금 독심술이라는 기술을 써보거든. 그렇다고 나쁜 마술을 쓰는 건 아니야. 하지만 어떻게 하는 건지 잘 모르면 무척 이상해 보이지. 그걸로 사람들을 깜짝 놀라게 할 수도 있어. 자, 그럼 한번 해보자. 그러니까 나는 너를 좋아해. 혹은 너에게 관심이 있다고 할까. 이제 네 마음속이 어떤지 알아내고 싶어. 그 첫 단계는 벌써 끝났어. 내가 널 놀라게 했지. 그러니까 넌 쉽게 놀라는 거야. 즉 네가 겁내는 무언가가 있거나 누군가가 있다는 거야. 어째서 그런 일이 생긴 걸까? 우리는 누구도 겁낼 필요가 없어. 사람들이 누군가를 두려워한다면, 그 사람에게 자기를 지배할 힘이 있다고 인정해 주었기 때문이야. 예를 들면 네가 나쁜 짓을 한 적이 있고, 다른 누군가가 그걸 알고 있다면 그는 너를 지배할 힘을 갖게 되는 거지. 무슨 말인지 알겠니? 아주 명백한 일이지, 그렇지?"

나는 어쩔 줄 몰라 하며 그의 얼굴을 들여다보았다. 그는 여느 때처럼 진지하고 영리해 보였으며, 또 친절해 보이기도 했다. 그러나 부드러운 면은 보이지 않았고 오히려 엄격했다. 정의나 혹은 그와 비슷한 것이 그 속에 담겨 있었다. 나는 내게 무슨 일이 일어났는지 알지 못했다. 그는 마법사처럼 내 앞에 서 있었다.

"무슨 말인지 알겠지?" 그는 다시 한 번 물었다.

나는 고개를 끄덕였다. 아무 말도 할 수 없었다.

"아까 얘기했다시피, 다른 사람의 마음을 읽는다는 것은 우습게 보이지만, 무척 자연스러운 일이야. 예를 들면 언젠가 내가 카인과 아벨의 이야기를 했을 때 네가 나에 대해 어떻게 생각했는지, 아주 정확히 말해 줄 수도 있어. 하지만 지금은 그런 이야기를 할 때가 아니야. 네가 한 번쯤은 나에 대한 꿈을 꾸었을 수도 있을 거야. 하지만 그런 것도 제쳐두자. 너는 명석한 아이야. 대부분의 아이들은 참으로 멍청하지! 나는 가끔은 신뢰할 수 있는 명석한 아이와 이야기하는 게 좋아. 너도 괜찮겠지?"

"물론 괜찮지. 다만 무슨 말인지 전혀 이해를 못하겠어."

"그럼 우리 재미있는 실험을 한번 해보자! 우리가 지금까지 알아낸 것은 이런 거야. S라는 아이가 쉽게 놀란다는 것, 그 아이가 누군가를 두려워한다는 것, 그는 누군가에게 비밀을 털어놓은 모양인데, 그 비밀 때문에 몹시 불편해한다는 거야. 대충 맞는 말이지?"

나는 꿈속에서처럼 그의 목소리와 영향력에 굴복했다. 그 목소리는 나 자신 속에서만 나올 수 있는 것이 아니던가? 그 목소리는 모든 것을 알고 있었던가? 그 목소리는 나에 대한 모든 것을 나 자신보다 더 잘, 그리고 더 분명히 알고 있는 것이 아닌가?

데미안은 내 어깨를 힘차게 두드렸다.

"그럼 맞았나 보구나. 나도 그럴 줄 알았어. 나머지 한 가지만 더 묻겠어. 조금 전에 너와 부르크 광장에서 헤어진 아이의 이름이 뭔지 알아?"

나는 몹시 놀랐다. 그가 건드린 나의 비밀은 고통스럽게 속에서 도로 움츠러들어 밖으로 나오려 하지 않았다.

"어떤 아이 말이지? 나 말고 아무도 없었어. 나 혼자였어."

그는 웃음을 터뜨렸다. "어서 말하라니까!" 그는 웃으며 말했다. "그 아이 이름이 뭐지?"

나는 속삭이는 소리로 말했다. "그 프란츠 크로머 말이니?"

그는 흡족한 듯 고개를 끄덕였다.

"좋았어! 넌 눈치가 빠른 녀석이야. 우린 친구가 될 거야. 하지만 한 가지 해둘 말이 있어. 이 크로머 녀석 말이야, 혹은 이름이 뭐든 간에, 나쁜 녀석이야. 얼굴만 봐도 무척 악당이란 것을 알겠던데! 네 생각은 어때?"

"그래, 맞는 말이야." 나는 한숨을 푹 내쉬었다. "그 아이는 나빠, 사탄이야! 하지만 그가 이 말을 알아서는 안 돼! 제발 부탁이야, 그가 이 말을 알아서는 안 돼! 넌 그 애를 아니? 그 애도 너를 아니?"

"안심해! 그는 가버렸어. 그리고 날 몰라. 아직은 말이야. 하지만 그 이이를 알고 싶어. 그 아이는 공립학교에 다니지?"

"응."

"몇 학년이지?"

"5학년이야. 하지만 그에게 아무 얘기도 하지 마! 제발, 부탁이야, 아무 말도 하지 말아 줘!"

"걱정 마, 네겐 아무 일도 없을 테니. 그런데 넌 그 크로머 이야기를 좀 더 해줄 생각은 없겠지?"

"더는 말할 수 없어! 안 돼, 나를 내버려 둬!"

그는 한동안 말이 없었다.

"안됐군." 그는 말문을 열었다. "우린 실험을 좀 더 계속할 수 있을 텐데. 하지만 널 괴롭히지는 않겠어. 아무튼 네가 그 아이를 두려워하는 게 옳지 않다는 건 너도 알겠지? 그런 두려움은 우리를 완전히 망쳐 버릴 수 있어. 떨쳐 버려야 해. 네가 당당한 사내가 되려면 그런 것은 떨쳐야 해. 무슨 말인지 알겠지?"

"물론이야. 네 말은 전적으로 옳아…… 하지만 그렇게 안 되는 걸 어떡해. 넌 잘 몰라……."

"너도 보았듯이, 난 네가 생각하는 것보다 너에 대해 많이 알고 있어. 혹시 그에게 돈이라도 빌렸니?"

"응, 그렇기도 해. 하지만 그 문제는 중요하지 않아. 난 말할 수 없어. 말할 수 없단 말이야!"

"그럼 네가 빚진 만큼 내가 돈을 갚아도 소용없는 거야? 나는 그만큼 네게 줄 수 있어."

"아냐, 아냐, 그런 문제가 아니야. 제발, 부탁이야, 아무에게도 그 얘길 하지 말아 줘! 한마디도! 그러면 난 불행해진단 말이야!"

"날 믿어도 돼, 싱클레어. 너는 언젠가는 너희들의 비밀을 알려 주게 될 거야."

"절대로, 절대로 안 할 거야, 결코!" 나는 크게 소리쳤다.

"그야 너 좋을대로 하렴. 다만 내가 하고 싶은 말은, 나중에 언젠가는 네가 자세히 말해 주리라는 것뿐이야. 당연히 자발적으로 말이야! 내가 그 크로머처럼 굴 거라고 생각하진 않겠지?"

"아, 아니야. 그런데 넌 그 얘기를 어떻게 알았지?"

"뭐 별것 아니야. 다만 그것에 대해 약간 생각해 보았을 뿐이지. 그리고 나는 결코 크로머처럼 굴지는 않을 거야. 그건 믿어도 돼. 게다가 넌 나에게는 빚진 것도 없잖아."

우리는 한참 동안 침묵을 지켰다. 그러는 동안 내 마음도 점차 안정되기 시작했다. 그러나 데미안이 그 일을 알고 있다는 사실이 점점 수수께끼처럼 느껴졌다.

그는 "이젠 집에 가봐야겠어"라고 말하며 로덴 천으로 된 외투를 빗속에서 더 단단히 여몄다. "우리가 벌써 이런 이야기까지 했으니, 네게 한 가지만 더 말해 주고 싶어. 녀석에게서 벗어나는 게 좋겠어! 달리 수가 없다면 녀석을 때려죽이는 거야! 네가 그렇게 한다면 나로선 기쁠 테고 감명받을 거야. 원한다면 기꺼이 도와주겠어."

갑자기 카인의 이야기가 떠올라 다시 덜컥 겁이 났다. 나는 무시무시한 기분이 들어서 훌쩍거리기 시작했다. 내 주위에 너무나 무시무시한 일들이 많았던 것이다.

"좋아. 그럼 이만 할게." 막스 데미안은 미소를 지었다. "어서 집으로 가봐! 우린 방법을 찾을 수 있을 거야. 때려죽이는 게 가장 간단하겠지만 말이야. 이런 일에는 언제나 가장 간단한 방법이 가장 좋아. 크로머는 결코 네가 사귈 만한 친구가 아니야."

나는 집으로 돌아왔다. 마치 1년쯤 집을 떠나 있었던 것처럼 느껴졌다. 모든 것이 달라 보였다. 미래와 닮은, 희망과 닮은 그 무엇이 이제 나와 크로머 사이를 벌려 주었다. 나는 더 이상 외톨이가 아니었다! 그리고 지금까지 몇 주 동안이나 남모를 비밀을 가슴에 간직한 채 무섭도록 외로웠다는 것을 이제야 깨달았다. 지금까지 몇 번이고 곰곰이 생각한 것이 떠올랐다. 다시 말해 부모님에게 고해를 하면 속이야 후련해지겠지만, 그것이 완전한 구원이 될 수는 없으리라는 생각이 머리에 곧장 떠올랐다. 그러나 나는 이제 부모님이 아닌 다른 사람, 낯선 사람에게 고해를 한 것이나 마찬가지였다. 그러자 구원의 예감이 짙은 향기처럼 풍겨 오는 것이었다!

그 뒤로도 한참 동안 나는 불안을 극복하지 못했다. 이제야 나는 적을 상대로 길고도 끔찍한 대결을 벌이겠노라고 각오했다. 그런 만큼, 모든 일이 너무 차분히, 너무 완전하게 비밀리에 조용히 진행된 것이 더욱 놀라웠다.

하루가 지나고 이틀이 지나고 사흘이 지나 일주일이 지나도록 집 앞에서 들리던 크로머의 휘파람 소리가 들리지 않았다. 도저히 믿을 수 없는 사실이었다. 그가 갑자기, 전혀 예기치 않은 때에 다시 나타날 거라고, 마음속으로 계속 기다렸다. 그러나 그는 나타나지 않았고, 완전히 사라진 것 같았다! 나는 새로이 찾아온 자유를 믿지 못하고, 마침내 프란츠 크로머와 마주치게 될 때까지 그가 나타날 거라고 고집스레 믿고 있었다. 크로머는 나를 향해 곧장 자일러가세 가를 내려오고 있었다. 그는 나를 보자 흠칫 놀라며, 얼굴을 험상궂게 찡그리더니 나와 마주치지 않으려고 홱 뒤돌아섰다.

정말이지, 나로서는 전에 없던 순간이었다! 내 적이 나를 피해 달아나는 게 아닌가! 나의 사탄이 나를 두려워하다니! 기쁘고 놀라워서 온몸이 짜릿했다.

그 무렵 데미안이 다시 한 번 모습을 드러냈다. 그는 학교 앞에서 나를 기다리고 있었다.

"안녕." 내가 말했다.

"잘 지냈어, 싱클레어? 어떻게 지내는지 그냥 들어 보고 싶었어. 이젠 크로머가 괴롭히지 않지?"

"네가 그랬어? 그런데 어떻게 한 거야? 대체 어떻게 한 거냐고? 도저히 이해할 수 없어. 녀석이 전혀 나타나지 않았어."

"그거 잘됐구나. 혹시 또 나타나기라도 하면 — 아마 그럴 일은 없겠지만, 워낙 뻔뻔스러운 녀석이라서 — 그냥 데미안을 잊지 말라는 말만 하면 돼."

"그런데 그게 무슨 관계가 있지? 녀석과 한판 붙어서 마구 때려 준 거야?"

"아니. 난 그런 식으로 일을 처리하진 않아. 너와 이야기한 것처럼 그 아이와도 그냥 이야기했을 뿐이야. 그러면서 너를 가만히 내버려 두는 것이 그 자신에게도 이로울 거라고, 충분히 이해할 수 있게 설명해 주었지."

"그렇다고 설마 돈을 준 건 아니겠지?"

"아니야. 그것은 네가 이미 시험해 본 방식이잖아."

나는 좀 더 캐물으려 했지만 그는 답변을 피했다. 그는 전부터 내가 그에게 품어왔던, 무언가 답답한 기분을 남기고 떠났다. 그것은 감사와 경외감, 경탄과 불안, 애착과 내적인 저항이 기묘하게 뒤섞인 감정이었다.

난 곧 그를 다시 찾아가서, 그와 이 모든 문제에 대해, 또 카인의 문제에 대해서도 더 많이 이야기를 나누리라 생각했다.

하지만 그렇게 되지는 않았다.

감사라는 말은 결코 내가 신뢰하는 미덕이 아니었다. 그리고 어린아이에게 감사하는 마음을 요구한다는 건 바람직하지 않은 것 같다. 그러니 내가 막스 데미안에게 감사하는 마음을 크게 갖지 않았던 건 그다지 놀라운 일이 아니었다. 지금에 와서 확신하건대 데미안이 나를 크로머의 손아귀에서 벗어나게 해주지 않았더라면, 나는 평생 병들고 파멸했을지도 모른다. 당시에도 이미 이러한 해방이 내 짧은 생애에서 가장 커다란 체험으로 느껴졌다. 하지만 그가 나를 해방시키는 기적을 완수하자마자 나는 그를 애써 무시하고 말았다.

앞서 말했듯이 배은망덕이란 내게 이상한 일은 아니었다. 그때 내가 그다지 호기심을 보이지 않았다는 점이 특이할 뿐이었다. 데미안을 통해 내가 접촉한 비밀들에 좀 더 가까이 다가가지 않고서 어떻게 단 하루라도 조용히 살아갈 수 있었을까? 카인에 대해, 크로머에 대해, 독심술에 대해 좀 더 많이 듣고 싶은 호기심을 나는 어떻게 억제할 수 있었을까?

도저히 이해가 가지 않지만, 사실이었다. 나는 불현듯 악마의 그물에서 빠져나왔다는 것을 깨달았다. 내 앞에 다시 밝고 즐거운 세계가 펼쳐진 것을 보았고, 돌연 엄습하던 불안과 숨 막힐 듯한 심장의 고동에 더는 시달리지 않게 되었다. 나를 옭아매던 힘에서 풀려난 것이다. 나는 더 이상 저주받고 괴로워하지 않았다. 나는 다시 평소와 같은 학생이 되었다. 가능한 한 빨리 균형과 안정을 되찾으려는 본성을 발휘했다. 그 본성은 수많은 추한 것과 위협적인 것들을 내게서 몰아내고 잊어버리려 특히 노력했다. 죄를 짓고 불안에 떨며 살았던 나의 긴 이야기는 전부, 겉으로는 아무런 흉터나 흔적도 남기지 않고 놀라울 만큼 재빨리 내 기억에서 사라졌다.

반면에 나를 도와주고 구해준 데미안까지 그토록 빨리 잊으려 했다는 것도 이제는 이해할 수 있게 되었다. 나는 상처 입은 내 영혼의 온갖 충동과 힘을 다해, 저주받은 탄식의 계곡으로부터, 크로머의 손아귀에 사로잡혔던 끔찍한 노예 상태로부터 도망친 것이다. 즉 예전의 행복하고 만족스러웠던 곳으로, 다시 눈앞에 열린 잃어버렸던 낙원으로, 아버지와 어머니의 밝은 세계, 누이들, 순결의 향기, 신의 뜻에 맞는 아벨의 세계로 다시 돌아갔다.

데미안과 몇 마디 대화를 나눈 바로 다음 날, 마침내 다시 얻은 자유를 완전히 확신하고 다시 예전 상태로 돌아가는 것을 더 이상 두려워하지 않게 되었을 때, 나는 그렇게나 자주 그리고 간절히 원했던 바를 실행에 옮겼다. 고해를 한 것이다. 나는 어머니에게 가서, 진짜 돈 대신 장난감 돈을 채워 넣은, 자물쇠가 망가진 저금통을 보여 드렸다. 그리고 내가 나 자신의 잘못으로 얼마나 오랫동안 사악한 자에게 괴롭힘을 당하며 얽매여 있었는지 말씀드렸다. 어머니는 모든 사정을 다 이해하지는 못했다. 하지만 저금통과 전과 달라진 내 눈빛을 보고, 전과 달라진 내 목소리를 듣고, 내 병이 나았고 다시 어머니의 품으로 돌아왔다는 걸 느꼈다.

그리고 이제 나는 벅찬 감정으로, 다시 받아들여진 것을 축하하는 잔치를 치렀다. 돌아온 탕아의 귀향 의식을 치렀다. 어머니는 나를 아버지에게 데려갔다. 이야기가 되풀이되었고, 놀라서 외치는 소리와 질문이 터져 나왔다. 부모님은 내 머리를 쓰다듬었고 나는 오랜 압박감에서 해방되어 안도의 한숨을 쉬었다. 모든 일이 멋지게 진행되었다. 모든 일이 소설 속에서처럼 일어났고, 모든 일이 놀랍도록 순조롭게 해결되었다.

나는 이제 이 조화 속으로 정말이지 열정을 다해 도피해 들어갔다. 다시 평화를 되찾고 부모님의 신뢰를 얻었기에 결코 싫증 나지 않았다. 나는 집안의 모범적인 아들이 되었다. 예전보다 누이들과 더 자주 놀았고, 기도 시간에는 구원받고 개심한 자의 감정을 실어 내가 좋아하는 옛 찬송가들을 함께 불렀다. 그것은 모두 나의 진심이었고, 거짓이라곤 눈곱만큼도 없었다.

그렇다고 해서 모든 일이 순조롭게 진행된 것은 아니었다! 데미안을 잊으려고 했던 진짜 이유는 바로 이러한 사실로만 설명할 수 있다. 고해를 하려면 그에게 했어야 했다! 그에게 고해를 했더라면 집에서처럼 번듯하고 감동적이지는 않았겠지만, 내게는 더 유익했을 것이다. 집으로 돌아와 관대하게 수용된 나는 이제 예전의 세계, 낙원에 착실히 뿌리를 내렸다. 그러나 데미안은 결코 이 세계의 일원이 아니었고, 이 세계에 맞지도 않았다. 크로머와는 달랐지만 그 역시 유혹하는 자였다. 그는 내가 더 이상, 영원히 알고 싶지 않은 제2의 사악하고 나쁜 세계와 나를 연결해 주었다. 나 스스로가 다시 아벨이 된 지금, 다시 아벨을 희생시키고 카인을 찬양하는 데 도움을 줄 수는 없었다. 또한 그러고 싶지도 않았다.

표면적으로 드러난 이유는 그러했지만, 내적인 이유는 이러했다. 크로머라는 악마의 손아귀에서 벗어나긴 했지만, 그것은 나 자신의 힘이나 노력으로 이루어 낸 것은 아니었다. 나는 세상의 좁은 길을 걸어가려 했으나, 내게는 그 길이 너무 위험하다는 사실이 드러났다. 그런데 친절한 손길에 의해 구원을 받은 지금, 나는 더 이상 한눈팔지 않고 곧장 어머니의 품속으로, 안전하게 보호된 유년 시절의 경건한 세계로 돌아왔다. 나는 실제보다 더 어리게, 더 의존적으로, 더 어린애처럼 행동했다. 크로머에게 예속된 생활을 했던 나는 독립적으로 행동할 수 없었기에 누군가에게 새로이 예속되어야만 했다. 그래서 나는 맹목적인 심정으로 아버지와 어머니에게 의존하는 길을 택했다. 그것이 유일한 세계가 아님을 뻔히 알면서도 옛날의 그리운 '밝은 세계'에 의존하는 길을 택한 것이다. 그렇게 하지 않았더라면 나는 데미안의 편에 서서 그에게 속마음을 털어놓았을 것이다. 당시에 그렇게 하지 않은 이유는, 그의 기묘한 생각이 당연히 미심쩍어서였지만, 실은 두려웠기 때문이었다. 데미안이라면 내게 부모님보다 더 많은 요구를 했을 것이고, 그라면 자극과 경고, 조롱과 빈정거림을 통해 나를 보다 더 독립적인 인간으로 만들려 했을 것이기 때문이다. 아, 이제 와서야 나는, 인간이 이 세상에서 가장 싫어하는 일은 온전한 자기 자신을 향하는 길을 가는 것임을 깨달았다!

그럼에도 불구하고 반년쯤 지난 후 나는 호기심을 견디다 못해 하루는 산책길에 아버지께 물었다. 어떤 사람들은 카인이 아벨보다 훌륭하다고 공언하는데, 어떻게 받아들여야 하느냐고.

아버지는 몹시 놀라워했지만, 그것은 새로울 게 없는 견해라고 설명했다. 그런 견해는 이미 초기 기독교 시대에도 나타났고, 여러 종파에서 가르치고 있었는데, 그중의 하나를 '카인교도'라 한다. 그러나 물론 이 실성한 듯한 교리는 우리의 신앙을 파괴하려는 악마의 시험이나 다름없다. 카인이 옳고 아벨이 옳지 않다고 믿는다면 하느님이 잘못을 저지른 것이 되고, 성경 속의 하느님은 언제나 옳고 유일한 신이 아니라, 그릇된 신이 되기 때문이다. 사실 카인교도는 이와 비슷한 것을 가르치고 설교하기도 했다. 그렇지만 그 이단의 가르침은 이미 지구상에서 사라진 지 오래되었다. 그런데 나의 학교 친구가 어디서 그런 이야기를 들을 수 있었는지 궁금할 따름이다, 라고. 어쨌든 아버지는 그런 생각에 물들지 말라고 내게 엄중히 경고했다.

3. 도둑

   마음만 먹으면 내 어린 시절의 멋지고 정겹고 사랑스러운 이야기를 들려줄 수 있을 것이다. 즉 아버지와 어머니 곁에서 보호받는 느낌, 부모에 대한 사랑, 부드럽고 마음에 드는 밝은 환경에서 만족스럽게 즐겼던 생활을 들려줄 수 있을 것이다. 그러나 나는 나의 인생에서 나 자신에 도달하기 위해 내디뎠던 발걸음에만 관심이 있다. 기분 좋은 휴식의 순간을, 행복의 섬과 낙원의 매력을 알지만, 그 모든 것을 저 멀리 광채에 싸인 채로 두려고 한다. 그리고 다시는 그런 곳에 발을 들여놓을 생각이 없다.

   그런 이유로 나의 어린 시절을 이야기하면서 새로 겪은 일, 나를 앞으로 내몰거나 휘감았던 일에 대해서만 말할 생각이다. 이런 충격들은 언제나 '다른 세계'에서 왔고, 늘 두려움, 강제, 양심의 가책이 함께했다. 그것들은 늘 혁명적이었고, 내가 계속해서 그 상태를 유지한 채 살아가고 싶은 곳의 평화를 위협했다.

그리고 허용된 밝은 세계에서는 숨기고 은폐해야만 하는 어떤 원시적 충동이 나 자신에 깃들어 있다는 사실을 새로이 발견할 수밖에 없는 시기가 왔다. 누구에게나 그렇듯이, 서서히 눈떠 가는 성性에 대한 감정이 내게도 적이자 파괴자, 금기, 유혹과 죄악으로 엄습했다. 내가 호기심을 갖고 찾는 것, 꿈과 쾌락, 두려움이 내게 가져다준 것, 즉 사춘기의 커다란 비밀들은 평화로운 내 유년 시절의 행복감에는 맞지 않았다. 나는 다른 사람들과 마찬가지로 행동했다. 나는 더 이상 어린아이가 아니었지만 어린아이처럼 이중적으로 생활했다. 나의 의식은 허용된 친숙한 세계에서 살았고, 내부에서 어렴풋이 떠오르는 새로운 세계를 부정했다. 하지만 이와 병행하여 무의식의 꿈과 충동, 소망 속에서도 살았고, 나의 의식적인 자아는 무너지기 쉬운 다리를 그 위에 서서히 건설했다. 왜냐하면 내 안에 있던 유년 시절의 세계는 점차 무너져 가고 있었기 때문이다.

다른 대부분의 부모들처럼 우리 부모님도 입 밖에 낼 수 없는 사춘기의 새로운 문제들을 도와주지 못했다. 그들은 다만, 내가 현실을 거부한 채 점점 더 비현실적이고 위선적으로 변해 가는 어린아이의 세계에 계속 머무르려고 절망적으로 시도하면, 몹시 세심하게 배려하며 도와줄 뿐이었다. 부모라는 존재가 이런 문제에 도움을 많이 줄 수 있을지는 모르지만, 그렇다고 해서 난 부모님을 비난하지는 않겠다. 나 자신의 문제는 나 스스로를 마음 대로 다스리고, 내 길을 찾는 것이었다. 그런데 나는 유복하게 자란 대부분의 아이들처럼 자신의 문제를 제대로 처리하지 못했다.

누구나 이런 어려움을 겪는다. 평범한 사람들에게 있어 이 시기는, 삶에 대한 자아의 요구가 주변 세계와 가장 가혹하게 부딪치고, 앞으로의 나아갈 길을 가장 혹독하게 쟁취해 내야 하는 인생의 분기점이다. 많은 사람들은 우리의 운명인 죽음과 새로운 탄생을, 인생에서 유년 시절이 허물어지고 서서히 무너져 갈 때 단 한 번 체험한다. 우리가 사랑한 모든 것이 우리 곁을 떠나가려 하고, 갑자기 우주에서 고독과 살인적인 추위에 둘러싸여 있음을 느낄 때 그런 체험을 하는 것이다. 그리고 너무나 많은 사람들이 영원히 이 벼랑에 매달려 있다. 이제 돌이킬 수 없는 과거에, 모든 꿈 중에서 가장 고약하고 가장 잔인한, 잃어버린 낙원의 꿈에 평생 동안 고통스럽게 달라붙어 있는 것이다.

이제 내 이야기로 되돌아가 보자. 내 유년 시절의 종말을 알리는 예감과 꿈의 영상들은 너무나 많다. 그래서 하나하나 이야기할 정도로 중요하지는 않다. 중요한 것은 '어두운 세계', 그 '다른 세계'가 다시 나타났다는 것이다. 한때 프란츠 크로머였던 것이 이제는 나 자신의 일부가 되었다. 그리하여 나는 이제 바깥에서까지도 또다시 '다른 세계'의 지배를 받게 되었다.

크로머와의 사건이 있은 지 여러 해가 지나갔다. 내 인생에서 저 극적이고 죄악에 찬 시절은 당시 매우 먼 과거 이야기였고, 잠간 동안의 악몽처럼 흔적도 없이 사라진 것 같았다. 프란츠 크로머는 내 삶에서 오래전에 사라져 버렸고, 어쩌다 마주치는 경우에도 거의 신경 쓰지 않게 되었다. 그러나 내 비극의 다른 중요 인물인 막스 데미안은 주변에서 완전히 사라지지 않았다. 그러나 그는 오랫동안 멀리 구석에 있었다. 때문에 보이기는 했지만, 내게 영향을 미치지는 않았다. 그러던 그가 점차 가까이 다가와서 다시 힘과 영향력을 행사했다.

나는 그 시절의 데미안에 대해 알고 있는 것을 생각해 보려 한다. 1년 동안 또는 그 이상 그와 한 번도 이야기하지 않았는지도 모르겠다. 나는 그를 피했고, 그는 내게 결코 접근해 오지 않았다. 어쩌다 서로 마주치면 그는 내게 고개를 끄덕일 뿐이었다. 그러다 때로 그의 친절에는 조소나 반어적인 비난이 언뜻 담겨 있다는 생각이 들었다. 내 상상에 불과한 느낌일 수도 있다. 그와 함께 겪은 사건과 그가 그 당시 내게 미친 기묘한 영향력을 우리 둘 다 잊어버린 것 같았다.

그가 어떤 모습이었는지 그려 본다. 그의 모습을 생각해 보니, 그가 그 자리에 있었기에 내가 그의 존재를 인식했다는 것을 알게 된다. 그가 혼자 또는 자기보다 큰 다른 학생들 틈에 끼어 학교에 가는 모습이 보인다. 자신의 공기에 에워싸여 자신의 법칙에 따라, 그들 사이에서 떨어진 혹성처럼 낯선 모습으로 외롭게 조용히 걸어가는 모습이 보인다. 아무도 그를 좋아하지 않았고, 그의 어머니 말고는 누구도 그와 친하지 않았다. 그리고 어머니와의 관계도 어린아이로서가 아니라 어른 대 어른의 관계처럼 보였다. 선생님들은 가능한 한 그를 가만히 내버려 두었다. 그는 좋은 학생이었지만 누구의 마음에도 들려고 하지 않았다. 때때로 우리는 그가 했다는 어떤 말, 즉 어떤 선생님에 대한 그의 촌평이나 말대꾸에 대한 소문을 듣기도 했다. 그런 것들은 도발적인 냉혹함이나 반어적 표현으로는 더할 나위 없이 좋은 것이었다.

두 눈을 감고 회상해 보면 그의 모습이 떠오른다. 그곳이 어디였을까? 그래, 이제 다시 생각난다. 우리 집 앞의 골목이었다. 어느 날 나는 그가 손에 수첩을 들고 그곳에 서서 스케치하는 모습을 보았다. 그는 우리 집 대문 위의, 새가 새겨진 오래된 문장을 그리고 있었다. 나는 창가 커튼 뒤에 몸을 숨기고 서서 그를 지켜보았다. 나는 문장을 향해 돌아선 그의 신중하고 냉철하며 밝은 얼굴을 보고 크게 놀랐다. 그것은 어른의 얼굴이었고, 연구자나 예술가의 얼굴이었다. 무언가를 알고 있는 듯한 눈을 가진 그의 얼굴은 우월했고, 의지로 가득 차 있었으며, 이상하게도 밝고 냉정했다.

또다시 그의 얼굴이 보인다. 얼마 후 거리에서였다. 우리 모두는 학교에서 돌아오는 길에 쓰러진 말 주위에 서 있었다. 그 말은 여전히 끌채에 묶인 채 농부의 수레 앞에 누워서, 콧구멍을 벌리고 애처롭게 헐떡이고 있었다. 보이지 않는 상처에서 피가 흘러나왔기 때문에, 말의 옆구리 쪽에 닿은 길의 흰 먼지는 서서히 검붉은 색으로 물들어 갔다. 나는 그 광경을 보고 메스꺼워져 얼굴을 돌리다가 데미안의 얼굴을 보았다. 그는 앞으로 밀고 나오지 않고, 제일 뒤쪽에 편안한 모습으로, 평소처럼 우아하게 서 있었다. 그의 시선은 말 머리를 향해 있었고, 그는 다시 깊고 조용히, 거의 열광적이면서도 냉정하게 그것에 빠져든 채였다. 나는 그를 오랫동안 지켜보지 않을 수 없었다. 나는 그때 분명히 의식하진 않았지만 무언가 매우 독특한 면모를 느꼈다. 나는 데미안의 얼굴을 보았다. 그것은 소년의 얼굴이 아니라 어른의 얼굴이었다. 그뿐 아니라 나는 그에게서 더 많은 것을 보았다. 그 얼굴에 남자의 얼굴만이 아닌, 다른 것도 들어 있음을 보고 느낀 것 같다. 그 속에는 여성의 얼굴도 들어 있는 듯했다. 특히 그 얼굴은 내게는 한순간 남성이거나 어린아이 같지도 않고, 나이 들었다거나 젊다는 문제가 아니라 왠지 천 살은 먹은 듯한, 왠지 시간을 초월한 듯한, 우리가 살아가는 것과는 다른 시대의 낙인이 찍힌 듯 보였다. 짐승이나 나무 혹은 별이 그렇게 보일 수 있었으리라. 지금 내가 성인이 되어 그것에 대해 말할 수 있는 것과는 달리, 그때는 그런 사실을 알지 못했고, 정확히 느끼지도 못했으며, 단지 비슷한 무언가를 느꼈을 뿐이다. 어쩌면 그는 그저 멋있게 생겼거나, 어쩌면 내 마음에 들었을지도 모르고, 어쩌면 그렇지 않았을지도 모른다. 그것 또한 구분이 되지 않았다. 내가 본 것은 오직, 그가 우리와는 달랐고, 한 마리 짐승 같았거나 또는 유령이나 환영 같았다는 사실이다. 그때 그의 모습이 어땠는지는 모르지만, 그는 달랐다. 우리 모두와는 상상할 수 없을 정도로 달랐다.

내 기억에는 그 이상의 것이 남아 있지 않다. 그리고 내가 기억해낸 것도 부분적으로는 그 후의 인상에서 끌어낸 것일지도 모른다.

몇 년이 지나서야 비로소 나는 그와 다시 좀 더 가까이 접촉하게 되었다. 데미안은 관습대로 또래의 아이들과 함께 교회에서 하는 견진성사를 받지 않았다. 다시 그 부분에 대해서도 곧 소문이 꼬리에 꼬리를 물었다. 학교에서는 실은 그가 유대인이라고, 아니, 이교도라는 말이 다시 나돌았다. 다른 사람들은, 그가 어머니와 마찬가지로 어떤 종교도 없거나 어떤 황당한 사교邪教의 일원일 거라고 생각하기도 했다. 나는 그와 관련하여 그가 어머니와 연인처럼 살고 있다고 의심하는 말도 들었던 것 같다. 추측건대 그는 그때까지 전혀 종교 교육을 받지 않고 자란 것 같았고, 그 점이 그의 장래에 어떤 식으로든 해가 될지도 모른다는 우려를 낳았던 것 같다. 어쨌든 그의 어머니는 그가 또래보다 2년 늦게 견진성사 수업을 받도록 결정했다. 그래서 그는 몇 달 동안 내가 다니는 견진성사 반에 같이 다니게 되었다.

한동안 나는 그를 완전히 피하고 그와 거리를 두었다. 그와 관계를 맺고 싶지 않았다. 그는 너무 많은 소문과 비밀에 휩싸여 있었다. 그러고 특히 크로머와의 사건 이후부터 내 마음속에 남아 있던 그에 대한 부채감이 나를 가로막았다. 그리고 그 당시 나는 나 자신의 비밀만으로도 충분히 골치가 아팠다. 견진성사 수업을 받던 시기가 성 문제에 결정적으로 눈을 뜨게 된 시기와 꼭 일치했기 때문이다. 그런 이유로 수업에는 호의적이었지만, 경건한 가르침에 대한 관심은 크게 줄어들었다. 목사님이 말하는 내용은 나의 문제와는 전혀 무관한, 고요하고 성스러운 비현실적인 세계에 머물러 있었다. 그런 것들은 어쩌면 대단히 아름답고 가치 있는 것일지 모르겠지만, 바로 지금 내게 초미의 관심사로 떠오른 다른 새로운 문제들과는 달리 전혀 현실적이지 않았고 아무런 자극도 불러일으키지 않았다.

이러한 상태로 수업에 무관심해질수록, 나는 다시 막스 데미안에게 더욱 관심을 기울이게 되었다. 우리 둘을 연결해 주는 무언가가 있는 것 같았다. 나는 될 수 있는 한 이 끈을 따라가야겠다. 내가 기억하기로는, 그 일은 아직 교실에 불이 켜져 있는 이른 아침의 수업 시간에 시작되었다. 목사인 우리 성경 선생님은 어쩌다 카인과 아벨의 이야기를 하게 되었다. 나는 졸린 나머지 그의 이야기에 귀 기울이지 않았다. 그때 목사님은 목소리를 높여 카인의 표지에 관해 열심히 이야기하기 시작했다. 바로 그 순간 누가 내 몸을 건드렸거나 혹은 내가 경고를 받는 듯한 느낌이 들었다. 눈을 들어 쳐다보니 앞줄 중 한 줄에서 데미안이 고개를 돌려 내 쪽을 바라보고 있었다. 무언가를 말하는 듯한 그의 총명한 눈에는 진지함뿐만 아니라 조소도 담겨 있는 것 같았다. 그는 잠시 동안 나를 바라보았다. 나는 갑자기 긴장하여 목사님의 말씀에 귀를 기울였고, 그가 카인과 그의 표지에 대해 말하는 것을 들었다. 그리고 내 마음 깊은 곳에서는 '그가 가르치는 그대로는 아니야. 그 문제를 다르게도 볼 수 있어. 그의 견해에 비판을 가할 수도 있어!' 하는 생각이 들었다.

이러한 1분간이 데미안과 나 사이를 다시 연결해 주었다. 그리고 이상하게도 서로가 영혼을 공유한다고 느끼자마자 나는 그 느낌이 마법처럼 공간 속으로도 퍼져가는 것을 알았다. 데미안이 스스로 그렇게 할 수 있었는지 아니면 순전히 우연이었는지는 알 수 없었다. 당시만 해도 나는 우연이라고 확고하게 믿었다. 며칠 후 데미안은 종교 수업 시간에 갑자기 자리를 바꾸어 바로 내 앞에 와서 앉았다(학생들로 가득 찬 교실의 빈민 구호 시설 같은 역한 냄새 속에서, 아침마다 그의 목덜미에서 풍겨오는 향긋한 비누 냄새를 내가 얼마나 좋아했는지 아직도 기억난다). 그리고 며칠 뒤 그는 다시 자리를 바꿔 이제는 내 옆에 와서 앉았다. 그는 겨울 내내 그리고 봄이 다 가도록 내 옆자리에 계속 앉았다.

그러자 아침 수업 시간은 완전히 달라졌다. 수업 시간이 이제는 졸리거나 지루하지 않았다. 나는 그 시간을 즐거운 마음으로 기다렸다. 이따금 우리 둘은 매우 주의 깊게 목사님 말씀에 귀를 기울였다. 색다른 이야기, 이상한 말에 내가 주의를 기울이도록 하기 위해서는 옆자리에 앉은 그의 눈길 하나면 충분했다. 그리고 내게 경고하고, 내 마음속에 비판이나 회의를 불러일으키는 그의 다른 눈길, 그 단호한 눈길 하나면 충분했다.

그러나 우리는 매우 불량한 학생이었고, 자주 수업을 듣지 않았다. 데미안은 선생님이나 동료 학생들에게 늘 공손히 대했다.

나는 그가 사내아이 특유의 멍청한 짓을 하는 걸 본 적이 없고, 그가 큰 소리로 웃거나 잡담하는 소리를 듣지도 못했다. 그는 선생님의 꾸지람을 단 한 번도 들은 적이 없었다. 그러나 그는 아주 조용히, 그리고 말로 속삭이기보다는 오히려 신호나 눈짓으로 자기가 하는 일에 내가 관심을 갖게 하는 방법을 터득하고 있었다. 그중에는 가끔은 기묘한 성격을 띤 것들도 있었다.

예를 들어 그는 학생들 중 누구에게 관심이 있는지, 어떤 식으로 그들을 연구하고 있는지 말해 주었다. 그는 어떤 아이들을 아주 정확히 알고 있었다. 그는 수업이 시작되기 전에 "내가 너에게 엄지손가락으로 신호를 보내면, 누구누구가 우리 쪽을 돌아보거나 목덜미를 긁을 거야" 라는 등의 말을 했다. 그러다 수업 중에, 그의 말을 거의 잊고 있을 때 막스는 갑자기 눈에 띄는 행동을 하며 내게 엄지손가락으로 가리켰다. 얼른 그가 가리킨 학생을 지켜보았다. 그 아이는 철사 줄에 매여 당겨지듯이 매번 데미안이 요구하는 대로 행동했다. 나는 선생님한테도 한번 시험해 보라고 졸랐지만, 그는 응하려 하지 않았다.

그러나 한번은 수업이 시작되기 전에, 오늘은 수업 준비를 해 오지 못했으니 선생님이 내게 아무런 질문도 하시 않았으면 좋겠다고 했다. 그러자 그는 나를 도와주었다. 목사님은 교리문답의 한 부분을 암송시킬 학생을 찾고 있었다. 교실을 둘러보다가 그의 시선이 마음을 졸이고 있던 내 얼굴에 와서 멈추었다. 목사님은 천천히 다가오더니 손가락으로 나를 가리켰다. 목사님이 내 이름을 부르는가 싶었는데, 그때 갑자기 정신이 산만해지거나 아니면 마음이 불안해진 것 같았다. 그는 자신의 옷깃을 잡아당기기 시작하더니, 자기를 똑바로 쳐다보고 있는 데미안에게 가서 뭔가를 질문하려는 것 같았다. 그러나 그는 깜짝 놀라 다시 고개를 돌리며 잠시 기침을 한 뒤 다른 학생을 불렀다.

내가 이런 장난을 매우 즐기는 동안, 그 친구가 내게도 가끔 그 같은 장난을 친다는 걸 점차 눈치채기 시작했다. 학교 가는 길에 갑자기 멀지 않은 거리에서 데미안이 내 뒤를 따라오는 듯한 느낌이 들었다. 그래서 몸을 돌려보면 실제로 그가 있곤 했다.

"정말 다른 사람을 네가 원하는 대로 생각하게 할 수 있니?" 나는 그에게 물었다.

그는 특유의 어른스러운 태도로 차분히 요령 있게 기꺼이 알려주었다.

"아니야." 그가 말했다. "그렇게 못해. 목사님은 인간에게 자유의지가 있다고 말하지만 우리에게 자유의지란 없어. 사람은 자기가 원하는 대로 생각할 수 없고, 나도 내가 원하는 대로 다른 사람이 생각하게 할 수는 없어. 그러나 우리는 누군가를 잘 관찰할 수는 있어. 그러면 그 사람이 무슨 생각을 하고 무슨 느낌을 갖는지 제법 정확히 말할 수 있어. 또 그 사람이 다음 순간에 무슨 행동을 할지도 대체로 예상할 수 있어. 아주 간단해. 사람들이 그걸 모를 뿐이야. 그렇게 하려면 물론 연습이 필요하지. 예를 들어 부나비라는 나비가 있는데, 그것은 암컷의 개체 수가 수컷

보다 훨씬 적어. 부나비도 다른 모든 동물과 똑같이 번식하지. 수 컷이 암컷에게 수정을 시키면 암컷이 알을 낳는 거야. 지금 네게 부나비 암컷이 한 마리 있다면, 수많은 자연과학자들이 종종 이런 실험을 해봤는데, 밤이면 수컷 부나비가 너에게 날아올 거야. 그것도 몇 시간이 걸리는 먼 곳에서 말이야! 몇 시간이나 걸리는 먼 곳에서 날아온다고 생각해 봐! 몇 킬로미터 떨어진 곳에서도 모든 수컷들은 그 지역에 있는 단 한 마리의 암컷 냄새를 맡고 오는 거야! 사람들은 그런 현상을 설명해 보려고 하지만 그건 쉬운 일이 아니야. 그것은 일종의 후각이나 또는 그와 비슷한 감각 때문일 거야. 이를테면 뛰어난 사냥개가 보이지 않는 짐승의 자취를 찾아내 추적할 수 있는 것처럼 말이야. 무슨 말인지 알겠니? 자연에는 아무도 설명할 수 없는 그런 일로 가득 차 있어. 그런데 내 말의 요지는 이거야. 만약 부나비 암컷이 수컷만큼 아주 많다면 수컷은 그렇게 예민한 코를 갖지 못했을 거야! 수컷의 코가 그렇게 예민한 것은 스스로가 그렇게 훈련되었기 때문이야. 짐승이나 사람이 자기의 모든 주의력과 의지를 어떤 특정한 목표에 집중하게 되면 그것을 성취할 수도 있는 거야. 이게 다야. 그리고 네가 알고 싶었던 문제도 바로 이거야. 어떤 사람을 충분히 세심하게 지켜봐. 그러면 너는 그에 대해 그가 자기 자신에 대해 아는 것보다 더 많은 것을 알게 될 거야."

나는 '독심술'이라는 단어를 입에 올려 하마터면 먼 과거의 일이 된 크로머와의 사건을 그에게 상기시킬 뻔했다. 그러나 이것은 이제 우리 둘의 관계에서 미묘한 문제가 되었다. 그는 물론 나도, 몇 년 전 언젠가 그가 나의 삶에 진지하게 개입했던 일에 대해 조금이라도 암시하는 말은 결코 꺼내지 않았다. 우리는 전에 우리 사이에 아무 일도 일어나지 않았거나, 혹은 그런 일이 있었다 하더라도 각자가 그 일을 잊어버렸다고 굳게 믿고 있는 것 같았다. 우리가 함께 길을 가다가 한두 번 프란츠 크로머와 마주친 적도 있었다. 하지만 우리는 서로 시선을 주고받지 않았고, 그에 대해 한마디도 하지 않았다.

"하지만 의지에 대한 이야기는 어떻게 되는 거지?" 내가 물어보았다. "넌 자유의지란 없다고 말했지. 하지만 너는 또 우리의 목표를 성취하려면 우리의 의지를 확고하게 집중시키면 된다고 했어. 앞뒤가 안 맞는 말이야! 만약 내가 나 자신의 의지를 마음대로 하지 못한다면, 나는 그 의지 역시 마음대로 여기저기에 집중할 수도 없을 거야."

그는 내 어깨를 툭툭 쳤다. 나 때문에 기쁠 때면 그는 늘 그렇게 행동했다.

"의심이란 좋은 거야!" 그는 웃으며 말했다. "우린 늘 질문하고 늘 의심해야 해. 그러나 문제는 아주 간단해. 예를 들어 부나비가 자신의 의지를 별이나 그 밖의 비슷한 곳에 집중하려 했다면 그건 이룰 수 없는 일이겠지. 다만 부나비는 결코 그런 시도는 하지 않을 거야. 부나비는 자기에게 의미와 가치가 있는 것, 자기에게 필요한 것, 자기가 반드시 가져야 할 것만 추구하는 거야. 바로 그런 때에만 도저히 믿기지 않는 일까지 달성하는 것이지. 부나비는 그들 외에 다른 동물은 가지지 못한 마법 같은 제육감을 개발한 거야! 우리 인간은 확실히 동물보다 더 활동 범위가 넓고 더 다양하게 관심도 많아. 그러나 우리도 비교적 좁은 영역에 매여 있고 거기에서 벗어날 수는 없어. 반드시 북극에 가야겠다거나 또는 그와 비슷한 이런저런 상상이나 공상은 해볼 수도 있겠지. 하지만 그 소망이 온전히 나 자신의 마음속에 들어 있을 때나, 나의 존재가 사실상 온전히 그 소망으로 채워져 있을 때에만 그 일을 수행해 내거나 충분히 강력하게 원할 수 있어. 그런 경우, 너의 내면이 너에게 명령한 일을 시도해 본다면, 너는 그 일을 성취할 수 있고, 너의 의지를 마치 훌륭한 말처럼 부릴 수도 있는 것이지. 예를 들어 내가 지금 우리 목사님이 앞으로 안경을 쓰지 않도록 한다고 해도 그건 가능한 일이 아니야. 그건 그저 장난에 불과해. 그러나 지난가을에 내가 저 앞줄 의자에서 내 자리를 옮겨야겠다는 확고한 의지를 가졌을 때 그건 아주 잘되었지. 그때 알파벳 순으로 봤을 때 나는 지금의 내 앞줄에 앉아야 했지만, 지금까지 아파서 결석을 하던 아이가 갑자기 학교에 나타났어. 그래서 누가 그에게 자리를 내줘야 했기에 물론 내가 그렇게 했지. 내 의지는 즉각 그런 기회를 포착할 준비가 되어 있었기 때문이야."

"그래." 내가 말했다. "그때는 나도 아주 이상한 느낌이 들었어. 우리가 서로 관심을 가지기 시작한 순간부터 넌 점점 내 자리에

3. 도둑 81

가까이 다가왔어. 그런데 어떻게 그런 일이 일어났지? 넌 처음에는 바로 내 옆자리에 앉지 않았고, 먼저 몇 번은 내 앞자리에 앉았었지, 안 그래? 어떻게 된 일이었어?"

"그건 이런 이유 때문이야. 처음 배정된 자리에서 떠나려고 했을 때는 나도 어디 가서 앉고 싶은지 잘 몰랐어. 처음에는 저 멀리 뒷자리에 앉고 싶다는 마음뿐이었지. 네 옆에 가서 앉는 것이 내 의지였지만, 그때만 해도 아직 그것을 의식하지는 못하고 있었지. 동시에 너의 의지가 함께 끌어서 나를 도와준 거야. 그러다가 나는 네 앞자리에 앉게 되었을 때야 비로소 나의 소망이 이제 반쯤 이루어졌다는 생각이 들었어. 나는 원래 바로 네 옆자리에 앉고 싶어 했다는 걸 깨달은 것이지."

"하지만 그때는 새로 들어온 아이가 없었는데."

"그렇긴 해. 하지만 그때는 그냥 내가 하고 싶은 대로 해버렸어. 재빨리 네 옆에 앉아 버린 거야. 나와 자리를 바꾼 아이는 좀 놀란 표정을 짓긴 했지만, 내가 하는 대로 내버려 두었어. 그리고 언젠가 목사님도 어떤 변화가 있었다는 것을 눈치채긴 했어. 아무튼 그가 나와 관련이 있을 때마다, 다시 말해 목사님은 내 이름이 데미안이고, 이름이 D로 시작하는 내가 아주 뒤쪽의 S로 시작하는 아이들 틈에 앉아 있는 것이 무언가 맞지 않다는 걸 아신 거지! 그러나 그가 그런 사실을 분명히 의식한 것은 아니었어. 나의 의지가 그에 맞서고, 그가 그렇게 의식하지 못하도록 내가 자꾸 방해했기 때문이지. 그는 무언가가 잘못되었다는 걸 계속해서 깨닫고는, 나를 쳐다보며 문제를 해결하려고 노력하더군. 그 선량한 목사님이 말이야. 하지만 그럴 때 내게는 간단한 해결책이 있었지. 그가 나를 볼 때마다 그의 눈을 빤히, 아주 빤히 쳐다보는 거야. 그런 상황을 제대로 견뎌내는 사람은 많지 않아. 다들 불안해지지. 만약 네가 어떤 사람에게서 무엇인가를 얻으려하고, 예기치 않게 그의 눈을 아주 빤히 쳐다보는데도 그가 전혀 불안해하지 않으면 포기하도록 해! 그런 사람에게서는 아무런 기회도 잡을 수 없어, 결코! 하지만 그런 일은 아주 드물어. 그런 수법이 통하지 않는 사람을 나는 단 한 사람밖에 몰라."

"그 사람이 누군데?" 나는 재빨리 물어보았다.

그는 무언가를 깊게 생각할 때 그러하듯 약간 가늘게 눈을 뜨고 나를 바라보았다. 그러다가 눈길을 다른 데로 돌리고 아무런 대답도 하지 않았다. 나는 몹시 궁금했지만, 같은 질문을 되풀이할 수는 없었다.

나는 그때 그 얘기가 그가 자기 어머니를 두고 한 말이라고 생각한다. 그는 어머니와 매우 친밀한 관계인 것 같았지만, 한 번도 내게 어머니 이야기를 하지 않았고, 한 번도 나를 집에 데려가지 않았다. 나는 그의 어머니가 어떤 모습인지 거의 알지 못했다.

그 당시 나는 가끔 데미안을 모방해서 내가 꼭 성취해야 할 무언가에 의지를 집중하려고 시도해 보았다. 내게는 충분히 절실해 보였던 소망이 있었다. 그러나 아무 일도 일어나지 않았고, 그것은 성공하지 못했다. 그 문제에 대해 데미안과 얘기할 용기가 나지 않았다. 내가 원했던 것을 그에게 고백할 수 없었다. 그리고 그 역시 묻지 않았다.

그사이 종교 문제와 관련된 나의 신념에 많은 틈새가 벌어지게 되었다. 그렇지만 순전히 데미안의 영향을 받았던 나의 생각은, 전혀 신앙이 없는 것으로 보였던 동료 학생들의 생각과는 매우 달랐다. 그런 학생들이 몇 있었다. 그런 학생들은 어떤 신을 믿는다는 건 가소로운 일이고, 인간의 품위를 해치는 일이며, 삼위일체나 동정녀 마리아에 의한 예수 탄생 같은 이야기는 말도 안 되는 웃기는 일이라고 했다. 그리고 오늘날에도 그런 어처구니없는 이야기를 하고 다니는 것은 수치스러운 일이라고 종종 말했다. 나는 결코 그런 견해에 동조하지 않았다. 때때로 의심하기도 했지만, 나는 어린 시절의 온갖 체험을 통해, 가령 나의 부모님이 그런 생활을 하셨듯이 실제로 경건한 삶이 존재한다는 것을 충분히 알고 있었다. 또한 경건한 삶이 무가치하다거나 위선적이지 않다는 것도 알고 있었다. 오히려 나는 종교적인 것에 대해 예나 지금이나 지극히 깊은 경외심을 품고 있었다. 그러나 데미안은 내가 성경 이야기나 교리들을 좀 더 자유롭고 개인적으로, 보다 더 유희적으로 상상력을 갖고 바라보고 해석해 내는 데 익숙하게 만들어 주었다. 적어도 그로 인해 친숙해진 해석들을 나는 늘 기꺼이 그리고 즐거운 마음으로 따랐다. 물론 그중 상당 부분은 받아들이기에 너무 부담스러웠고, 카인에 대한 이야기도 그랬다. 그리고 한번은 견진성사 수업 중에 그는 훨씬 더 대담한 견해로 나를 놀라게 했다. 선생님께서 골고다 언덕에 대한 이야기를 할 때였다. 구세주의 고난과 죽음에 대한 성경 이야기는 내게 아주 어렸을 때부터 깊은 인상을 남겼다. 어린 소년이었을 때 종종, 가령 그리스도 수난의 날 같은 때, 아버지께서 예수의 수난에 관한 이야기를 낭독하고 나면 깊이 감동을 받았다. 그런 소년이었던 나는, 이 고난에 찬 아름답고, 창백하고, 으스스하지만 대단히 생기 넘치는 세계인 겟세마네 동산과 골고다 언덕에 사로잡혀 살았다. 그리고 바흐의 〈마태수난곡〉을 들을 때면, 비밀스러운 이 세계가 지닌 음산하고도 거대한 고난의 광채가 나를 온갖 신비로운 전율에 사로잡히게 했다. 나는 오늘날에도 이 음악에서 그리고 '비극적 행위'에서 모든 시문학과 모든 예술적 표현의 정수를 발견한다.

그런데 수업이 끝나자 데미안은 깊이 생각에 잠겨 내게 말했다. "싱클레어, 나는 이 이야기가 무언가 마음에 들지 않아. 이 이야기를 한번 읽어서 확인하고, 입 밖에 내서 음미해 봐. 무언가 김빠진 맛이 나. 말하자면 예수와 함께 십자가에 매달린 두 도둑에 대한 이야기 말이야. 언덕 위에서 십자가 세 개에 나란히 매달린 모습은 참으로 인상적이야! 하지만 그 우직한 도둑에 대한 감상적인 종교 팸플릿을 좀 봐! 처음에 그는 수치스러운 짓을 저지른 범죄자였어. 하느님은 그 모든 것을 알고 계시지. 이제 와서 그런 그가 점차 마음이 풀려서, 눈물을 흘리며 개전과 회개라는 그런 축제를 벌이다니! 너에게 묻겠는데, 무덤에서 두 발짝 떨어진 곳에서 하는 그런 회개가 대체 무슨 의미가 있겠어? 그건 올바른 목사가 할 이야기는 결코 아니야. 달콤하고 부정직하고 감상적인 이야기로 감동을 주려는, 지극히 교화적인 배경이 있는 것에 불과해. 만약 지금 네가 두 도둑 중 하나를 친구로 선택해야한다면, 혹은 둘 중 누구를 더 신뢰할 수 있는지 생각해야 한다면, 분명히 잘 우는 이 개종자를 선택하진 않을 거야. 그래, 다른쪽을 선택할 거야. 그는 정말로 사나이이고, 지조가 있어. 그는 개종을 우습게 알았지. 그의 입장에서 보면 개종 따윈 그저 달콤한 이야기에 지나지 않겠지. 그는 끝까지 자신의 길을 갔어. 그리고 그때까지 그를 도와주고 부추긴 악마에게 마지막 순간에 결별을 선언하지 않았어. 그는 지조 있는 사람이야. 성경 이야기에서는 지조 있는 사람들은 기꺼이 손해를 감수하는 경향이 있지. 어쩌면 그도 카인의 후예일지 몰라. 넌 그렇게 생각하지 않아?"

나는 몹시 당황했다. 지금까지 나는 십자가에 못 박힌 예수의 이야기에선 매우 편안한 느낌이 든다고 생각해 왔다. 지금에야 비로소 나는 얼마나 개성 없이, 얼마나 부족한 상상력과 환상으로 그런 것을 경청하고 읽었는지 알았다. 그럼에도 데미안의 새로운 생각은 불길하게 들렸고, 계속 존속되어야 한다고 여겨지는 내 신념을 뒤집어 버릴 것만 같았다. 아니야, 그렇지만 모든 것을, 가장 신성한 것까지도 함부로 부당하게 다룰 수는 없었다.

그는 언제나 그렇듯이 내가 무슨 말을 꺼내기도 전에 반대하고 있다는 것을 금방 알아차렸다.

"나도 이미 알고 있어." 그는 체념한 투로 말했다. "그건 케케묵은 이야기야. 심각하게 생각하지 마! 하지만 네게 뭔가 한마디 하고 싶어. 바로 이런 부분에서 이 종교의 결점이 아주 분명하게 드러나고 있어. 중요한 문제는 구약성경과 신약성경의 이 온전한 신은 사실 탁월한 존재이긴 하지만, 원래 신이 나타내야 할 그런 존재는 아니라는 거야. 그분은 선하고 고상하며, 아버지 같고 멋지며, 높고 다정다감한 존재이지. 옳아! 하지만 세계는 그 밖의 다른 것으로도 이루어져 있어. 그런데 그 모든 것은 이제 그냥 악마의 탓으로 돌려졌어. 세계의 이 온전한 부분, 이 절반 전체가 은폐되고 묵살되었어. 사람들은 신을 모든 생명의 아버지라고 찬미하면서도, 생명의 근원이 되는 성생활은 그냥 묵살하고, 가능하면 악마의 소행이며 죄악이라고 선언하는 거야! 나는 이런 신인 여호와를 숭배하는 것에는 조금도 반대하지 않아. 하지만 내 생각에 우리는 인위적으로 분리되어 있는, 공식적인 이 절반의 세계뿐만 아니라 세계 전체, 다시 말해 모든 것을 숭배하고 신성시해야 해! 그러니까 우리는 신에 대한 예배뿐 아니라 악마 숭배도 해야 되는 거야. 그게 올바른 일인 것 같아. 아니면 악마도 포함된 신을 하나 만들어 내야 할 것 같아. 세상에서 가장 지연스러운 일이 일어나더라도 우리가 눈을 감을 필요가 없는 신 말이야."

그는 평소의 그답지 않게 격한 모습을 보였다. 그렇지만 그는 즉시 다시 미소를 지었고 더 이상은 내게 강요하지 않았다.

그러나 그 말들은 소년 시절을 통틀어 늘 가슴속에 품고 다니면서, 한 번도 누구에게 말해 본 적이 없는 내 마음속의 수수께끼를 정확히 짚어낸 것이었다. 그때 데미안이 신과 악마에 대해, 공인된 신의 세계와 묵살된 악마의 세계에 대해 말했던 것은 바로 나 자신의 생각이었고, 나 자신의 신화였으며, 세상이 밝은 세계와 어두운 세계라는 두 세계 혹은 두 개의 절반으로 나뉘어 있다는 생각이었다. 나의 문제는 모든 인간의 문제, 모든 삶과 사유와 관련된 문제라는 깨달음이 신성한 그림자처럼 문득 내 마음속을 스쳐 지나갔다. 그리고 나는 나의 가장 고유한 개인적인 삶과 생각이 위대한 이념의 영원한 흐름에 얼마나 깊숙이 가담하고 있는지를 갑자기 깨닫고 느끼며, 두려움과 경외심에 사로잡혔다. 그 깨달음은 무언가 확신과 행복을 가져다주는 것 같았지만 왠지 즐겁지는 않았다. 그 깨달음은 가혹했고, 떫은맛이 났다. 그 안에는 일말의 책임의식이, 더 이상 어린아이로 지낼 수 없으며, 홀로 살아가야 한다는 울림이 들었기 때문이었다.

　나는 난생처음 동료에게 그렇게 깊은 비밀을 털어놓고 아주 어린 시절부터 가졌던 '두 세계'에 대한 견해를 말해 주었다. 즉시 그는 내 마음속의 깊은 느낌이 그의 견해에 동의하고 옳게 여긴다는 사실을 알았다. 그렇지만 무언가를 그렇게 철저히 이용하는 것은 그의 방식이 아니었다. 그는 어느 때보다 더 주의 깊게 내 말에 귀를 기울이고, 내 눈을 뚫어지게 들여다보아서, 나는 다른 데로 눈을 돌리지 않을 수 없었다. 나는 그의 눈길에서 저

기이하고 동물을 닮은 무시간성, 헤아릴 수 없는 그 나이를 다시 보았던 것이다.

"다음에 언젠가 그 이야기를 더 하도록 하자." 그는 그 이야기를 아낀다는 듯 말했다. "나는 네 사고가 너 자신이 표현할 수 있는 것보다 더 깊다는 걸 알고 있어. 하지만 그렇다고 하면 넌 네가 생각한 것을 완전히 체험하지 못했다는 사실도 알고 있는 셈이야. 그건 좋지 않은 거야. 우리가 실제로 따르며 살아갈 수 있는 생각만이 가치 있는 거야. 넌 너의 '허용된 세계'가 세계의 반쪽에 불과하다는 사실을 알고 있었어. 그리고 제2의 반쪽은 목사님이나 선생님들처럼 숨기려고 했어. 넌 그렇게 하는 데 성공하지 못할 거야! 한번 생각을 시작한 사람이라면 아무도 성공할 수 없는 일이거든."

이 말은 내 마음에 깊이 와 닿았다.

"하지만 세상에는 정말이지, 금지된 추한 일들이 실제로 있어." 나는 거의 외치듯이 말했다. "너도 그건 부인하지 못할 거야! 그리고 그것들이 일단 금지되어 있다면 우리는 단념해야 될 거야. 물론 세상에는 살인이나 여러 종류의 악덕이 존재한다는 건 나도 잘 알아. 하지만 단지 그런 것들이 존재한다는 이유만으로 나도 자진해서 범죄자가 되어야 한다는 말이야?"

"오늘 우리가 이 문제를 해결하자는 것은 아니야." 막스가 나를 달랬다. "네가 누구를 때려죽이든가 소녀를 강간 살해하라는 뜻은 아니야. 절대 아니지. 그러나 넌 '허용된', '금지된'의 실제 의미를 깨닫는 데는 아직 이르지 못했어. 너는 겨우 진리의 일부를 느꼈을 뿐이야. 곧 진리의 다른 부분도 느끼게 될 거야. 내 말을 믿고 기다려 봐! 예를 들면 넌 약 1년 전부터 네 속에서 다른 어떤 것보다 강하고, '금지된' 것으로 간주되는 어떤 충동을 느끼고 있어. 그런데 그리스인과 다른 많은 민족은, 이 충동을 신성하게 여기고 큰 축제 때는 숭배했어. 그러니까 '금지된' 것은 영원하지 않고 변할 수 있는 거야. 오늘날에도 누구든 목사 앞에서 한 여자와 결혼하자마자 그 여자와 잘 수 있어. 그렇지만 다른 민족들의 경우에는 오늘날에도 우리와 방식이 달라. 그 때문에 우리들 각자는 무엇이 허용되고 무엇이 금지되어 있는지 — 자신에게 무엇이 금지되어 있는지 자기 스스로 찾아내야 하는 거야. 금지된 일은 절대 해서는 안 돼. 그러다간 대단한 악당이 될 수 있어. 역으로, 악당이라야 금지된 일을 할 수 있는 거지. 사실 그것은 그저 편안함의 문제에 지나지 않아! 사는 게 너무 편안해서 스스로 생각하지 못하고, 스스로 자신의 심판관이 되지 못하는 사람은, 어차피 금지된 것에 어쩔 수 없이 순응하며 살아가는 거야. 그런 사람은 살아가기가 편해. 다른 사람들은 스스로 자기 속의 계율을 느끼지. 그들에겐 신사라면 누구나 매일 일상적으로 하는 일이 금지되어 있고, 일반적으로 금기시된 다른 일은 허용되어 있어. 그러니 제각기 스스로 독립해서 살아가야 하는 거야."

그는 말을 너무 많이 한 것을 후회하는 듯 갑자기 말을 멈췄다. 그가 그때 느꼈던 감정을 나는 그 당시에 이미 어느 정도는 이해할 수 있었다. 다시 말해 그는 자신의 생각을 마음 편히, 겉보기에 아무렇게나 전달하곤 했어도, 언젠가 내게 말했듯이 '그저 말하기 위한' 대화를 도저히 견디지 못했다. 그러나 그는 내가 진정한 관심 이외에 너무 지나치게 유희나 재치 있는 수다를 즐기는 태도를 느꼈다. 요컨대 완벽한 진지함이 결여되었음을 느꼈던 것이다.

내가 방금 쓴 마지막 말 — '완벽한 진지함' — 을 다시 읽어보니 갑자기 다른 한 장면이 다시 마음속에 떠오른다. 내가 아직 반쯤은 어린아이였던 시절, 막스 데미안과 함께 겪은 가장 인상적인 장면이다.

우리가 견진성사를 받는 날이 다가오고 있었다. 선생님은 종교 수업이 끝나갈 무렵에는 최후의 만찬에 대해 다루었다. 그것은 목사님에게는 중요한 문제여서, 우리에게 설명하느라 여념이 없었다. 수업 시간 중에는 엄숙한 분위기를 느낄 수 있었다. 그러나 바로 마지막에 있는 몇 번의 성경 강독 시간에 내 생각은 다른 것에, 그것도 내 친구에게 고정되어 버렸다. 교회 공동체로의 엄숙한 입문으로 우리에게 설명된 견진성사를 기다리면서, 나는 약 반년에 걸친 성경 강독 수업의 가치란 교실에서 배운 게 아니라, 데미안의 곁에서 그에게 받은 영향에 속해 있다는 생각을 떨쳐 버릴 수 없었다. 이제 나는 교회가 아니라, 무언가 전혀 다른 것, 어떻게든 지구상에 틀림없이 존재하는 다른 사고와 개성의 교단에 입문할 준비가 되어 있었다. 나는 그 교단의 대표자이자 사절使節이 내 친구 막스 데미안이라고 느꼈다.

나는 이런 생각을 억누르려고 했다. 견진성사에 대한 이 모든 부정적인 견해에도 불구하고 그 의식을 나름대로 품위 있게 치르려고 진지하게 마음먹었다. 그런데 이러한 품위는 나의 새로운 생각과 그다지 조화를 이루는 것 같지 않았다. 그렇지만 나는 내가 원하는 대로 하고 싶었다. 나는 나름대로 생각이 있었고, 그 생각은 임박한 견진성사 의식에 대한 생각과 서서히 연결되었다. 나는 이 의식을 다른 사람들과는 다르게 치를 준비가 되어 있었다. 내게 이 의식은 데미안에 의해 알게 된 사고의 세계로 입문하는 것을 의미했다.

그 당시 나는 또다시 그와 활발히 토론했다. 성경 강독 수업을 하기 직전이었다. 나의 친구는 말수가 적었고, 어쩌면 좀 건방지고 잘난 척하는 듯한 나의 말에 즐거워하지 못했던 것 같다.

"우린 이야기를 너무 많이 했어." 그는 평소와 달리 진지하게 말했다. "재치 있는 말은 아무런 가치가 없어, 전혀 가치가 없단 말이야. 그러는 중에 자기 자신을 잃을 뿐이야. 자기 자신을 잃는다는 것은 죄악이야. 우리는 거북이처럼 우리 자신 안으로 완전히 기어 들어갈 수 있어야 해."

그러고 나서 우리는 교실로 들어갔다. 수업이 시작되었다. 나는 주의를 집중하려고 애썼고, 데미안은 그런 나를 방해하지 않았다. 잠시 후에 나는 그가 앉은 내 옆쪽에서 무언가 독특한 기운을 느끼기 시작했다. 마치 부지불식간에 자리가 텅 빈 것처럼, 공허감이나 냉랭함 혹은 그와 비슷한 기운이 느껴졌다. 그런 느낌에 마음이 조여오기 시작했을 때 나는 옆쪽을 보았다.

내 친구는 평소처럼 어깨를 펴고 반듯한 자세로 앉아 있었다. 그렇지만 그는 평소와는 완전히 달라 보였다. 알지 못하는 무언가가 그에게서 발산되어 나왔고, 무언가가 그를 에워싸고 있었다. 처음에 나는 그가 두 눈을 감고 있다고 생각했지만, 나중에는 눈을 뜨고 있었다는 것을 알았다. 그러나 그의 눈은 어딘가에 초점을 맞추지 않고, 무언가를 보지도 않았다. 그의 눈은 응시하고 있으면서도, 내면이나 혹은 아주 먼 곳을 향해 있었다. 그는 전혀 움직이지 않고 앉아 있었다. 그는 숨조차 쉬지 않는 듯했고, 입은 나무나 돌멩이로 깎아 놓은 것 같았다. 그의 얼굴은 한결같이 창백했고, 돌멩이처럼 핏기가 없었다. 그의 얼굴에서 가장 생기 있는 것은 갈색 머리카락이었다. 그의 두 손은 그의 앞에 있는 긴 의자 위에 놓여 있었다. 그 손은 돌멩이나 과일 같은 물건처럼 생기나 움직임이 없었다. 핏기가 없고 미동도 없었지만, 그렇다고 축 늘어진 것은 아니었다. 숨겨진 강한 생명을 둘러싸고 있는 단단하고 좋은 껍질 같았다.

나는 그 광경을 보고 전율했다. 그가 죽었다고 생각하고, 하마터면 크게 소리칠 뻔했다. 그러나 나는 그가 죽지 않았다는 것을 알고 있었다. 나는 마법에 사로잡힌 듯 시선을 그의 얼굴에서, 그 핏기 없고, 돌 같은 가면에서 떼지 못했다. 그리고 나는 그것을 진짜 데미안이라고 느꼈다. 나와 함께 걷고 이야기하던 평소의 데미안은 그의 반쪽에 지나지 않았다. 그는 때때로 어떤 역할을 수행하고, 자신을 적응시키고, 호의로 남과 함께하는 사람에 지나지 않았다. 그러나 진짜 데미안은 이 사람과 같은 모습이었다. 돌로 만들어진 듯하고, 대단히 늙어 보이고, 동물 같고, 돌 같고, 멋지고도 차갑고, 죽어 있는 것 같지만 지금까지 알지 못한 생기로 은밀하게 가득 찬 모습이었다. 그리고 그의 주위를 둘러싸고 있는 이 고요한 공허, 이 영기靈氣와 우주 공간, 이 고독한 죽음이라니!

나는 지금 그가 완전히 자신 속으로 들어가 버렸음을 느끼고 전율에 사로잡혔다. 나는 이토록 고립감을 느낀 적이 없었다. 그와 나의 관계가 사라지고, 그는 범접할 수 없는 사람이 되었다. 그는 이 세상에서 가장 멀리 떨어진 섬보다 더 먼 곳에 있는 것 같았다.

그런데 나 말고는 아무도 그 광경을 보지 못했다는 사실을 도저히 이해할 수 없었다! 모두가 봤어야 했고, 모두가 전율을 느껴야만 했다. 그러나 그에게 주의를 기울이는 사람은 아무도 없었다. 나는 그가 동상처럼, 마치 우상처럼 뻣뻣하게 앉아 있다고 생각할 수밖에 없었다. 파리 한 마리가 그의 이마에 앉았다가 천천히 코와 입술 위로 내려갔다. 그래도 그는 눈썹 하나 까딱하지 않았다.

그는 지금 어디에, 어디에 가 있을까? 무슨 생각을 하고, 무엇을 느끼고 있을까? 그는 천국에 가 있는가, 지옥에 가 있는가?

나는 그에게 물어볼 수 없었다. 수업이 끝나고 그가 다시 살아 숨 쉬는 것을 보았을 때, 그리고 그의 시선이 나의 시선과 마주쳤을 때 그는 예전 그대로였다. 그는 어디에 있다가 온 것일까? 어디에 있었을까? 그는 피곤해 보였지만, 얼굴은 다시 혈색을 되찾았고 두 손은 다시 움직였다. 그러나 지금 갈색 머리카락은 윤기가 없고, 생기가 없어 보였다.

그다음 며칠 동안 나는 내 침실에서 몇 번이나 새로운 연습에 몰두했다. 나는 의자에 가서 정좌하고는, 눈은 움직이지 않고 정면을 응시했다. 꼼짝도 하지 않고, 얼마나 오랫동안 그런 상태를 견뎌낼지, 그리고 무엇을 느끼게 될지 알아보려고 기다렸다. 그렇지만 곧 몹시 피곤해졌고, 눈꺼풀이 심하게 가려웠다.

그런 뒤에 곧 견진성사가 있었는데, 그 일에 대해서는 어떤 중요한 기억도 남아 있지 않았다.

이제 모든 것이 변했다. 나의 유년 시절은 내 주위에서 무너져 내렸다. 부모님은 약간 당황한 표정으로 나를 바라보셨다. 누이들은 내게 매우 낯설게 느껴졌다. 새로운 각성은 익숙해진 느낌과 기쁨을 왜곡하고 퇴색시켰다. 정원은 향기가 없었고 숲은 매력을 잃었다. 내 주위에는 마치 떨이 판매하는 낡은 재고품처럼 김빠지고 매력이 사라져 버린 세계가 있었다. 책은 종이였고, 음악은 소음에 지나지 않았다. 그런 식으로 가을 나무 주위에 낙엽이 떨어진다. 나무는 그런 사실을 느끼지 못하고, 비나 햇빛 또는 서리는 나무를 타고 흘러내린다. 나무 속에서는 생명이 가장 좁고 깊은 곳으로 천천히 되돌아간다. 나무는 죽는 것이 아니라 기다리고 있는 것이다.

방학이 끝나면 나는 다른 학교로 가기로 결정되었다. 처음으로 집을 떠나 지내기로 한 것이다. 어머니는 이따금 각별히 정다운 모습으로 다가와, 미리 작별을 치렀다. 마치 마법이라도 부리는 것처럼 사랑과 향수, 잊을 수 없는 추억을 내 마음속에 불어넣으려 애썼다. 데미안은 여행을 떠나고 없었다. 나는 혼자가 되었다.

4. 베아트리체

나는 내 친구를 다시 만나 보지 못한 채, 방학이 끝날 무렵 성 ᵖᵘˡ xx시로 갔다. 부모님 두 분이 함께 오셔서 온갖 일을 세심하게 배려하면서, 김나지움의 교사가 지도하는 한 남학생 기숙사에 나를 맡기셨다. 그곳에서 내가 어떤 일을 겪게 되었는지 알았더라면 부모님은 놀란 나머지 아마 몸이 굳어졌을 것이다.

시간이 흐르면서도 내가 좋은 아들이자 건전한 시민이 될 수 있을지, 아니면 나의 본성이 다른 길을 긷게 될지는 여전히 의문이었다. 부모님의 집과 정신의 그늘 속에서 마지막으로 오랫동안 행복해지려고 시도한 결과, 가끔은 거의 성공한 것 같기도 했지만 결국은 완전히 실패로 끝나고 말았다.

견진성사를 마친 후 방학 동안에 처음으로 느끼게 되었던 색

다른 공허감과 고독감(이런 공허감과 희박한 공기를 나중에 어떻게 또 느끼겠는가!)은 그리 쉽사리 사라지지 않았다. 고향과는 이상하리만치 쉽게 작별할 수 있었다. 좀 더 슬프지 않아서 실은 부끄러울 정도였다. 누이들은 쉬지 않고 눈물을 흘렸지만, 나는 눈물이 나오지 않았다. 그런 나 자신이 놀라웠다. 나는 언제나 감정이 풍부한 아이였고, 본래는 아주 착한 아이였다. 그러나 지금은 완전히 달라져 있었다. 나는 외부 세계에 완전히 무관심한 태도를 취했다. 하루 종일 나 자신의 내면에 귀를 기울이며, 내 마음속 깊은 곳에서 소리 내며 흐르고 있는 어둡고 금지된 물소리를 듣는 데 몰두했다. 나는 지난 반년 동안에 매우 빨리 성장했다. 그렇게 훌쩍 자라 마르고 미성숙한 상태에서 세계를 들여다보았다. 아이다운 귀여운 모습은 내게서 완전히 사라졌다. 이래서는 사람들에게 사랑을 받을 수 없다는 것을 스스로 느꼈고, 나도 나 자신을 결코 사랑하지 않았다. 가끔 막스 데미안이 너무나도 그리웠다. 하지만 드물지 않게 그가 미웠고, 나는 몹쓸 병처럼 안고 살아가게 된 어떤 결핍과, 내 삶이 그렇게 된 책임을 그에게 돌리기도 했다.

우리 학생 기숙사에서 나는 처음에는 사랑도 존중도 받지 못했다. 처음에는 놀림감이 되었고, 그다음에는 아이들이 나를 멀리했으며, 위선자나 불쾌한 괴짜라고 생각했다. 나는 그런 역할이 마음에 들어서 더욱 과장해서 그 역할을 수행했다. 그리고 이따금 심신을 갉아먹는 비애와 절망이 엄습해 와 몰래 힘겨워할 때도, 겉으로는 사내답게 계속해서 세상을 경멸하는 것처럼 보이는 고독에 휩싸여 있었다. 학교에서는 집에서 쌓았던 지식으로 근근이 버텨 나가야 했다. 우리 반은 내가 전에 다니던 학교에 비해 진도가 약간 뒤떨어져 있어서, 나는 내 또래들을 어린아이 취급하고 약간은 경멸하면서 바라보는 데 익숙해졌다.

1년 혹은 그 이상의 세월이 이렇게 흘러갔다. 첫 방학이 되어 집으로 왔을 때도 이렇다 할 새로운 반향이 일어나지 않았다. 그래서 나는 기꺼이 다시 고향을 떠났다.

11월 초순이었다. 나는 날씨에 상관없이 매일 짧게 산책하며 생각에 잠기는 습관이 생겼다. 그런 산책길에서 나는 종종 일종의 희열을, 즉 우울, 세상에 대한 멸시, 자기 멸시로 가득 찬 희열을 맛보기도 했다. 어느 날 저녁 나는 그런 기분에 젖어 촉촉이 안개 낀 황혼녘에 교외를 거닐고 있었다. 텅 비어 황량한 기분이 드는 시립 공원의 넓은 가로수 길이 나를 부르고 있었다. 길에는 낙엽이 잔뜩 쌓여 있고, 나는 낙엽들을 두 발로 휘저으며 막연한 쾌감을 느꼈다. 축축하고 쓴 냄새가 났다. 먼 곳의 나무들은 안개 속에서 유령처럼 큰 윤곽을 드러냈다.

가로수 길 끝에서 나는 머뭇거리며 발길을 멈추고, 시기먼 나뭇잎을 응시하며 부패와 소멸의 축축한 냄새를 탐하듯이 맡았다. 내 마음속의 무언가가 그 냄새에 대꾸하며 인사했다. 아, 삶은 얼마나 무의미한가!

그때 어느 옆길에서 깃 달린 외투를 바람에 휘날리며 한 사람이 다가왔다. 나는 가던 길을 계속 가려고 했다. 그때 그가 나를 불렀다.

"어이, 싱클레어!"

그가 가까이 다가왔다. 그는 우리 기숙사에서 가장 나이 많은 알폰스 베크였다. 그와 만나면 즐거웠다. 그가 나이 어린 다른 모든 학생들에게 그러듯이 내게도 늘 비꼬는 투로 말하고 아저씨처럼 구는 것을 제외하면, 나는 그에게 전혀 거부감이 없었다. 그는 무척 힘이 세다고 알려져 있었고, 우리 기숙사 사감 선생님도 꼼짝 못하게 한다고 했다. 그는 김나지움 학생들 사이에 떠도는 수많은 소문의 주인공이었다.

"여기서 대체 뭐하는 거냐?" 그는 가끔 어른들이 우리 같은 아이들 사이에 끼어들 때 쓰는 특유의 말투로, 붙임성 있게 말을 걸어왔다. "자, 어디 맞춰 볼까, 시를 짓고 있었지?"

"말도 안 되는 생각이야." 나는 무뚝뚝하게 부인했다.

그는 폭소를 터뜨리고 나서, 내 곁을 따라 걸으며 이야기를 늘어놓았다. 나는 이젠 그런 잡담이 완전히 낯설게 느껴졌다.

"싱클레어, 내가 네 마음을 이해하지 못할 거라고 겁낼 필요 없어. 이렇게 가을날 저녁 안개 속을 상념에 젖어 걷는다면 무슨 사연이 있기 마련이야. 그럴 때는 시라도 짓고 싶겠지. 나도 그런 것은 알고 있어. 물론 말라 죽은 자연이라든가, 그와 비슷한 잃어버린 청춘에 대해 말이야. 하인리히 하이네가 그랬지."

"난 그렇게 감상적이지 않아." 나는 항변했다.

"뭐, 그런 건 아무래도 좋아! 그러나 이런 날씨에는 한 잔의 포도주나 그 비슷한 걸 마실 수 있는 조용한 장소를 찾아가는 게 좋을 것 같아. 같이 가지 않겠니? 나도 지금 무척 외롭거든. 아니면 싫은 거야? 이봐, 네가 모범생이라도 되고 싶은 생각이라면, 널 굳이 유혹할 생각은 없어."

그런 후에 우리는 교외의 어느 작은 술집에 앉아, 품질이 의심스러운 포도주를 마시며 두툼한 유리잔을 부딪쳤다. 처음에는 별로 마음에 들지 않았지만, 아무튼 새로운 경험이었다. 그러나 나는 포도주에 익숙하지 않아 이내 말이 무척 많아졌다. 마치 마음의 창 하나가 활짝 열린 듯했고, 세상이 전부 들어오는 것 같았다. 너무나 오랫동안, 너무나 끔찍이 오랫동안 영혼에 대한 이야기를 하지 않았던 것이다! 나는 정신없이 말하기 시작했고, 그러는 중에 카인과 아벨의 이야기를 화젯거리로 내놓게 되었다.

베크는 흡족한 기분으로 내 말에 귀를 기울였다. 마침내 내 이야기를 들어 줄 누군가가 생긴 것이다! 그는 내 어깨를 두드리며, 나를 굉장한 녀석이라고 했다. 나는 말하고 싶고 털어놓고 싶었던 욕구를 마음껏 쏟아낸다는 희열에 가슴이 부풀어 올랐다. 그리고 무언가 인정을 받았다는 것, 또 나보다 조금 더 나이 많은 이에게 나름의 가치를 인정받았다는 희열을 만끽했다. 그가 나를 천재적인 녀석이라고 불렀을 때 그 말은 감미로운 독주毒酒처럼 내 영혼 속으로 스며들었다. 세계는 새로운 색채로 불타올랐고, 생각들이 수백 개의 용솟음치는 샘물에서 흘러 나왔으며, 정신과 불길이 몸속에서 활활 타올랐다. 우리는 선생님과 동료들에 대해서도 이야기했는데, 서로 멋지게 통하는 것 같았다. 우리는 그리스인과 이교異敎에 대해서도 이야기했다. 베크는 어떻게 해서든 나의 연애 이야기에 대해서도 털어놓게 하려고 했다. 하지만 나는 털어놓을 게 없었다. 체험한 것이 없으니 이야기할 것도 없었다. 내가 마음속에서 느끼고 그려 보고 상상하던 것이 나의 내면에 깃들어 불타오르고 있었지만, 그것은 술의 힘으로도 풀려 나오지 않아 이야기할 수 없었다. 베크는 여자에 대해 나보다 훨씬 더 많이 알았다. 나는 그런 이야기에 귀를 기울였다. 나는 믿을 수 없는 일을 이때 알게 되었고, 결코 있을 수 없다고 생각하던 일도 진부한 현실이 되어 당연하게 생각되었다. 알폰스 베크는 열여덟 살가량의 나이였다. 그런데도 벌써 경험이 많았다. 특히 소녀들에 대한 이야기가 그랬는데, 소녀들은 알랑거리며 기분을 맞추어 주기만 바란다고 했다. 그것은 마음에 들긴 하지만 정말 좋은 것은 아니라고 했다. 차라리 부인들을 유혹했을 때 성공을 거두기가 더 쉽다고 했다. 부인들은 훨씬 속이 트여 있다는 거였다. 예를 들면 노트와 연필을 파는 문구점의 야겔트 부인하고는 이야기가 잘 통하고, 그녀의 계산대 뒤에서는 벌써 온갖 일이 벌어졌다는데, 그런 이야기가 책에 쓰여 있지는 않다고 했다.

나는 그의 말에 깊이 사로잡혀 멍하니 앉아 있었다. 아무튼 나라면 야겔트 부인을 곧바로 사랑할 수는 없을 것이다. 그러나 어쨌든 그것은 지금까지 들어 본 적이 없는 이야기였다.

적어도 더 나이 든 사람들에게는 내가 한 번도 꿈꿔 보지 못한 샘물이 흘러내리는 것 같았다. 사실 그의 말에는 거짓말 같은 내용도 들어 있기는 했다. 그리고 그 모든 것에서 내가 생각하고 있던 사랑이 주는 맛보다는 보잘것없고 평범한 맛이 났다. 그러나 어쨌든 그것은 현실이자 생활이고 모험이었다. 그것을 체험하고 당연하게 여기고 있는 사람이 내 곁에 앉아 있었다.

곧 우리의 대화는 약간 맥이 빠지고, 무엇인가를 잃어버렸다. 나 역시 더는 천재적인 꼬마가 아니었고, 지금은 어른의 말에 귀를 기울이는 소년에 불과했다. 하지만 이 경험도 몇 달 동안의 내 생활에 비하면 소중했고 낙원과 같았다. 그 외에도 나는 술집에 앉아 있는 것에서부터 우리들이 대화한 내용들에 이르기까지, 모든 것이 완전히 금지되어 있다는 사실을 차츰 느끼기 시작했다. 아무튼 그런 대화 속에서 나는 정신을 맛보고, 혁명을 맛보았던 것이다.

그날 밤의 일을 아주 뚜렷하게 기억한다. 우리 둘이 희미하게 타오르는 가스등을 지나, 서늘하고 습기 찬 늦은 밤에 귀갓길에 올랐을 때, 나는 생전 처음으로 술에 취해 있었다. 기분이 좋지 않았고, 몹시 고통스러웠지만 그래도 어떤 매력과 감미로움이 있었다. 그것은 반란이자 방종이었고, 삶이자 정신이었다. 베크는 나를 머리에 피도 안 마른 풋내기라며 심하게 욕하면서도 나를 의연히 받아들였다. 그는 나를 반쯤은 떠밀다시피 해서 집으로 데리고 가, 열려 있는 복도 창문으로 함께 몰래 들어가는 데 성공했다.

   나는 잠깐 동안 죽은 듯이 잠을 잤다. 너무 고통스러워 잠에서 깨어나 보니 술기운은 사라졌지만 말할 수 없이 큰 슬픔이 밀려 왔다. 나는 침대에서 일어나 앉았다. 낮에 입었던 셔츠를 아직 그 대로 입고 있었다. 옷가지와 신발은 방바닥에 여기저기 놓여 있 었고, 담배 냄새와 토한 냄새가 났다. 두통과 메스꺼움, 극심한 갈증을 느끼면서 마음속에는 오랫동안 보지 못했던 영상이 하 나 떠올랐다. 고향과 부모님의 집, 아버지와 어머니, 누이들과 정 원이 보였다. 조용하고 정다운 내 침실이 보였고, 학교와 시장의 광장이 보였다. 데미안과 견진성사 수업 시간도 보였다. 이 모든 것은 환했고, 광채로 휩싸여 있었다. 모든 것이 놀라웠고 거룩했 으며 순결했다. 지금에야 깨달은 사실이지만, 이 모든 것은 어제 까지만 해도, 아니 몇 시간 전까지만 해도 내 것이었고, 나를 기 다리고 있었다. 그런데 지금 이 순간에 와서는 이 모든 것이 타락 하고 저주를 받았으며, 더 이상 내 것이 아니었고, 나를 밀쳐내며 역겹다는 표정으로 나를 바라보고 있었다! 아주 먼 옛날 어린 시절의 더없이 소중한 정원으로 되돌아가서 부모님으로부터 받 은 온갖 사랑과 진심 어린 마음, 어머니의 입맞춤, 성탄절, 경건하 고 밝았던 우리 집의 일요일 아침, 정원에 피어 있던 모든 꽃, 이 모든 것이 황폐해졌다. 모든 것을 내가 두 발로 짓밟아 버린 것이 다! 만약 지금 누군가가 나를 붙잡으러 와서 포박하고, 인간쓰레 기이자 신전 모독자라며 교수대로 끌고 간다 해도, 나는 그 말에 동의하고 올바르고 정당하다고 느끼고 기꺼이 따라갔으리라.

그러니까 나의 내면은 그런 모습이었던 것이다! 사방을 배회하며 세상을 경멸하던 나! 오만한 정신을 가지고 데미안과 생각을 함께했던 나! 내가 술에 취하고 더럽혀진, 구역질나고 비열한 쓰레기 같은 녀석이자 추잡한 인간이고, 추악한 금수이며, 끔찍한 충동에 사로잡힌 모습이 되다니! 모든 것이 순결이고 광채이며 사랑스럽고 우아한 정원에서 태어난 나, 바흐의 음악과 아름다운 시를 사랑했던 나, 그랬던 내가 이런 모습이 되다니! 아직도 나 자신의 웃음소리가 들려 구역질이 나고 화가 치밀었다. 술에 취해 억제할 수 없이 헉헉거리며 멍청하게 터져 나오는 웃음소리였다. 그게 바로 나였던 것이다!

그러나 이 모든 것에도 불구하고 그런 고통을 견디는 일은 거의 향락이라 할 수 있었다. 너무나 오랫동안 나는 맹목적이고 둔감하게 기어 다니고, 너무나 오랫동안 마음이 황폐해져 말없이 구석에 쭈그리고 있었기에, 이런 자책과 전율, 이 모든 끔찍한 감정도 내 영혼의 환영을 받았다. 하지만 그 속에도 감정은 있었고, 불꽃도 타올랐으며, 심장은 고동치고 있었던 것이다! 비참한 가운데시도 나는 혼란스러운 기분으로 해방 같은, 봄과 같은 무언가를 느꼈다.

그러는 동안 외부에서 보면 나는 눈에 띄게 내리막길을 걷고 있었다. 처음으로 술에 취한 뒤 얼마 지나지 않아 다시 술을 마셨다. 우리 학교 학생들은 술집 출입이 잦았고, 술에 취하면 행패를 부리기도 했다. 나는 함께 술 마시는 패거리 중 가장 어린 편에 속했다. 그러나 얼마 안 가서 겨우 그 자리에 낄 수 있는 녀석이나 애송이가 아니라, 주동자이자 샛별이 되었다. 나는 유명하고도 꺼릴 게 없는 술집 단골이었다. 나는 다시 한 번 완전히 어두운 세계, 악마에 속하게 되었고 그 세계에서는 잘나가는 녀석으로 통했다.

그렇지만 기분은 참담했다. 나는 스스로를 파멸시키는 방종한 생활을 하며 살아갔다. 동료들 사이에서는 우두머리이자 굉장한 녀석으로, 대단히 단호하고 재기 있는 녀석으로 통했던 반면, 마음속 깊은 곳에서는 두려움에 사로잡힌 영혼이 불안에 떨고 있었다. 한번은 일요일 오전에 어느 술집에서 나오다가 아이들이 길거리에서 밝고 즐겁게 놀고 있는 모습을 보고 눈물이 났다. 머리를 말끔히 빗고 나들이옷을 입은 아이들이었다. 초라한 술집의 맥주가 흘러 더러워진 탁자에서, 지금까지 들어 보지 못한 냉소적인 말로 친구들을 즐겁게 해주고 때로는 놀라게 하면서도, 숨겨진 마음속에는 내가 조롱하는 모든 것에 경외심을 갖고 있었다. 속으로는 내 영혼 앞에, 내 과거 앞에, 어머니 앞에, 신 앞에 울면서 무릎 꿇고 있었던 것이다.

단 한 번이라도 술친구들과 하나가 되지 않았고, 그들 사이에서 늘 외로웠고, 그래서 그토록 괴로웠던 데에는 그럴 만한 이유가 있었다. 나는 가장 거친 자들의 마음에 들고 싶어 했던 술집의 영웅이자 독설가였다. 나는 총기가 있었고, 선생님과 학교, 부모님이나 교회에 대해 생각하고 이야기할 때는 용기를 보여 주었다. 나는 음담패설을 아무렇지도 않게 들었고, 그런 이야기 하나쯤은 직접 해주기도 했다. 그러나 술친구들이 여자를 찾아갈 때에는 한 번도 함께 가지 않았다. 내 이야기를 들으면 나는 자극에 둔감해진 향락가가 틀림없을 텐데, 나는 외로웠다. 그리고 사랑에 대한 그리움이 불타올랐고, 성취될 희망 없는 그리움으로 가득 차 있었다. 나만큼 쉽게 상처받고, 나만큼 부끄러움을 잘 타는 사람은 아무도 없었다. 때때로 양갓집의 어린 소녀들이 귀엽고 말쑥하게, 밝고 우아하게 내 앞을 걸어갈 때면, 그들은 놀랍고 순결한 꿈이었고, 나보다 천 배나 더 착하고 순결하다고 생각했다. 한동안 나는 더 이상 야겔트 부인의 문구점에도 갈 수 없었다. 그 여자를 쳐다보고, 그녀에 대해 알폰스 베크가 했던 이야기를 생각하면 얼굴이 빨개졌기 때문이다.

그런데 새로운 동료들 사이에서도 내가 언제나 고독하고 남다르다는 사실을 알게 될수록, 나는 그들에게서 떨어져 나올 수가 없었다. 그때 술을 진탕 마시고 허풍을 늘어놓는 것이 정말 즐거운 일이었는지 나로서는 알 수가 없다. 또한 나는 술 마시는 데 결코 익숙해지지 않았기 때문에 매번 그 결과가 고통스러웠다. 모든 일이 강요된 것 같았다. 내가 그런 일을 할 수밖에 없었던 것은 그것 말고는 무슨 일을 시작해야 할지 전혀 몰랐기 때문이다. 나는 오랫동안 혼자 있는 것이 두려웠고, 부드럽고 수치스러우며 친숙한 기분에 사로잡힐까 봐 겁이 났는데, 나는 늘 그런 기분에 빠져드는 성향이 있다고 느꼈다. 또한 걸핏하면 그런 부드러운 연애 감정이 떠오르는 게 두려웠다.

내게 가장 결핍된 것이 있다면, 그것은 친구였다. 무척 사귀고 싶은 동급생이 두세 명 있었다. 그러나 그들은 착실한 학생에 속했고, 나의 악행은 오래전부터 누구나 잘 아는 사실이 되어 있었다. 그들은 나를 피했다. 모든 동료들에게 나는 발밑의 지반이 흔들거리는, 아무런 희망도 없는 건달로 통했다. 선생님들도 나에 대해 아는 것이 많았고, 나는 몇 차례 엄중히 처벌을 받았으며, 모두들 내가 결국에는 학교에서 쫓겨날 거라고 예상하고 있었다. 나 자신조차 그런 사실을 알고 있었다. 나는 이미 오래전부터 더이상 훌륭한 학생이 아니었고, 이런 생활이 더는 지속되지 않으리라는 예감으로 자신을 속이며 힘겹게 살아가고 있었다.

신은 우리를 고독하게 만들었고, 우리가 자기 자신에게로 갈 수 있는 길은 수없이 많다. 그때 신은 나와 함께 그런 길을 갔던 것이다. 그것은 마치 고약한 꿈과도 같았다. 더러움과 끈적거림, 깨어진 맥주잔과 냉소적인 잡담으로 지새운 밤들 저 너머로, 나 자신의 모습이 보였다. 나는 마법에 걸린 몽상가처럼 추하고 불결한 길을 쉬지 않고 고통스럽게 기어가고 있었다. 공주를 찾아가는 도중 흙탕물에서, 악취가 진동하고 쓰레기가 넘치는 뒷골목에서 꼼짝 못하게 되었다는 꿈 이야기가 있다. 내가 바로 그런 꼴이었다. 이처럼 나는 우아하지 않고 고독하게 지낼 운명이었다. 그리고 나와 유년 시절 사이에는 무자비하게 눈을 번득이는 문지기가 지키는, 굳게 잠긴 낙원의 문이 가로막혀 있었다. 그것은 나 자신에 대한 향수의 시작이자 각성이었다.

기숙사 사감의 경고 편지를 받고 아버지가 성 xx시에 처음으로 나타나서 예기치 않게 마주쳤을 때만 해도, 나는 깜짝 놀라 움찔했다. 그해 겨울이 끝날 무렵 아버지가 두 번째로 오셨을 때 나는 이미 불친절하고 무관심해졌다. 아버지가 야단을 치고 애원하며 어머니를 좀 생각해 보라고 하셔도 나는 개의치 않았다. 결국 아버지는 몹시 격분하여, 내가 달라지지 않는다면 내게 톡톡히 창피를 줘서 학교에서 퇴학시킨 후 감화원에 집어넣겠다고 하셨다. 그렇게 하려면 하라지! 그 당시 아버지가 떠나자 난 마음이 아팠다. 아버지는 아무런 성과도 거두지 못했고, 내게로 오는 길도 더는 찾아내지 못했다. 그리고 잠시 동안이었지만 나는 그것을 당연하다고 느꼈다.

내가 어떻게 되든 나는 상관없었다. 술집에 죽치고 앉아 큰 소리나 치는 특이하고 눈꼴 시린 방식으로, 나는 세상과 싸움을 벌이고 있었던 것이다. 그것은 내 나름대로 저항하는 방식이었다. 그러면서 나는 나 자신을 망가뜨렸고, 때로는 나의 문제를 이렇게 생각하기도 했다. 세상이 나 같은 사람을 필요로 하지 않는다면, 나 같은 사람을 위해 좀 더 나은 자리와 보다 높은 과제를 주지 못한다면, 나 같은 사람은 결국 파멸하고 마는 거라고. 그러면 그로 인한 손실은 세상의 몫이 될 거라고.

그해의 성탄절 휴가는 그리 즐겁지 않았다. 어머니는 나를 다시 보자 깜짝 놀라셨다. 나는 키가 더 자랐고 힘이 없는 데다, 눈가에 염증이 있는 마른 얼굴은 잿빛을 띠었고 황폐해 보였던 것이다. 그리고 희미하게 처음으로 나기 시작한 코밑수염과 얼마 전부터 쓴 안경 때문에 어머니에게는 내가 더욱 낯설어 보였던 것이다. 누이들은 뒤로 물러나 킥킥거리며 웃었다. 모든 게 불쾌하기만 했다. 서재에서 아버지와 나눈 대화도 즐겁지가 않고 씁쓸했다. 몇몇 친척들이 반가워하며 건네는 인사도 유쾌하지 않았다. 무엇보다도 성탄절 이브가 가장 불쾌했다. 지금까지 살아오는 동안 성탄절은 우리 집에서 가장 뜻깊은 날이었다. 축제이자, 사랑과 감사가 깃든 저녁이었고, 부모님과 나 사이의 유대를 새롭게 하는 저녁이었던 것이다. 이번에는 모든 것이 기분을 울적하게 하고 당황스러울 뿐이었다. 여느 때처럼 아버지는 "그들은 바로 그곳에서 양 떼를 지켰노라"라며 들판의 양치기에 관한 복음서를 읽으셨다. 누이들은 여느 때처럼 환한 표정으로 선물이 놓인 탁자 앞에 서 있었다. 그러나 아버지의 음성은 즐겁게 울리지 않았고, 얼굴은 늙고 쪼그라져 보였으며, 어머니도 슬픈 표정이었다. 그리고 내게는 모든 것이 한결같이 고통스럽고 거북하기만 했다. 선물과 축하의 말, 복음서와 성탄절 트리 모두가 그러했다. 케이크는 달콤한 냄새를 풍겼고, 나는 뭉게구름처럼 피어오르는 달콤한 추억을 떠올렸다. 전나무는 향내를 내면서 지나간 일들에 대해 이야기해 주었다. 나는 성탄절 이브와 축제일이 어서 끝나기만 기다렸다.

온 겨울이 그렇게 지나갔다. 얼마 전 나는 마침내 교사 위원회로부터 긴급 경고를 받았고, 퇴학 처분을 당할 거라는 위협을 받았다. 이런 상태가 더 이상 오래가지는 않으리라. 뭐, 될 대로 되라지.

나는 막스 데미안을 특히 원망하고 있었다. 그동안 그를 한 번도 보지 못했다. 성 xx시에서 처음 학창 시절을 시작할 때 그에게 두 번이나 편지를 썼지만 아무런 답장도 받지 못했다. 그래서 나는 방학 때도 그를 찾아가지 않았던 것이다.

가을에 알폰소 베크와 만났던 바로 그 공원에서, 가시나무 울타리가 초록색을 띠기 시작한 초봄에 일어난 일이 있다. 한 소녀가 눈에 띄었다. 나는 불쾌한 생각을 하면서 근심에 싸여 혼자 산책하던 중이었다. 건강이 나빠진 데다 계속 돈에 쪼들려서 친구에게 빚을 지고 있었고 집에서 얼마간의 돈을 다시 타내려면 부득이하게 지출 명목을 꾸며내야 했다. 여러 곳의 가게에서는 담배나 그 외 물건들의 외상값이 불어나고 있었기 때문이다. 그렇다고 이런 걱정이 매우 심각한 지경에 이르지는 않으리라. 만약 머지않아 이곳에서의 생활이 끝나고, 내가 강물 속으로 뛰어들거나 감화원으로 보내진다면, 이따위 몇 가지 하찮은 일쯤은 결코 문제가 되지 않을 테니까. 그렇지만 나는 그런 달갑지 않은 일들을 계속 마주하며 살았고 그에 시달렸다.

그 봄날 공원에서 내 마음을 강하게 이끄는 젊은 소녀를 만났다. 그녀는 키가 크고 날씬했으며, 옷차림은 우아한 데다 얼굴은 소년 같았다. 그녀는 첫눈에 내 마음에 들었다. 그녀는 내가 좋아하는 유형이었고, 내 상상력을 자극하기 시작했다. 나이는 나보다 아주 많아 보이지는 않았지만, 훨씬 성숙하고 우아하고 윤곽이 뚜렷했고, 이미 완전히 숙녀 같았다. 그렇지만 그녀의 얼굴에는 내가 매우 좋아하는 오만함과 소년 같은 모습이 엿보였다.

나는 내가 반한 소녀에게 접근하는 데 단 한 번도 성공한 적이 없었고, 이 소녀의 경우에도 역시 마찬가지였다. 그러나 그녀의 인상은 이전 그 어느 때보다도 깊었고, 이 짝사랑은 내 삶에 매우 큰 영향을 미쳤다.

내가 숭배하던 고귀한 영상이 갑자기 내 앞에 다시 나타난 것이다. 아, 그런데 내 마음속에서 가장 깊고 격렬한 욕구와 충동은 바로 외경심과 숭배에 대한 소망이 아니었던가! 나는 그녀에게 베아트리체라는 이름을 붙여 주었다. 단테의 책을 읽지는 않았지만 내가 간직하고 있는 영국판의 그림을 봐서 그녀를 알고 있었기 때문이다. 나는 그 그림의 복제품을 간직하고 있었다. 그 그림에는 영국의 라파엘 전파前派의 소녀상이 그려져 있었다. 좁고 기다란 머리에 팔다리는 매우 길고 날씬했으며, 두 손과 얼굴 표정은 정신적인 것으로 승화된 모습이었다. 나의 아름답고 젊은 소녀 역시 내가 좋아하는 그런 날씬하고 소년 같은 모습이었고, 얼굴은 정신적인 것으로 승화되거나 영혼이 깃든 모습이었지만, 그 소녀상과 아주 똑같지는 않았다.

나는 베아트리체와 단 한마디도 얘기를 나눠본 적이 없었다. 그럼에도 그녀는 당시 내게 대단히 깊은 영향을 미쳤다. 그녀는 자신의 영상을 내 앞에 내보였고, 내게 성스러운 전당을 열어 보였으며, 나를 사원의 기도자로 만들었다. 나는 그날부터 술집을 출입하거나 밤에 배회하는 버릇을 그만두었다. 다시 혼자 있을 수 있게 되었다. 다시 책을 즐겨 읽었고, 산책을 즐기게 되었다.

이처럼 갑작스레 전향하자 나는 숱한 조롱을 받았다. 그러나 이제 나는 사랑하고 숭배할 대상을 갖게 되었고, 다시 이상을 갖게 되었다. 나의 삶은 다시 예감과, 비밀스럽게 어른거리는 여명으로 가득 찼다. 그래서 나는 쉽게 상처받지 않게 되었다. 비록 숭배하는 어떤 영상의 노예이자 하인에 불과했지만, 나는 다시 나 자신의 고향으로 되돌아와 있었다.

그 시절을 회상하면 찡한 감동을 느끼지 않을 수 없다. 나는 무너져 내린 생애의 한 시기의 폐허를 딛고 또다시 진심을 다해, '밝은 세계'를 구축하려고 노력했다. 다시 내 마음속의 어둠과 악을 떨치고, 완전히 밝은 빛 속에 머물겠다는 욕구를 지니고 신들 앞에 무릎을 꿇고 살았다. 아무튼 지금의 이 '밝은 세계'는 어느 정도 나 자신의 창조물이었다. 그것은 너 이상 어머니에게로, 아무런 책임도 지지 않는 안전한 곳으로 다시 도망치고 기어들어가는 도피가 아니었다. 그것은 나 자신이 생각해 내고 요구하는, 책임과 자제심을 갖춘 새로운 예배였다. 내가 늘 시달렸고 자꾸만 도피했던 성 문제는 이제 이 성스러운 불길 속에서 정신과 기도로 변용되어야 했다. 더 이상 음울하고 추해서는 안 되었다. 신음하며 지새우는 밤도, 음란한 영상을 보고 뛰는 심장의 고동도, 금지된 문 앞에서 엿듣는 일도, 관능적인 쾌락도 금지였다. 이 모든 것 대신 나는 베아트리체의 영상을 모시는 나의 제단을 만들었다. 그리고 나 자신을 그녀에게 봉헌함으로써 나 자신을 정신과 여러 신들에 봉헌한 셈이었다. 나는 어두운 힘에서 빼앗은 삶의 몫을 밝은 힘의 제물로 바쳤다. 내 목표는 쾌락이 아니라 순결이었고, 행복이 아니라 아름다움과 정신성이었다.

이 베아트리체에 대한 숭배는 내 삶을 완전히 변화시켰다. 어제까지만 해도 조숙한 냉소적 인간이었던 나는 이젠 성자가 되려는 목표를 지닌 신전 관리인이 되었다. 나는 지금까지 익숙했던 사악한 삶을 청산했을 뿐 아니라 모든 것을 변화시키려고 했으며, 모든 것에 순결과 고귀함, 품위를 부여하려고 했다. 먹고 마시고 말을 하거나 옷을 입는 일에도 그런 문제를 생각했다. 아침을 냉수욕으로 시작했고, 처음에는 내키지 않았지만 억지로라도 하지 않을 수 없었다. 나는 진지하고 품위 있게 처신했고, 똑바른 자세를 취했으며, 더 천천히 위엄 있게 걸었다. 다른 사람들에게는 우스꽝스럽게 보였을지도 모르지만, 나의 마음속에서는 모든 게 다 예배와 같았다.

새로운 신조를 표현해 보려는 모든 새로운 노력 중 하나가 내게 특히 중요했다. 나는 그림을 그리기 시작한 것이다. 내가 가지고 있던 영국 판 베아트리체 상이 그 소녀와 충분히 닮지 않아서 시작된 일이었다. 나는 나 스스로를 위해 그녀를 그려 보려고 했다. 완전히 새로운 기쁨과 희망을 안고서 내 방에 — 나는 얼마 전부터 나 자신의 방을 갖게 되었다 — 질 좋은 종이, 물감과 붓을 마련했고, 팔레트, 유리잔, 도자기 접시, 연필을 준비했다. 내가 사온 고운 템페라에 황홀해했다. 그중에는 불타는 듯한 크롬옥시드 그린이 있었는데, 그 초록 물감이 조그만 흰 접시에서 처음으로 반짝이던 모습이 지금도 눈에 선하다.

나는 조심스럽게 시작했다. 얼굴을 그리는 것은 어려운 일이라서, 우선 다른 것으로 시험해 보려고 했다. 나는 장식 무늬, 꽃, 조그만 상상의 풍경, 예배당 옆의 나무 한 그루, 실측백나무가 있는 로마의 다리를 그렸다. 때때로 이런 유희 같은 행위에 완전히 정신없이 빠져들어, 나는 물감 상자를 가진 아이처럼 행복해했다. 그러다 마침내 베아트리체를 그리기 시작했다.

몇 장의 그림은 완전히 실패하여 내던져 버렸다. 이따금 거리에서 마주치곤 했던 그 소녀의 얼굴을 떠올려 보려고 할수록 잘되지 않았다. 결국 나는 소녀의 얼굴 그리는 것을 포기하고, 상상에 따라, 시작한 부분에서 물감과 붓에서 저절로 나오는 대로 그냥 얼굴을 하나 그리기 시작했다. 그렇게 해서 그려진 것은 바로 꿈에서 본 얼굴이었는데, 어느 정도 만족스러웠다. 그렇지만 나는 비슷한 시도를 계속했다. 새로 종이에 그려 나갈 때마다 그런 사실이 더욱 분명해졌고, 비록 실물에 가깝지는 않았지만 그 유형에 점점 가까워졌다.

나는 꿈을 꾸는 듯한 붓으로 선을 긋고 종이 화면을 채우는 데 점점 익숙해졌다. 그 그림은 모델이 없었고, 유희적인 모색과 무의식적인 세계에서 생겨난 것이었다. 드디어 어느 날 내게 전보다 더욱 강렬하게 말을 걸어오는 얼굴을 거의 무의식적으로 완성했다. 그것은 그 소녀의 얼굴은 아니었고, 또한 진작부터 그 소녀의 얼굴이어서도 안 되었다. 그것은 그 어떤 다른 것, 무언가 비현실적인 모습이었지만 그렇다고 가치가 떨어지는 것은 아니었다. 그것은 소녀의 얼굴이라기보다는 오히려 소년의 머리처럼 보였다. 머리카락은 나의 귀여운 소녀처럼 연한 금발이 아니라 붉은색이 도는 갈색이었다. 턱은 강하고 단단했으며, 입술은 붉게 피어나고 있었다. 전체적으로 보아 약간 부자연스럽고 가면 같기도 했지만, 그 얼굴은 인상적이었고 신비스러운 생기로 가득 차 있었다.

완성된 그림 앞에 앉아 있을 때 그 그림에서 기묘한 느낌을 받았다. 그 그림은 일종의 신상神像이거나 신성한 가면처럼 생각되었다. 반은 남성적이고 반은 여성적이며, 나이도 없고, 의지가 강해 보이면서도 몽상적인 데다, 딱딱하게 굳어 있지만 은밀히 생기 있어 보였다. 이 얼굴은 내게 무슨 할 말이 있는 듯했다. 그것은 나의 일부였으며, 내게 여러 가지를 요구하고 있었다. 누군가와 닮아 보였지만, 누구인지는 알 수 없었다.

그때부터 한동안 그 초상화는 내 모든 생각을 따라다녔고, 나와 함께 생활했다. 나는 그것을 서랍 속에 감추어 두었다. 누군가가 훔쳐보고 나를 비웃으면 안 되니까 말이다. 그러나 나는 혼자 방에 있을 때는 곧 그 그림을 꺼내어 그 그림과 교제를 했다. 저녁에는 침대 위쪽의 맞은편 벽지에 핀으로 꽂아놓고 잠들 때까지 바라보았고, 아침에는 맨 먼저 그 그림을 쳐다보았다.

바로 그 시절 나는 어린아이였을 때 항상 그랬듯이 다시 꿈을 많이 꾸기 시작했다. 몇 년 동안이나 한 번도 꿈을 꾸지 않았다는 생각이 들었다. 이제 완전히 새로운 종류의 영상이 다시 나타난 것이다. 내가 그린 초상이 꿈속에서 살아서 말을 하며 번번이 나타났다. 그것은 친절하기도 했고 적대적이기도 했는데, 때로는 얼굴을 찡그리기도 하고 때로는 무한히 아름답고 조화를 이루는 고귀한 모습으로 나타나기도 했다.

그러던 어느 날 아침 그런 꿈들을 꾸다가 깨어났을 때, 갑자기 나는 그 그림의 실체를 알아채게 되었다. 그 그림은 대단히 친밀하게 나를 바라보았고, 내 이름을 부르는 것 같았다. 어머니처럼 나를 잘 아는 것 같았고, 아득한 옛날부터 나를 향하고 있었던 것 같았다. 나는 두근거리는 가슴으로 그림을, 숱 많은 갈색 머리카락, 반쯤 여성적으로 보이는 입술, 유달리 환해 보이는 강한 이마를 응시했다(그림은 저절로 안전히 말라 있었다). 그러자 마음 속에서 인식과 재발견, 깨달음이 점점 가까워지는 느낌이 들었다. 나는 침대에서 벌떡 일어나 그 얼굴 앞으로 가서 섰다. 그러고는 아주 가까이에서 그 얼굴을, 크게 뜬 눈을, 초록빛이 도는 꼼짝 않는 두 눈을 들여다보았다. 오른쪽 눈이 왼쪽 눈보다 약간 위쪽에 달려 있었다. 그런데 갑자기 오른쪽 눈이 움찔하는 것 같았다. 가볍고 섬세했지만 분명히 움찔했다. 그리고 이렇게 움찔하는 모습을 보고야 나는 그 그림을 알아보았다.

어째서 이렇게 늦게서야 알아챌 수 있었단 말인가! 그것은 데미안의 얼굴이었다.

나중에 나는 이 그림을 내 기억 속에서 떠올린 데미안의 실제 표정과 자꾸 비교해 보았다. 비슷하긴 해도 똑같지는 않았다. 그래도 그 그림은 분명 데미안이었다.

언젠가 어느 초여름 저녁에 서쪽으로 난 내 창문으로 햇빛이 비스듬히 붉게 비쳐 들어왔다. 방 안은 어스름해졌다. 그때 베아트리체, 아니 데미안의 초상화를 십자 창살에 핀으로 꽂아놓고, 석양이 어떻게 비쳐 드는지 보아야겠다는 생각이 들었다. 얼굴은 윤곽이 사라지고 희미해졌지만, 언저리가 불그스름한 눈, 환한 이마와 몹시 붉은 입은 종이 화면에서 강렬하고도 야성적으로 빛나고 있었다. 석양이 사라지고 난 뒤에도 나는 오랫동안 그림을 마주 보고 앉아 있었다. 그런데 점차 그것은 베아트리체도 데미안도 아닌 나 자신이라는 느낌이 들었다. 그 그림은 나를 닮지 않았고, 또한 그럴 리도 없다고 느꼈다. 그러나 그것은 내 삶의 본질을 이루는 것이었으며, 나의 내면이자 나의 운명 혹은 나의 데몬*이었다. 내가 언젠가 다시 친구를 사귀게 된다면 저런 모습

✦ 인간에게 내재하는 초월적 힘을 의미한다.

일 것이다. 언젠가 애인이 생긴다면 저런 모습을 하고 있을 것이다. 나의 삶과 죽음도 저런 모습일 것이다. 그것은 내 운명의 소리이자 리듬이었다.

그 몇 주 동안 나는 책을 한 권 읽기 시작했는데, 그 책은 전에 읽은 어떤 책보다 더 감명 깊었다. 나중에도 아마 니체를 제외하고는 그런 체험을 안겨 준 책은 거의 없었다. 그것은 편지와 잠언이 들어 있는 노발리스의 책이었다. 나는 그 책의 많은 부분을 이해하지 못했지만, 모든 내용이 이루 말할 수 없이 마음을 끌고 사로잡았다. 잠언 하나가 머리에 떠올랐다. 나는 그 잠언을 초상화 밑에 펜으로 적어놓았다. '운명과 심성은 하나의 개념을 나타내는 이름이다.' 그 말을 그때 이해할 수 있었던 것이다.

내가 베아트리체라고 이름 붙인 그 소녀와 나는 여전히 가끔 마주쳤다. 이제는 더 이상 아무런 동요도 일지 않았지만, 그래도 언제나 조용한 합일감과 감정적인 예감을 느꼈다. '넌 나와 연결되어 있어. 그러나 네가 아니고 너의 그림만 그래. 넌 내 운명의 일부이니까.'

막스 데미안에 대한 그리움이 다시 강렬해졌다. 나는 여러 해 동안 그에 대해 아무런 소식도 듣지 못했다. 방학 때 딱 한 번 그를 만난 적이 있었다. 나는 이 짧은 만남을 기록에서 빠뜨렸다는 사실을 지금 알았고, 수치심과 허영심 탓에 그랬다는 사실도 알고 있다. 늦었지만 지금 그 이야기를 해야겠다.

그러니까 언젠가 술집을 드나들던 시절 방학 때 일어난 일이었다. 거만하고 늘 약간 피곤한 얼굴로 고향 도시를 어슬렁거리면서, 산책용 지팡이를 휘둘러대기도 하고, 옛날처럼 변함없이 경멸스러운 속물들의 얼굴을 바라보고 있을 때, 마침 옛 친구가 나를 향해 걸어오고 있었다. 그를 보자마자 나는 흠칫 놀랐다. 그리고 순간적으로 어쩔 수 없이 프란츠 크로머를 떠올렸다. 데미안이 그 이야기를 정말 잊어버렸으면 좋겠는데! 그에게 빚을 지고 있다는 것은 무척 불쾌한 일이었다. 사실 어리석은 소년들의 이야기이긴 했지만, 그래도 빚은 빚이었다……

그는 내가 인사를 할 것인지 기다리는 듯했다. 내가 될 수 있는 한 태연히 인사하자, 그는 악수를 청했다. 다시 그다운 악수였다! 무척 단호하고 따뜻하면서도 서늘하고, 남자다웠던 것이다.

그는 주의 깊게 내 얼굴을 들여다보며 말했다. "많이 컸구나, 싱클레어." 그 자신은 전혀 변하지 않은 것 같았다. 언제나 그렇듯이 나이 들어 보이기도 하고, 어려 보이기도 했다.

그는 나와 어울렸고, 우리는 함께 산책하면서 순전히 사소한 일만 이야기했다. 옛날 이야기는 전혀 하지 않았다. 이전에 그에게 몇 번 편지를 썼지만 답장은 한 번도 받지 못한 것이 생각났다. 아, 내가 바보같이 편지 썼던 것도 제발 잊어버렸다면 좋으련만! 그는 그것에 대해 아무 말도 하지 않았다!

그 당시는 아직 베아트리체도 초상화도 없었고, 나는 아직 황폐한 시절의 한가운데에 있었다. 교외로 나갔을 때 나는 그에게 함께 술집으로 가자고 권했다. 그는 따라왔다. 나는 보란 듯이 포도주 한 병을 시켜 술을 따르고 그와 잔을 부딪친 뒤 대학생 식의 음주 문화에 아주 익숙해졌음을 과시하며 첫 잔을 단숨에 들이켰다.

"너, 술집에 자주 드나드는구나?" 그가 내게 물었다.

"아, 그래." 나는 뜸 들이며 대답했다. "그 밖에 무슨 할 일이 있겠어? 여전히 제일 신나는 일은 결국 그거야."

"그렇게 생각하니? 그럴 수도 있겠지. 매우 멋진 면도 있긴 하지. 도취, 바쿠스적인 것 말이야! 하지만 술집에 죽치고 있는 대부분의 사람들에게선 그런 면이 완전히 사라진 것 같아. 술집이나 드나드는 건 정말 속물적이라는 느낌이 들어. 그래, 타오르는 횃불을 바라보며 도취하고, 황홀경에 하룻밤쯤 제대로 빠져 보는 것은 좋은 일이겠지! 하지만 언제나 그런 식으로 잔에 잔을 더하는 게 정말 좋은 건 아니겠지? 너는 밤마다 술집의 단골 식탁에 앉은 파우스트를 상상할 수 있겠니?"

나는 술을 마셨고 적의에 찬 시선으로 그를 쳐다보았다.

"그렇긴 해, 하지만 누구나 다 파우스트 같은 사람은 아니야." 나는 퉁명스럽게 말했다.

그는 약간 어리둥절한 표정으로 나를 쳐다보았다.

그러고 나서 그는 예전처럼 활기차고 우월한 태도로 웃음을 터뜨렸다.

"무엇 때문에 그런 문제로 다투는 거지? 어쨌든 술꾼이나 탕아의 삶은 흠잡을 데 없는 시민의 삶보다는 생기가 있겠지. 그리고 언젠가 책에서 읽은 적이 있는데, 신비주의자가 되는 준비 중에서 가장 좋은 것이 탕아의 삶이라더군. 예언자가 되는 사람은 늘 성 아우구스티누스* 같은 그런 사람들이기도 하지. 그도 한때 향락가이자 탕아였지."

나는 그를 믿고 싶지 않았고, 결코 그의 지배를 받고 싶지 않았다. 그래서 거만하게 말했다. "그래, 각자 자신의 취향에 따르겠지! 솔직히 고백하자면, 나는 예언자나 그런 무엇 따위가 되는 데는 전혀 관심이 없어."

데미안은 약간 실눈을 뜨고 알겠다는 듯이 나를 쏘아보았다.

"이봐, 싱클레어." 그는 천천히 말했다. "나는 너에게 불쾌한 말을 하려는 게 아니야. 그건 그렇고, 지금 네가 무엇 때문에 그렇게 술을 마시는지 우리 둘 다 모르고 있어. 하지만 너의 내면에 너의 삶을 이루고 있는 것은 벌써 그 이유를 알고 있지. 모든 것을 알고, 모든 것을 원하고, 모든 것을 우리 자신보다 잘 해나가려고 하는 그 무언가가 우리 내면에 깃들어 있다는 사실. 그 사실을 안다는 건 좋은 일이야. 그런데 미안하지만, 난 이제 집에 가봐야겠어."

---

* 위대한 사상가이자 성인(AD 354-430)인 그는 로마제국 말기의 퇴폐한 풍조에서 일시적이나마 타락한 생활에 빠지기도 했다. 그러나 그리스도교에 귀의하여 히포의 주교가 되었으며, 그리스도교 역사상 가장 큰 영향을 끼친 신학자가 되었다. 신과 영혼에 특히 관심을 가진 아우구스티누스는 인간의 참된 행복은 신을 사랑하는 그 자체에 있으며, 그 신은 우리 영혼에 내재하는 진리의 근원이라고 주장했다. 저서로는 『고백록』, 『삼위일체론』, 『신국론』 등이 있다.

우리는 냉랭하게 작별했다. 나는 기분이 몹시 언짢은 채로 병에 든 술을 다 마셔 버렸다. 술집을 나오면서 계산을 하려는데 데미안이 벌써 술값을 치렀다는 것을 알았다. 그래서 나는 더욱 화가 났다.

나는 이제 다시 이 사소한 일을 생각하고 있었다. 내 마음은 데미안에 대한 생각으로 가득 차 있었다. 그리고 그가 교외의 술집에서 내게 한 말들이 이상하게도 사라지지 않고 다시 내 기억 속에 생생히 떠올랐다. "모든 것을 알고 있는 무언가가 우리들 내면에 깃들어 있다는 사실을 안다는 건 좋은 일이야!"

나는 창문에 걸려 있는, 이제는 완전히 빛이 사라진 그림을 쳐다보았다. 빛이 사라졌는데도 두 눈은 아직 형형하게 빛나고 있었다. 그것은 데미안의 눈빛이었다. 혹은 내 내면에 있는 눈빛, 모든 것을 다 알고 있는 그 눈빛이었다.

나는 데미안을 얼마나 그리워했던가! 나는 그에 대해 아는 것이 없었고, 그는 연락이 되지 않았다. 추측건대 그가 어디서 대학을 다니고 있으며, 그가 김나지움을 졸업한 후에는 그의 어머니가 우리 도시를 떠났다는 것뿐이었다.

크로머와의 이야기로 되돌아갈 때까지 나는 막스 데미안에 대한 모든 추억을 내 마음속에서 찾아내 보았다. 언젠가 그가 했던 말 중에서 얼마나 많은 것들이 다시 울려오기 시작하는가! 그리고 모든 것들이 지금도 의미가 있고 민감한 문제이며, 나와 관계가 있었던 것이다! 우리가 마지막으로 그다지 즐겁지 않게 만났을 때 그가 탕아와 성자에 대해 말했다는 사실도 갑자기 내 마음속에 환히 떠올랐다. 나도 그와 꼭 같은 경우가 아니었을까? 삶에 대해 새로운 자극이 일어나면서 아주 정반대의 것이, 즉 순결에 대한 욕구, 성스러운 것에 대한 동경이 나의 내면에서 생생해질 때까지, 나는 도취와 불결함 속에서, 마비되고 방탕한 채 살지 않았던가?

이렇게 나는 계속 추억을 더듬어 갔다. 이미 오래전에 밤이 되었고, 밖에서는 비가 내리고 있었다. 내 추억 속에서도 빗소리가 들렸다. 그가 언젠가 밤나무 아래에서, 프란츠 크로머 때문에 나를 캐묻고 나의 최초의 비밀들을 알아맞혔던 시절이었다. 학교 길에서 나눈 대화, 견진성사 수업 시간이 하나하나 되살아났다. 그리고 마지막으로 막스 데미안과 맨 처음 만났던 순간이 떠올랐다. 그때는 무슨 이야기를 했던가? 금세 떠오르지는 않았지만, 나는 천천히 시간을 갖고 곰곰이 생각해 보았다. 그래서 다시 생각이 났다. 그가 카인에 대한 견해를 말한 뒤에 우리는 우리 집 앞에 서 있었다. 그때 그는 우리 집 대문 위, 아래에서 위쪽으로 넓어지는 홍석에 새겨져 있는, 희미하게 퇴색한 오래된 문장紋章에 관해 말했다. 그것에 흥미가 있었고, 그런 것에 주의를 기울여야 한다고 말했다.

그날 밤 나는 데미안과 그 문장에 관한 꿈을 꾸었다. 그것은 끊임없이 형태가 바뀌었다. 데미안이 손에 든 그것은 때로는 작고 회색이었다가, 때로는 굉장히 크고 여러 가지 색깔을 띠기도 했다. 그러나 데미안은 그것이 언제나 똑같다고 설명했다. 그는 끝에 가서는 내게 그 문장을 먹으라고 강요했다. 나는 그것을 꿀꺽 삼켰다. 그러자 삼킨 문장 속의 새가 내 배 속에서 살아나서, 내 몸을 가득 채우고, 안에서부터 나를 파먹기 시작하자 나는 소스라치게 놀랐다. 극도의 공포에 사로잡힌 나는 화들짝 놀라 잠에서 깨어났다.

나는 정신이 말짱해졌고, 그때는 한밤중이었다. 방 안으로 비가 들이치는 소리가 들렸다. 창문을 닫으려고 자리에서 일어났다. 그러면서 방바닥에 놓인 무언가 환한 것을 밟았다. 내가 그린 그림이라는 것을 아침에야 알았다. 그것은 젖은 채 방바닥에 놓여 쭈글쭈글하게 부풀어 있었다. 나는 그것을 말리려고 압지押紙 사이에 끼워 무거운 책 속에 펴서 넣어 두었다. 다음 날 다시 살펴보니 마르긴 했지만 그림이 달라져 있었다. 붉은 입은 색이 바랬고, 약간 좁아져 있었다. 그것은 이제 완전히 데미안의 입으로 변해 있었다.

나는 새로운 종이에 문장의 새를 그리기 시작했다. 그 새가 원래 어떤 모습이었는지 분명히 알 수 없었다. 그것은 오래된 데다여러 번 덧칠했기 때문에 가까이에서 봐도 세내로 분간할 수 없는 곳이 여러 군데 있었다. 그 새는 어떤 물건 위에 앉아 있거나 서 있었는데, 아마도 한 송이 꽃이거나 바구니, 아니면 둥지나 나무 꼭대기 위였는지도 모른다. 나는 그런 것에는 개의치 않고, 분명히 생각나는 것부터 그리기 시작했다. 무엇인지 정확히 알 수 없는 욕구에 이끌려 나는 곧 강한 색채로 그리기 시작했다. 그 새의 머리는 내 그림 위에서 황금빛이 되었다. 나는 내 기분에 따라 계속 작업을 해서 며칠 만에 그림을 완성했다.

이제 그것은 날카롭고 대담한 매의 머리를 가진 맹금이었다. 새의 반신半身은 푸른 하늘을 배경으로 컴컴한 지구에 박혀 있었고, 마치 크나큰 알에서 빠져 나오려는 듯 애쓰고 있었다. 그 그림을 오랫동안 찬찬히 바라볼수록, 더더욱 내 꿈속에 나타났던 여러 색을 칠한 문장처럼 보였다.

내가 데미안의 주소를 알고 있었다 해도 그에게 편지를 쓸 수 없었을 것이다. 그러나 그 당시 나는 무슨 일을 하든 동일한 꿈결 같은 예감에 사로잡혀, 매가 그려진 그림을 그에게 보내기로 결정했다. 그것이 그에게 도달하든 않든 그 점에는 아랑곳하지 않았다. 그림에는 아무것도, 내 이름조차 써 넣지 않았다. 그림의 가장자리를 조심스레 잘라내고, 큰 봉투를 사서 내 친구의 예전 주소를 겉봉에 적었다. 그러고는 편지를 발송했다.

시험이 점점 더 가까이 다가왔다. 나는 여느 때보다도 학교 공부를 더 열심히 해야만 했다. 무례하던 나의 태도가 갑자기 변하자, 선생님들은 너그러이 다시 받아 주었다. 그렇지만 내가 훌륭한 학생이라고는 할 수 없었을 것이다. 그러나 반년 전만 해도 나의 퇴학 처분이 모두에게 당연했다는 사실을, 나도 어느 누구도 생각하지 않았다.

아버지 역시 이젠 비난도 위협도 하지 않고 다시 예전과 같은 어투로 편지를 썼다. 그러나 나는 아버지나 어느 누구에게도 내가 어떻게 이처럼 달라진 것인지 설명하고 싶지 않았다. 이런 변화가 부모님이나 선생님들의 소망과 일치한 것은 우연일 뿐이었다. 달라지긴 했지만 나는 다른 사람들과 어울리지 않았고, 누구에게도 가까이 다가가지 않았으며, 더욱 고독해졌을 뿐이었다. 그 변화는 어딘가를, 데미안을, 먼 운명을 목표로 하고 있었다. 나 자신도 그런 사실을 알지 못했다. 내가 변화의 한가운데에 서 있었기 때문이다. 그 일은 베아트리체로부터 시작되었다. 그러나 얼마 후부터 나는 그림이 그려진 종이와 함께, 그리고 데미안에 대해 생각하면서 완전히 비현실적인 세계에서 살아갔다. 그리하여 베아트리체마저 나의 시야와 생각에서 완전히 사라져 버렸다. 나는 나의 꿈과 나의 기대, 나의 내적인 변화에 대해 어느 누구에게든 한마디도 말할 수 없었다. 설령 내가 그렇게 하고 싶은 마음이 있었다 해도 그러지 못했으리라.

그런데 어떻게 그러고 싶었겠는가?

5. 새는 알을 깨고 나오려고 싸운다

내가 그린 꿈속의 새는 길을 떠나 내 친구를 찾아 나섰다. 그래서 나는 생각지도 못한 이상한 방법으로 답장을 받았다.

언젠가 수업 사이의 쉬는 시간이 끝났을 때, 교실의 내 자리에서 내 책갈피에 꽂혀 있는 종이쪽지를 발견했다. 그것은 급우들이 수업 중에 몰래 쪽지를 보낼 때 흔히 하는 식으로 접혀 있었다. 지금까지 나는 반 친구들과 그런 식으로 교제해 본 적이 없었기 때문에, 누군가가 그런 쪽지를 보냈다는 사실에 놀랐을 뿐이었다. 내가 절대로 가담하지 않을, 학생다운 어떤 장난에 끼어들라는 소리겠지 하고 짐작한 나는 그 쪽지를 읽어 보지도 않고 책의 앞부분에 끼워 넣었다. 수업 중에야 비로소 그것이 어쩌다 다시 내 손에 들어오게 되었다.

나는 그 종이를 만지작거리다가 무심코 펴보고, 그 안에 몇 마디 글자가 쓰여 있는 것을 발견했다. 그것을 훑어보다가 어떤 글에 눈길을 고정시키고 깜짝 놀라 읽어 보았다. 그러는 동안 내 심장은 혹독한 추위를 만났을 때처럼, 운명 앞에 오그라들었다.

'새는 알을 깨고 나오려고 싸운다. 알은 세계이다. 태어나려는 자는 하나의 세계를 파괴해야 한다. 새는 신에게 날아간다. 그 신의 이름은 아브락사스[*]이다.'

나는 몇 번이고 이 글을 읽은 뒤 깊이 생각에 잠겼다. 의심할 여지 없이 데미안의 답장이었다. 나와 그를 제외하고는 그 새에 대해 아는 사람은 아무도 없었다. 그는 내 그림을 받았던 것이다. 그는 그 그림의 뜻을 이해하고 내가 해석할 수 있도록 도와준 것이다. 하지만 이 모든 것이 무슨 관계가 있단 말인가? 그리고 무엇보다 골치 아픈 것은 아브락사스가 무슨 뜻인가 하는 것이었다. 그것은 아직까지 들어 본 적도 읽어 본 적도 없는 말이었다. '그 신의 이름은 아브락사스이다!'

수업 내용은 귀에 들어오지 않았고, 그러는 중에 수업 시간이 지나갔다. 그날 오전의 마지막 시간인 다음 시간이 시작되었다.

---

[*] Abraxas. 단어로 보이는 그리스 문자들의 나열을 뜻한다. 마술의 효력을 갖고 있다고 믿어서 부적이나 장식물에 새겼다. 2세기에 어떤 영지주의 분파와 그 외 이원론 분파는 아브락사스를 인격화했고 때때로 태양신 숭배와 관련된 의식을 시행했다. 2세기 초 영지주의 교사인 이집트의 바실리데스는 아브락사스를 최고신으로, 신성을 유출시키는 원천으로 보았다.

대학을 갓 나온 젊은 보조 교사가 담당하는 수업이었다. 그는 젊은 데다, 헛된 권위를 세우지 않았기 때문에 이미 우리들 마음에 들었다.

우리는 플렌 박사의 지도로 헤로도토스를 읽고 있었다. 이 강의는 내가 흥미를 느낀 몇 안 되는 과목 중의 하나였다. 하지만 이번에는 그것에 마음이 가지 않았다. 나는 기계적으로 책을 펼치기는 했으나, 번역을 따라가지 않고 나름대로의 생각에 잠겨 있었다. 한편, 데미안이 그때 종교 수업 시간에 말했던 내용이 얼마나 옳았던가를 나는 벌써 여러 번 경험으로 알았다. 아주 강렬하게 원하는 일은 그대로 이루어졌다. 만일 수업 중에 내가 아주 강하게 생각에 몰두하고 있으면, 선생님이 가만 내버려 둘 것이므로 나는 조용히 있을 수 있었다. 그런데 정신이 산만하거나 졸고 있을 때는 갑자기 선생님이 옆에 와 있었다. 그런 일이라면야 나도 이미 당해 본 적이 있었다. 그러나 진정으로 생각하고, 정말로 몰두해 있을 때는 안전했다. 그리고 나는 뚫어져라 응시하는 방법도 이미 시험해 보았고, 믿을 만하다는 사실도 알았다. 데미안과 만나던 시절에는 성공하지 못했었는데, 이제는 시선과 생각만으로도 여러 가지 일을 해낼 수 있다는 것을 종종 느끼곤 했다.

지금도 나는 이렇게 앉아 있고, 헤로도토스나 수업과는 멀리 떨어져 있었다. 그러나 그 순간, 나도 모르는 사이에 선생님의 목소리가 번갯불처럼 내 의식을 내리치는 바람에 화들짝 놀라 정신을 차렸다. 선생님의 목소리가 들렸고, 그는 바로 내 곁에 서 있었다. 나는 선생님이 내 이름을 불렀다고 생각했다. 그러나 그는 나를 쳐다보지도 않았다. 나는 안도의 한숨을 내쉬었다.

그때 선생님의 목소리가 다시 들렸다. 그 소리는 "아브락사스"라고 크게 말했던 것이다.

첫 부분은 놓치고 듣지 못했지만 폴렌 박사는 설명을 계속하고 있었다. "우리는 고대의 그 종파와 신비주의적인 단체의 견해를, 합리주의적인 관점에서 보듯이 그렇게 소박하게 상상해서는 안 됩니다. 오늘날 우리가 말하는 의미에서의 학문은 고대에는 존재하지도 않았습니다. 대신 대단히 고도로 발달한 철학적이고 신비주의적인 진리에 몰두했습니다. 그럼으로써 부분적으로는, 가끔 사기와 범죄 행위로 이어지기도 한 마술이나 쓸데없는 짓도 생겨났지요. 그러나 그 마술도 유래는 고상했고 심오한 사상이 들어 있었습니다. 내가 앞서 예로 든 아브락사스 학설도 그렇습니다. 사람들은 그 이름이 그리스의 주문呪文과 관련이 있다고 말하며, 오늘날에도 흔히 야만족들이 믿고 있는 어떤 마귀의 이름으로 간주하고 있어요. 그러나 아브락사스는 이보다 훨씬 더 많은 의미를 지니고 있는 것 같습니다. 우리는 그 이름을 신적인 것과 악마적인 것을 결합시키는 상징적 과제를 지닌, 이면 신의 이름으로 생각할 수 있습니다."

키 작은 그 박식한 남자는 우아하고 열성적으로 계속 이야기를 해나갔지만, 크게 주목하는 학생은 아무도 없었다. 그리고 아브락사스라는 이름이 더 이상 나오지 않자, 내 주의력도 내면으로 도로 가라앉았다.

'신적인 것과 악마적인 것을 결합시킨다'라는 말의 여운이 계속 귀에 울려 퍼졌다. 여기서 나는 연관을 지을 수 있었다. 그 말은 우리들 우정의 가장 마지막 시절에 데미안과 나누었던 대화 덕분에 내게 친숙했다. 그 당시 데미안은 아마도 우리는 우리가 숭배하는 신을 갖고 있겠지만, 그 신은 임의로 갈라놓은 세계의 절반만을 나타낼 뿐이라고 말했다(그것은 공식적이고, 허용된 '밝은' 세계였다). 그러나 우리는 세계 전체를 숭배할 수 있어야 한다고 했다. 그러므로 우리는 동시에 악마이기도 한 신을 갖거나, 아니면 신에 대한 예배와 더불어 악마 숭배도 함께 해야 한다고 했다. 그러니까 아브락사스는 신인 동시에 악마이기도 한 신이었다.

한동안 나는 대단히 열성적으로 그 단서를 계속 찾아보았지만, 아무런 진척이 없었다. 나는 아브락사스를 찾으려고 온 도서관을 샅샅이 뒤져 보았지만 아무런 성과가 없었다. 그렇지만 나의 본성은 이런 탐구 방식에 맞지 않았다. 막상 손에 쥐고 보니 돌멩이에 불과한 진리를 찾아가는 직접적이고 의식적인 탐구 방식에 결코 적합하지 않았던 것이다.

얼마간 그토록 열성을 다해 몰두했던 베아트리체의 모습은 이제 점차 가라앉아 버렸다. 아니 오히려 내게서 천천히 멀어져 갔고, 점점 더 지평선에 가까워지고, 점점 더 그림자가 되고 색이 바래져 갔다. 그것은 더 이상 내 영혼을 만족시키지 못했다.

내면에 틀어박혀 마치 몽유병자처럼 특이하게 살아온 내 생활에도 이제 새로운 형상이 생겨나기 시작했다. 삶에 대한 동경이, 아니 오히려 사랑에 대한 동경이 마음속에서 피어났다. 그렇지만 욕구는 여전히 채워지지 않았다. 그리고 한동안 베아트리체를 숭배함으로써 해소할 수 있었던 성적 충동이 새로운 영상과 목표를 갈망하고 있었다. 또한 그런 동경을 속이란 쉽지 않았다. 그리고 내 또래들이 행복을 추구하는 대상인 소녀들한테서 무언가를 기대한다는 것은 그 전보다 더 불가능하게 느껴졌다. 나는 다시 생생한 꿈을 꾸었다. 그것도 밤보다는 낮에 더 많이 꿈을 꾸었다. 상상과 영상 혹은 소망이 마음속에서 솟아올라 나를 외부 세계로부터 격리했다. 그리하여 나는 나의 실제 주변 세계보다도 마음속의 영상과 꿈, 그림자와 더욱 실제적으로, 활발히 교류했던 것이다.

어떤 특정한 꿈, 혹은 자꾸 나타나는 환상의 유희가 내게 중요한 의미로 다가오게 되었다. 내 인생에서 가장 중요하고 가장 지속적으로 영향을 미친 그 꿈은 대략 이러했다. 나는 고향집으로 돌아갔다. 집 대문 위에는 문장의 새가 푸른 하늘을 배경으로 노랗게 빛나고 있었다. 집에서는 어머니가 나를 반가이 맞아 주었다. 그러나 막상 집에 들어서며 어머니를 포옹하려고 보니, 그는 어머니가 아니라 단 한 번도 본 적이 없는 사람이었다. 막스 데미안이나 내가 그린 그림 속 인물과 닮은 키가 크고 억센 사람이었다. 그러나 실은 그들과도 다른 얼굴이었고, 힘은 세보였지만 지극히 여성적인 얼굴이었다. 이 인물이 나를 끌어당기고 소름끼치도록 깊은 사랑을 담아 포옹했다. 희열과 전율이 뒤섞인 느낌이었다. 포옹은 예배인 동시에 범죄였던 것이다. 나를 껴안은 그 인물의 모습에는 내 어머니에 대한, 내 친구 데미안에 대한 너무나 많은 추억이 유령처럼 어른거리고 있었다. 그 인물의 포옹으로 경외심은 모두 사라졌으나, 커다란 행복을 얻었다. 이따금 나는 그런 꿈을 꾸다가 깊은 행복감을 느끼며 깨어났고, 끔찍한 죄를 지은 듯 극도의 공포와 양심의 가책을 느끼며 깨어나기도 했다.

전적으로 내면에 속해 있는 이 영상과, 찾고 있던 신에 대해 외부로부터 내게로 온 암시는 서서히 그리고 무의식적으로 연결되었다. 그러나 그 연결은 점점 더 긴밀해지고 친숙해졌고, 나는 바로 이런 예감의 꿈속에서 아브락사스를 부르고 있다는 것을 깨닫기 시작했다. 희열과 전율, 남성과 여성이 뒤섞인 것, 가장 신성한 것과 가장 추한 것이 서로 뒤얽힌 상태, 더없이 사랑스러운 순진무구함에 의해 경련을 일으키는 깊은 죄악, 이것이 나의 사랑의 꿈속에 나타난 영상이었고, 그리고 아브락사스이기도 했다. 사랑은 이제 더 이상, 내가 처음에 겁먹고 두려워했던 것처럼 지극히 어두운 충동이 아니었다. 또한 사랑이란 이제 더 이상, 내가 베아트리체의 영상에 바친 것처럼 경건하게 정신적으로 승화된 숭배심도 아니었다. 사랑은 그 둘 다였고, 둘 다였을 뿐만 아니라 보다 더 초월한 개념이었다. 사랑은 천사이자 사탄이고, 남녀가 하나된 것이고, 인간과 동물이며, 지고의 선이자 극단적인 악이었다. 이런 삶을 사는 것과, 이런 삶을 맛보는 것이 내 정해진 운명 같았다. 나는 그런 운명을 동경하는 동시에 그런 운명을 두려워하기도 했지만, 운명은 늘 곁에 와 있었고, 늘 내 위에 맴돌고 있었다.

이듬해 봄에 나는 김나지움을 졸업하고 대학에 진학할 예정이었다. 그러나 어디서 무슨 공부를 해야 할지 아직 결정하지 못한 채였다. 입술 위에는 코밑수염이 조금씩 자라기 시작했고, 다 큰 어른이 되었지만, 나는 여전히 전혀 어찌 할 바를 몰랐고 아무런 목표가 없었다. 그런데 단 한 가지, 즉 내 내면의 소리, 그 꿈의 영상만은 확실했다. 내 임무는 그것이 인도하는 대로 맹목적으로 따라가는 것이라고 느꼈다. 그러나 그것은 수월한 임무가 아니어서, 나는 날마다 버티며 반항했다. 내가 혹시 미친 게 아닐까? 내가 혹시 다른 사람들과 다른 걸까? 나는 걸핏하면 그렇게 생각하기도 했다. 그러나 다른 사람들이 하는 일은 나도 뭐든지 해낼 수 있었다. 조금만 열심히 노력하면 플라톤을 읽을 수 있었고, 삼각법 문제도 풀 수 있었으며, 화학 분석도 따라갈 수 있었다. 그러나 단 하나, 내가 할 수 없는 일이 있었다. 다른 학생들이 그러하듯이, 내면에 어두컴컴하게 숨겨신 목표를 끌어내어 내 앞 어딘가에 그려 보는 일이었다. 다른 학생들은 교수나 판사, 의사나 예술가가 되려고 했으며, 그렇게 되려면 얼마나 오랜 시일이 필요한지, 어떤 이점이 있는지도 정확히 알고 있었다. 나는 그런 것을 할 수 없었다. 어쩌면 나도 언젠가는 그런 사람이 될지는 모르지만, 어떻게 알 수 있단 말인가. 어쩌면 나도 몇 년에 걸쳐 찾고 또 찾아야 하겠지만, 무엇도 되지 못할 수도 있고, 어떤 목표도 달성하지 못할 수도 있다. 혹시 나도 어떤 목표를 달성할지도 모르지만, 사악하고 위험하며 끔찍한 결과로 드러날 수도 있다.

내 속에서 솟아 나오려는 것, 바로 그것을 나는 살아 보려고 했다. 그런데 그것이 왜 그토록 어려웠을까.

나는 내 꿈에 나타났던 강렬한 사랑의 형상을 그려 보려고 가끔 시도하기도 했다. 그러나 단 한 번도 성공하지 못했다. 만약 성공했더라면 그 그림을 데미안에게 보냈을 것이다. 그가 있는 곳이 어디였을까? 나는 알지 못했다. 내가 알고 있는 것은 그가 나와 결합되어 있다는 사실뿐이었다. 언제쯤 그를 다시 만나게 될 것인가?

베아트리체와 함께했던 몇 주, 몇 달간의 평온한 상태는 오래전에 사라져 버렸다. 그 당시 나는 어느 섬에 도달하여 마음의 평화를 얻었다고 생각했다. 그러나 언제나 그랬듯이, 어떤 상태가 마음에 들자마자, 어떤 꿈에 즐거워지자마자, 그것도 이내 시들해지고 쓸모없어지고 말았다. 탄식해 봐야 소용없는 일이었다! 나는 이제 종종, 나를 완전히 야성적으로 미치게 만드는 채워지지 않은 갈망, 긴장된 기대의 불꽃 속에 살고 있었다. 때로는 꿈속에 나타나는 연인의 영상이 너무도 생생하게, 내 손보다도 훨씬 더 선명하게 보이기도 했다. 나는 그 영상과 대화를 나누었고, 그 앞에서 울기도 했으며, 그것을 저주하기도 했다. 나는 그것을 어머니라고 불렀고, 그 앞에서 눈물을 흘리며 무릎을 꿇었다. 나는 그것을 연인이라고 불렀고, 모든 것을 이루어주는 성숙한 입맞춤을 해주리라 예감했다. 나는 그것을 또한 악마와 창녀, 흡혈귀와 살인마라고 부르기도 했다. 그 영상은 더없이 정겨운 사랑의 꿈을 꾸도록, 난잡하고 파렴치한 행위를 하도록 나를 유혹했다. 거기에는 아주 선한 것도 귀중한 것도 없었으며, 너무 나쁘고 비열한 것도 없었다.

그해 겨울 내내 나는 이루 형언하기 어려운 내면의 폭풍우 속에서 보냈다. 이미 오래전부터 외로움에는 익숙해져 있었기에, 외로움에 시달리지는 않았다. 나는 데미안과 매와 함께 살았고, 내 운명이자 연인인 꿈속의 커다란 형상과 함께 살았기 때문이다. 모든 것이 위대한 것과 광대한 것을 바라보고 있었고, 모든 것이 아브락사스를 가리키고 있었다. 그러므로 충분히 그 안에서 살아갈 수 있었다. 그러나 이러한 꿈과 나의 생각 중 어느 것도 내 말에 복종하지 않았다. 나는 그중 무엇도 오라고 부를 수 없었고, 어느 것에도 내 마음대로 색깔을 부여할 수 없었다. 그것들이 나타나서 나를 사로잡아 지배했고, 나는 그것들의 도구가 되어 살아가야 했다.

그러나 나는 외부 세계에 대해서는 안전하게 무장하고 있었다. 그래서 사람들을 두려워하지 않았다. 학우들도 그런 사실을 알고 내게 은밀히 존경을 표했는데, 그럴 때면 나는 가끔 미소를 지어 보이기도 했다. 마음만 먹으면 나는 그들 대부분을 아주 잘 꿰뚫어볼 수 있었고, 그렇게 해서 가끔 그들을 깜짝 놀라게 할 수도 있었다. 단지 그다지 그러고 싶지 않았다. 혹은 전혀 그러고 싶지 않았을 뿐이었다. 언제나 나는 나에게 몰두하고, 나 자신에게 사로잡혀 있었다. 그리고 이제 마침내 인생을 한번 제대로 살아 보고, 내가 가진 것을 세상에 주고, 세상과 관계를 맺고 싸움을 벌이기를 열렬히 갈망했다. 밤에 거리를 돌아다닐 때나, 마음의 안정을 얻지 못해 자정까지 집에 돌아올 수 없을 때면, 때때로 나는 그제라도 틀림없이 나의 연인과 마주치리라고, 그녀는 다음 모퉁이에서 내 옆을 지나가리라고, 다음 창가에서 나를 부를 것이라고 생각하곤 했다. 때로는 이 모든 것이 견딜 수 없이 고통스러워, 한번은 스스로 목숨을 버릴 생각까지 했었다.

그 당시 나는 특이한 도피처를 발견했다. 흔히 말하듯 '우연'에 의해서였다. 하지만 그런 우연이란 존재하지 않는다. 만일 무언가를 간절히 필요로 하는 자가 자신에게 필요한 것을 발견하게 된다면, 그것은 우연에 의해 얻게 된 것이 아니라 스스로, 자신의 욕구와 필연성이 우연을 초래한 것이다.

나는 시내를 산책하다가 교외에 있는 조그만 교회에서 흘러나오는 오르간 소리를 두세 번 들은 적이 있었으나, 그걸 들으려고 걸음을 멈추지는 않았다. 다음번에 그 교회를 지나갔을 때도 나는 다시 그 소리를 들었고, 바흐의 곡이라는 것도 알았다. 교회의 문으로 가보니 잠겨 있었다. 골목에는 인적이 거의 없었기 때문에 나는 교회 옆의 연석緣石에 앉아 외투 깃을 세우고 귀를 기울였다. 크지는 않지만 그래도 좋은 오르간이었다. 놀라운 연주였다. 의지와 끈기가 담긴 지극히 개성적인 표현이 기도처럼 울렸다. 나는 거기서 연주하는 사람이 그 음악 속에 보물이 숨겨져 있다는 사실을 알고서, 그것을 얻으려고 애쓰고, 두드리며, 자신의 생명을 얻으려는 듯 노력하고 있다고 느꼈다. 나는 기교적인 면에서는 음악에 대해 그리 잘 알지 못했지만, 바로 이런 영혼의 표현은 어린 시절부터 본능적으로 이해했고, 이해했고, 무언가 자명한 것으로서 음악적인 것인 내 마음속에 느끼고 있었다.

그 연주자는 이어서 현대 음악도 연주했는데, 아마도 레거*의 곡 것 같았다. 교회는 거의 칠흑같이 어두웠고, 아주 희미한 한줄기 빛만이 가장 가까운 창문에서 흘러나오고 있었다. 나는 음악이 끝날 때까지 기다렸다. 그리고 밖으로 나오는 오르간 연주자의 모습이 보일 때까지 이리저리 거닐었다. 아직 젊은 사람이었지만, 그는 나보다 나이가 많아 보였고, 체격은 다부지고 땅딸막했다. 그는 힘차지만 흡사 내키지 않는 듯한 발걸음으로 재빨리 그곳을 떠났다.

그때부터 나는 가끔 저녁 시간에 그 교회 앞에 앉아 있거나 이리저리 거닐곤 했다. 한번은 문이 열려 있는 것을 발견했다. 오르간 연주자가 저 위 높은 곳에서 희미한 가스등 불빛을 받으며

✦ Max Reger(1873-1916). 독일의 작곡가이자 교사.

연주하는 동안, 나는 추위에 몸을 떨면서도 행복한 기분으로 반시간 동안이나 교회의 의자에 앉아 있었다. 그가 연주하는 음악에서 그의 성품 말고도 많은 것을 알 수 있었다. 그가 연주하는 곡들 역시 모두 서로 유사한 면이 있고 은밀히 연결되는 것 같았다. 그가 연주하는 모든 곡에는 믿음, 헌신, 경건함이 담겨 있었다. 그러나 교회에 다니는 사람이나 목사들과 유사한 경건함이 아니라 중세의 순례자나 탁발승처럼 경건했고, 모든 종파를 초월한 보편적 감정에 절대적으로 헌신하는, 그런 경건함이었다. 그는 바흐 이전의 대가들, 그리고 옛 이탈리아인들의 곡도 열심히 연주했다. 그런데 모든 곡은 동일한 것을 내포하고 있었다. 음악가가 자신의 영혼 속에 담고 있는 것, 다시 말해 동경, 세계에 대한 가장 진심 어린 해석, 세계로부터의 가장 격렬한 결별, 자신의 어두운 영혼에 열렬한 마음으로 귀를 기울이는 것, 헌신에 대한 도취, 경이로운 것에 대한 깊은 호기심을 말해 주고 있었다.

한번은 그 오르간 연주자가 교회에서 나오자 나는 몰래 그를 따라가 보았다. 그는 멀리 떨어진 도시 외곽의 조그만 선술집으로 들어갔다. 나는 도저히 참지 못하고 따라 들어갔다. 그곳에서 처음으로 그의 모습을 똑똑히 볼 수 있었다. 그는 검은 펠트 모자를 쓰고 조그만 술집의 한쪽 구석에 있는 탁자에 앉아 있었다. 그의 앞에는 포도주 한 잔이 놓여 있었다. 그의 얼굴은 내가 예상했던 그대로였다. 못생긴 얼굴에, 조금 야성적이면서도 탐구적이고, 고집 세며 제멋대로에, 의지가 강해 보였다. 반면에 입 언저리는 부드러웠고 어린아이 같았다. 남성적이고 강한 모습은 모두 눈과 이마에 쏠려 있었다. 얼굴의 아랫부분은 연약하고 미완인 상태였고, 안정감이 없는 데다, 부분적으로 약해 보였다. 단호해 보이지 않는 턱은 이마와 눈빛에 항의라도 하는 듯 소년 같았다. 긍지와 적의에 가득 찬 암갈색 눈은 내 마음에 들었다.

나는 아무 말 없이 그의 맞은편으로 가서 앉았다. 술집에는 우리 둘 말고 다른 사람은 아무도 없었다. 그는 마치 나를 쫓아버릴 듯이 쏘아보았다. 그렇지만 나는 버티고 앉아 그가 기분이 나쁜 듯 투덜거릴 때까지 태연히 그를 쳐다보았다.

"대체 왜 그리 뚫어지게 쳐다보는 거요, 무얼 원하는 거요?"

"당신한테 원하는 건 없어요." 내가 말했다. "이미 많은 것을 알고 있으니까요."

그는 이마를 찌푸렸다.

"그럼, 당신은 음악 팬인가요? 음악에 열광하는 것은 내겐 구역질나는 일인데요."

나는 끄떡도 하지 않았다.

"벌써 여러 번 당신 음악을 들었습니다. 저 바깥쪽에 있는 교회에서요." 내가 말했다. "그런데 성가시게 할 생각은 없습니다. 당신한테서 무언가를 발견하게 될지도 모른다고 생각했지요. 뭔지는 잘 모르지만 특별한 무엇인가를요. 그러나 나한테 전혀 신경 쓸 필요 없어요! 교회에서 당신 연주를 들을 수 있으니까요."

"하지만 난 언제나 문을 잠그고 연주하는데요."

"최근에는 그걸 잊으셨더군요. 저는 교회 안에 들어가서 앉았어요. 평소에는 바깥에 서 있거나 연석 위에 앉지요."

"그래요? 다음번에는 들어오세요. 안은 한결 따뜻해요. 그냥 문을 두드리기만 하면 됩니다. 세게 두드리세요. 그러나 내가 연주하지 않을 때 말이오. 그럼, 이야기를 계속해 보시오. 나한테 무슨 이야기를 하고 싶었나요? 아주 젊은 사람이군요. 보아하니 고등학생이나 대학생 같군요. 음악가인가요?"

"아니오. 음악을 즐겨 들을 뿐입니다. 그러나 당신이 연주하는 것과 같은 음악, 완전히 절대적인 음악을 듣지요. 아무 조건도 없는 음악, 들으면 한 인간이 천국과 지옥을 잡아 흔드는 것처럼 느껴지는 그런 음악 말입니다. 나는 음악을 무척 좋아하는데, 그 이유는 음악은 별로 도덕적이지 않기 때문이지요. 다른 것들은 모두 도덕적이지요. 나는 도덕적이지 않은 무언가를 찾고 있습니다. 늘 도덕적인 것에 시달려 왔거든요. 내 생각을 잘 표현하기 힘든데, 신인 동시에 악마인 그런 신이 틀림없이 존재한다는 걸 아시나요? 그런 신이 있었다는 이야기를 들었습니다."

음악가는 챙 넓은 모자를 약간 뒤로 젖히고 넓은 이마에서 검은 머리카락을 쓸어 올렸다. 그러면서 그는 나를 뚫어지게 쳐다보며 테이블 너머로 나에게 얼굴을 기울였다.

그는 호기심에 가득 차서 나직이 물었다. "지금 이야기한 신의 이름이 뭐지요?"

"유감스럽게도 그 신에 대해서는 아는 게 거의 없고, 사실 이름만 알고 있어요. 그 신의 이름은 아브락사스지요."

그 음악가는 마치 누가 엿들을 수도 있다는 듯 의심스러운 눈초리로 주위를 둘러보았다. 그러고는 나한테 바짝 다가와 속삭이듯 말했다. "나도 그렇게 생각했지요. 당신은 누군가요?"

"김나지움에 다니는 학생입니다."

"아브락사스는 어떻게 알았지요?"

"우연히요."

그는 잔에서 포도주가 쏟아질 정도로 테이블을 내리쳤다.

"우연이라니요! 말도 안 되는 소리 말아요, 이봐요! 아브락사스는 우연히 알 수 있는 게 아니오. 그 점을 명심하시오. 아브락사스에 대해 좀 더 자세히 이야기해 주겠소. 난 그것에 대해 좀 알거든요."

그는 입을 다물고 의자를 뒤로 밀었다. 잔뜩 기대에 차서 쳐다보는데 그는 얼굴을 찌푸렸다.

"지금 여기서가 아니오! 다음번에 해주겠소! 자, 이걸 받아서 드시오!"

그는 입고 있던 외투의 호주머니를 뒤지더니 군밤 몇 개를 꺼내어 나에게 던졌다.

나는 아무 말도 하지 않고 그것을 받아서 먹었는데, 기분이 아주 좋았다.

"그러니까!" 그는 잠시 뒤 속삭이듯 말했다. "어떻게 해서 알았나요, 그것에 대해?"

나는 망설이지 않고 말했다.

"난 외로웠고, 어떻게 해야 할지 몰랐어요." 나는 이야기를 시작했다. "그때 예전의 친구 한 사람이 떠올랐어요. 그는 아주 많은 것을 알고 있는 친구였지요. 나는 어떤 그림을 그렸어요. 새한 마리가 지구에서 빠져 나오려는 장면을 담은 그림이었지요. 그 그림을 그에게 보냈어요. 그리고 어느 정도 시간이 지나 더 이상 그 그림 생각을 하지 않고 있었지요. 그때 종이쪽지 하나가 내 손에 들어오게 되었는데, 거기에 이렇게 적혀 있었습니다. '새는 알을 깨고 나오려고 싸운다. 알은 세계이다. 태어나려는 자는 하나의 세계를 파괴해야 한다. 새는 신에게 날아간다. 그 신의 이름은 아브락사스이다'라고요."

그는 아무 대꾸도 하지 않았다. 우리는 밤을 까서 포도주에 곁들여 먹었다.

"한잔 더 할까요?" 그는 물어보았다.

"아니, 괜찮아요. 술을 좋아하지 않아서요."

그는 약간 실망한 듯 소리 내어 웃었다.

"좋을 대로 하세요! 난 술을 좋아하지요. 난 여기에 그대로 있겠소. 먼저 가보도록 하시오!"

다음번에 오르간 연주가 끝나고 그와 함께 걸었을 때, 그는 그다지 말이 없었다. 그는 어느 옛 골목에 있는 으리으리하고 오래된 집의 어느 방으로 나를 데리고 올라갔다. 그 방은 넓긴 하지만 다소 음산하고 제멋대로 방치되어 있었는데, 피아노 한 대를 제외하고는 음악과 아무 관계가 없어 보였다. 반면에 커다란 책장과 책상이 있어 어딘지 학자의 방 같은 분위기가 났다.

"책이 굉장히 많군요!" 나는 칭찬하며 말했다.

"그 일부는 아버지의 장서지요. 나는 아버지 집에 살고 있거든요. 그래, 이봐요, 난 부모님 집에 살고 있지만, 당신을 그분들께 소개할 수는 없어요. 우리 집에서는 나의 교제가 그다지 존중받지 못하거든요. 알다시피 난 탕아인 셈이지요. 아버지는 이 도시에서 믿을 수 없을 만큼 존경받는 분이고, 저명한 목사님이자 설교가이시지요. 그런데 당신이 금방 사정을 이해할 수 있게 말하자면, 나는 재능 있고 장래가 촉망되던 아들이었지요. 하지만 탈선해서 머리도 약간 이상해졌어요. 나는 원래 신학생이었는데, 국가 시험을 치르기 직전에 그 고리타분한 전공을 때려치워 버렸어요. 하지만 개인적인 공부에 관해 말하자면, 여전히 신학에 관심을 두고 있지요. 사람들이 그때그때 어떤 신을 생각해 냈는지가 내게는 여전히 가장 중요하고 흥미로운 문제랍니다. 그건 그렇고 나는 지금은 음악가이고, 머지않아 보잘것없긴 하지만 오르간 연주자 자리를 구할 것 같아요. 그러면 나 역시 다시 교회로 돌아가는 셈이지요."

나는 서가에 꽂힌 책들의 등을 죽 훑어보았다. 조그만 탁상 스탠드의 희미한 불빛으로 그리스어, 라틴어, 히브리어 제목들을 알아볼 수 있었다. 그러는 사이 그 사람은 벽 가까이의 어두운 방바닥에 엎드려 무언가를 하고 있었다.

"이리 와보시오." 잠시 뒤에 그가 외쳤다. "우리 지금 철학 연습을 좀 해봅시다. 그 말뜻은 입을 다물고 엎드려서 생각하자는 것이지요."

그는 성냥을 켜서 자기 앞에 있는 벽난로 속의 종이와 장작에 불을 붙였다. 불길이 높이 치솟았다. 그는 아주 조심스레 휘저으며 불을 지폈다. 나는 그의 곁으로 가서 낡아빠진 양탄자 위에 누웠다. 그는 불을 응시하고 있었는데, 불은 내 마음도 사로잡았다. 우리는 아마 한 시간쯤 가물거리며 타는 장작불 앞의 바닥에 엎드려서, 불이 타오르며 바작거리고, 가라앉고 휘어지며, 가물거리며 꺼지다가 확 타오르고는, 마침내 깜부기불로 조용히 사그라지는 모습을 말없이 바라보았다.

"인간이 생각해 낸 것 중에서 배화교가 가장 멍청한 건 아니었어." 그는 혼잣말로 한 번 중얼거렸다. 그 밖에는 우리는 한마디도 하지 않았다. 우리는 멍하니 불을 응시하며 꿈과 정적 속에 잠겨 연기 속의 형상과 재 속의 영상을 보고 있었다. 나는 한 번 깜짝 놀라기도 했다. 나의 동지가 송진 한 조각을 깜부기불 속에 던지자 작고 가느다란 불꽃이 솟아올랐는데, 그 속에서 노란 매의 머리를 가진 새가 보였던 것이다. 꺼져 가는 난롯불 속에서 황금빛으로 타오르는 불꽃 실이 한데 모여 그물 형태를 이루었고, 문자와 영상들이 나타났으며, 얼굴, 동물과 식물, 벌레와 뱀에 대한 기억이 되살아났다. 몽상에서 깨어나 상대방을 바라보니 그는 두 주먹에 턱을 괴고 열광적으로 몰두하여 재 속을 뚫어져라 바라보고 있었다.

"이제 가봐야겠어요." 나는 나지막한 소리로 말했다.

"네, 그럼 가보도록 해요. 안녕히 가세요."

그는 자리에서 일어나지 않았다. 등불이 꺼져 있었다. 그래서 나는 어두운 방과 복도며 계단을 지나, 마법에 걸린 낡은 집을 손으로 더듬어가며 간신히 빠져나왔다. 거리에 나오자 발길을 멈추고 그 낡은 집을 쳐다보았다. 불 켜진 창문은 하나도 없었다. 놋쇠로 만든 작은 문패가 문 앞의 가스등 불빛을 받아 반짝거렸다. 문패에는 '주임 목사 피스토리우스'라고 적혀 있었다.

나는 집에 돌아와 저녁 식사를 하고 조그만 내 방에 앉아 있었다. 그때서야 비로소 아브락사스에 대해서나, 그 밖의 다른 일에 대해서도 피스토리우스에게서 아무 이야기도 듣지 못했고, 우리가 주고받은 말이 고작 열 마디도 안 된다는 생각이 떠올랐다. 그러나 나는 그의 집을 방문한 것이 무척 만족스러웠다. 게다가 다음번에 만나면 그는 아주 훌륭하고 오래된 오르간 작품인 북스테후데*의 〈파사칼리아〉를 들려주겠다고 약속했던 것이다.

나는 깨닫지 못하고 있었지만, 내가 그와 함께 흐릿한 은둔지 방의 벽난로 앞에서 바닥에 엎드려 있었을 때, 오르간 연주자 피

✦ Dietrich Buxtehude(1637?~1707). 덴마크의 오르간 연주자, 교회음악 작곡가. 작품으로 바흐의 〈파사칼리아 C단조〉의 기초가 된 〈파사칼리아〉가 있다.

스토리우스는 내게 첫 수업을 한 것이었다. 불을 들여다보는 것이 내게 효력이 있었다. 그것은 내가 늘 지니고 있었지만 실은 한 번도 돌본 적이 없는 내면의 성향을 강화시키고 확인해 주었다. 그것들 중 어떤 것은 내게 점차 분명해졌다.

이미 어린 시절부터 나는 항상 자연의 기이한 형태를 바라보는 버릇이 있었다. 그것은 관찰하는 것이 아니라 자연의 고유한 매력과 복잡하고 심오한 언어에 흠뻑 빠져드는 일이었다. 나무처럼 변해 버린 기다란 나무뿌리, 암석에 드러난 여러 가지 색깔의 무늬, 물에 떠다니는 기름 덩어리, 유리에 난 금 ― 이와 비슷한 온갖 사물이 내게는 때때로 커다란 매력으로 다가왔다. 무엇보다도 물과 불, 연기, 구름, 먼지, 그리고 특히 눈을 감았을 때 나타나는 빙빙 도는 색채의 무늬가 매력적이었다. 피스토리우스를 처음 찾아간 후 며칠 동안 그런 것들이 다시 머리에 떠오르기 시작했다. 그 이후부터 내가 어느 정도 활력과 즐거움, 고조된 감정을 느낀 까닭은 오로지 활활 타오르는 불꽃을 오랫동안 응시한 덕분임을 알았기 때문이다. 불을 응시하면 왠지 이상하게 기분 좋고 풍요로운 느낌이 들었던 것이다!

지금까지 본래의 인생 목표를 향해 가는 도중에 찾아낸 몇 가지 경험에 이러한 새로운 경험이 추가되었다. 즉 그런 형상을 관찰하고, 자연의 비합리적이고 복잡하며 기이한 형태에 몰입해 있노라면, 그런 형상을 만들어 낸 의지와 우리의 내면이 일치하는 느낌이 들기 시작한다. 우리는 이내 그 형상을 우리들 자신의 기분이자, 우리들 자신이 만들어 냈다고 생각하려는 유혹을 느낀다. 우리는 우리 인간과 자연 사이의 경계가 흔들리고 와해되는 것을 보며, 우리의 망막 속에 나타난 영상이 외부의 인상에서 유래한 것인지, 아니면 내부의 인상에서 비롯한 것인지 분간할 수 없는 기분에 빠지게 된다. 우리가 어느 정도의 창조자인지, 우리 영혼이 어느 정도 이 세상의 지속적인 창조에 부단히 관여하는지 알아내기 위해서는 이런 연습이 가장 간단하고 쉬운 방법이다. 오히려 우리의 내면에서 활동하는 신성과 자연에서 활동하는 신성은 바로 동일한 불가분의 신성인 것이다. 만약 외부 세계가 붕괴한다 해도 우리들 중 누군가는 그것을 다시 세울 능력을 지녔을 것이다. 산과 강, 나무와 잎, 뿌리와 꽃, 이런 자연의 모든 형상은 우리의 내부에 미리 만들어져 있고, 영원을 본질로 하지만 우리가 그 본질을 알지 못하는 영혼에서 유래하기 때문이다. 그런데 우리는 그 영혼의 본질을 대개 사랑의 힘과 창조력으로서 느낄 수 있는 것이다.

몇 년 후에야 비로소 나는 이 관찰을 어떤 책, 다시 말해 레오나르도 다 빈치의 책에서 확인했다. 그는 언젠가 많은 사람들이 침을 뱉을 담벼락을 바라보며 얼마나 기쁘고 얼마나 큰 자극을 받는지 모른다고 했다. 그는 축축한 담벼락의 얼룩을 보고 피스토리우스와 내가 불을 보고 느낀 것과 똑같은 것을 느낀 것이다.

그 후에 다시 만났을 때 오르간 연주자는 이런 설명을 했다.

"우리는 우리 인격의 경계를 언제나 너무 협소하게 긋고 있어요! 우리는 언제나 개인적으로 구별되거나 상이하다고 인식하는 것만 인격에 포함시키지요. 그러나 우리는 모두 세계의 온갖 구성 요소로 이루어져 있어요. 우리들 하나하나가 그렇단 말이지요. 그리고 우리의 몸에 어류魚類나 그보다 훨씬 더 이전까지 이르는 진화의 계보도가 담겨 있는 것과 마찬가지로, 우리의 영혼에도 일찍이 인간의 영혼 속에 살았던 모든 것이 깃들어 있어요. 일찍이 인간이 생각해 냈던 모든 신과 악마는, 그리스인이나 중국인의 것이든 혹은 아프리카 줄루카피르족의 것이든, 모두 우리 내부에 들어 있어요. 어떤 가능성이자 소망으로서, 탈출구로서 존재하고 있는 것이지요. 만약 지구상에 아무런 교육도 받지 못하고 보통의 재능을 가진 단 한 명의 어린아이만 살아남고 인류가 멸망한다 해도, 이 아이는 사물들의 전체 과정을 다시 찾아낼 겁니다. 신과 악마, 낙원, 계율과 금기, 구약과 신약 등 모든 것을 다시 만들어 낼 수 있을 거요."

"네, 좋습니다." 나는 이의를 제기했다. "그렇다면 개인의 가치는 무엇에 그 본질이 있는 건가요? 우리의 내부에 모든 것이 이미 완성된 상태로 있다면 우리는 무엇 때문에 계속 노력하는 건가요?"

"잠깐만요!" 피스토리우스는 격렬하게 외쳤다. "당신이 세계를 그냥 내면에 지니고만 있느냐, 아니면 그것을 의식하기까지 하느냐에 따라 차이가 큽니다. 미친 사람이라도 플라톤을 상기시키는 생각을 내놓을 수 있고, 헤른후트파 신학교에 다니는 경건한 어린 학생도 영지주의靈智主義 파*나 조로아스터에게서 드러나는 심오한 신화적 연관성을 독창적으로 생각해 낼 수 있어요. 하지만 그는 그런 것에 대해 아무것도 모르고 있단 말입니다! 알지 못하는 이상 그는 나무나 돌멩이, 기껏해야 동물에 불과한 겁니다. 그러나 이러한 인식의 불꽃이 처음으로 희미하게 비칠 때 그는 인간이 되는 겁니다. 그렇다고 당신은 저기 거리에 돌아다니는 두 발 달린 자 모두를 인간이라고 생각하지는 않겠지요? 단지 똑바로 걸어 다니고, 어머니 배 속에서 아홉 달 만에 태어난다고 해서 말입니다. 그렇지만 당신은 그들 중 얼마나 많은 사람들이 물고기나 양, 벌레나 거머리인지, 얼마나 많은 사람들이 개미이고, 얼마나 많은 사람들이 꿀벌인지 알고 있을 테지요! 그런데 그들 각자의 내부에는 인간이 될 가능성이 깃들어 있습니다. 그러나 각자가 그 가능성을 예감하고, 부분적으로나마 그것을 의식하는 법을 배움으로써 비로소 그 가능성은 그의 것이 되는 것입니다."

우리는 대략 이런 식의 대화를 나누었다. 그 대화에 완전히 새롭고, 전적으로 놀라운 내용은 많지 않았다. 그러나 그 모든 대화는, 가장 진부한 대화조차 내 내면의 한 지점을 계속해서 조

---

* 기원 후 1세기부터 3세기까지 그리스와 로마에서 두드러지게 전개된 철학적 종교 운동으로, 교의 체계가 다양하여 특정 종교 분파 또는 단체로 묶을 수 없고, 기원 또한 기독교로 국한할 수 없다. 정통파 기독교와 영지주의의 본질적인 차이는 정통파 기독교에서는 구원이 믿음(신앙)을 통해 가능하다는 견해를 가진 반면 영지주의에서는 구원이 앎(gnosis, 그노시스)을 통해 가능하다는 견해에 있다.

용히 두드렸다. 그 모든 대화가 나를 형성하는 데 도움이 되었고, 내가 허물을 벗고 알을 깨고 나오는 것을 도와주었다. 이렇게 해서 나는 어떤 대화에서나 머리를 좀 더 높이, 보다 자유롭게 치켜들게 되었고, 마침내 나의 황금빛 새가 파괴된 세계의 껍질 밖으로 멋진 맹금의 머리를 내밀었던 것이다.

우리는 각자의 꿈 이야기도 자주 했다. 피스토리우스는 꿈을 해석할 줄 알았다. 한 가지 놀라운 예가 지금 머리에 떠올랐다. 나는 꿈에서 날 수 있었지만, 그것은 내 마음대로 제어할 수 없는 큰 도약에 의해 공중으로 내동댕이쳐진 것과 마찬가지였다. 이 비상으로 기분은 고양되었으나, 내 의지와 상관없이 예사롭지 않을 만큼 높은 곳으로 휩쓸려 가자 이내 불안해졌다. 나는 그때 호흡을 멈추었다가 힘껏 내쉬는 식으로, 상승과 하강을 조절할 수 있다는 것을 발견하고 마음의 안정을 되찾았다.

그 꿈에 대한 피스토리우스의 설명은 다음과 같았다. "당신을 날 수 있게 했던 그 도약이란 우리 인류라면 누구나 가지고 있는 크나큰 유산이지요. 그것은 모든 힘의 근원과 연결되는 느낌이지만, 그럴 경우 사람들은 곧 두려워하게 되지요! 굉장히 위험하다는 생각이 드니까요! 그 때문에 대부분의 사람들은 차라리 날기를 포기하고, 법과 규정에 따라 인도로 걸어가는 쪽을 택하지요. 그런데 당신은 그렇지 않아요. 당신은 유능한 젊은이답게 계속 날고 있어요. 자, 보시오, 당신은 스스로 점차 혼자서도 마음대로 날 수 있게 되고, 당신을 휩쓸어 간 크고 보편적인 힘에, 미

152

미하고 작은 자신의 힘이 하나의 기관器官이자 방향키로 더해지
는 놀라운 일을 발견한 것이오. 그건 근사한 일이지요. 그렇지 않
으면 미친 사람들의 예에서 보듯이 무기력하게 공중으로 날아가
버릴 거요! 그런데 당신은 인도를 걷는 사람들보다 깊은 영감을
지니고 있지만, 그에 맞는 열쇠와 방향키가 없어서 끝 모를 심연
속으로 빠져들고 마는 겁니다. 하지만, 싱클레어, 당신은 그 일을
해내고 있어요! 그런데 어떻게 아직도 그 사실을 전혀 모르고 있
나요? 당신은 새로운 기관을, 그러니까 호흡조절기를 가지고 그
일을 해내고 있거든. 당신의 영혼이 심연 속에서는 그다지 '개
인적'이 아니라는 사실을 이제 알 수 있을 거요. 다시 말해 당신
의 영혼이 그 조절기를 생각해 낸 건 아니니까요! 그건 새로운
게 아니거든요! 그것은 빌려 온 것이고, 수천 년 전부터 존재하던
것입니다. 그것은 물고기의 평형기관인 부레지요. 그런데 이 부레
가 동시에 일종의 허파 역할도 하지요. 그래서 상황에 따라서는
그 부레로 호흡하기도 하는, 그런 희귀하고 원시적인 몇몇 어종
이 오늘날에도 실제로 존재하고 있지요. 그러니까 그것은 허파와
꼭 같은 것이지요. 당신은 꿈속에서 그 허파를 날기 위한 부낭浮
囊으로 사용했지요!"

그는 내게 동물학 도감까지 가져와서, 그 시대착오적인 물고기
의 이름과 그림을 보여 주었다. 나는 진화의 초기 단계에 쓰였던
기능 하나가 살아 있다는 것을 느끼고 기묘한 전율에 사로잡혔다.

6. 야곱의 싸움

특이한 음악가 피스토리우스에게서 아브락사스에 관해 알아
낸 이야기를, 다시 간략히 들려줄 수는 없다. 그러나 그에게서 배
운 가장 중요한 사실은 나 자신으로 향해 가는 도정에서 일보
전진했다는 사실이었다. 나는 그 당시 다양한 면에서 조숙하지
만, 또 다른 많은 부분에서는 크게 뒤처져서 어쩔 줄 몰라 하는,
열여덟 살가량의 평범하지 않은 젊은이였다. 나 자신을 또래의
다른 청년들과 비교해 보면 가끔 자랑스럽고 우쭐해지기도 했지
만, 그런 만큼 의기소침하고 굴욕감이 느껴지기도 했다. 어떤 때
는 나 자신을 천재라 여기다가도, 어떤 때는 반쯤 미쳤다고 생각
하기도 했다. 나는 내 또래의 청년들과 함께 생활하고 즐길 수가
없었다. 내가 절망적으로 그들에게서 분리되어 있고, 내게 있어

삶이 콱 막혀 있기라도 하듯, 나는 가끔 자책하고 근심하면서 자신을 갉아먹었다.

스스로를 다 자란 괴짜라고 여겼던 피스토리우스는 내게 용기와 자존감을 잃지 않는 법을 가르쳐 주었다. 그는 내가 하는 말, 내가 꾼 꿈, 나의 환상과 생각에서 늘 가치 있는 것을 찾아내고, 그것을 늘 진지하게 받아들이고 진지하게 논의하면서 실례를 제시해 주었다.

그는 말했다. "당신은 음악이 도덕적이지 않아서 좋아한다고 했지요. 그건 아무래도 상관없어요. 하지만 당신 스스로도 역시 도덕주의자가 될 필요는 없어요! 자신을 남들과 비교해서는 안 됩니다. 자연이 당신을 박쥐로 만들었다면 타조가 되려고 해서는 안 됩니다. 당신은 때로는 스스로를 특이하다고 생각하고, 대개의 사람들과는 다른 길을 간다고 자신을 비난하고 있어요. 그런 습관을 버려야 해요. 불과 구름을 들여다보세요. 예감이 떠오르고 당신의 영혼에서 어떤 목소리가 말하기 시작하면 그 목소리에 자신을 맡겨 버리고, 그런 일이 선생님이나 아버지 혹은 그 어떤 신의 뜻에 맞는지 마음에 드는지도 묻지 마시오! 그런 식으로 사람들은 스스로를 망치게 되는 겁니다. 그러면서 사람들은 보통의 인도를 걷게 되고, 화석이 되어 버리는 겁니다. 친애하는 싱클레어, 우리의 신은 아브락사스라고 불리지요. 그것은 신이면서 사탄이고, 자기 안에 밝은 세계와 어두운 세계를 가지고 있지요. 아브락사스는 당신의 생각이나 꿈에 대해 아무런 이의도 제기하지 않아요. 이 사실을 결코 잊어서는 안 됩니다. 그러나 만일 당신이 비난할 여지가 없는 정상인이 된다면 아브락사스는 당신을 떠나 버릴 거요. 그때는 당신을 버리고, 자신의 생각을 담아 요리할 수 있는 새로운 냄비를 찾아가는 것이지요."

내 모든 꿈들 중에서 저 어두운 사랑의 꿈이 가장 충실한 것이었다. 나는 몇 번이고 그 꿈을 반복해서 꾸었다. 문장에 새겨진 새 그림 밑을 지나 나의 옛집으로 들어가서 어머니를 품에 끌어안으려 하면, 절반은 남자이고 절반은 어머니와 같은 키 큰 여자를 어머니 대신 껴안게 되었다. 나는 그녀가 무서웠지만 불타는 듯한 욕망에 의해 그녀에게로 이끌려 갔다. 그러나 나는 그 꿈을 친구에게는 결코 들려줄 수 없었다. 다른 것은 모두 그에게 털어놓았지만, 그 이야기만은 마음속에 간직해 두었다. 그것은 나의 은신처이자 비밀이며 도피처였다.

기분이 울적할 때면 나는 피스토리우스에게 이전에 들었던 북스테후데의 파사칼리아를 연주해 달라고 부탁했다. 그럴 때면 저녁 무렵에 어두운 교회에 앉아, 자신에 빠져들어 자기 자신에 귀 기울이는 듯한 이 기이하고 진정한 음악에 넋을 잃었다. 그럴 때마다 그 음악은 나를 위로하고, 더욱더 기꺼이 영혼의 목소리에 귀 기울이게 만들었다.

때때로 오르간 소리가 그친 후에도 우리는 잠시 교회에 앉아 있었다. 그러고는 고딕식 아치형의 높은 창문을 통해 비쳐들었다가 사라져 가는 희미한 빛을 바라보았다.

피스토리우스는 말했다. "내가 한때 신학도였고 하마터면 목사가 될 뻔했다니, 우습게 들리겠지요. 그러나 내가 당시에 저지른 오류는 형식상의 문제였을 뿐입니다. 목사가 되는 것은 나의 소명이자 목표이지요. 다만 아브락사스를 알기도 전에, 너무 일찍 만족해 버리고 여호와에게 나를 맡겨 버린 거지요. 아, 모든 종교는 아름다워요. 기독교의 성찬을 받든 메카로 순례를 가든 상관없이, 종교는 영혼이기 때문이지요."

"그렇다면 당신은 목사가 될 수도 있었겠네요." 내가 말했다.

"아니오, 싱클레어, 그렇지 않아요. 그랬다면 난 거짓말을 해야만 했을 거요. 우리의 종교는 마치 종교가 아닌 것처럼 행해지고 있어요. 종교가 마치 지적인 산물인 양 굴고 있다고요. 부득이하다면 나는 가톨릭 신자는 될 수 있을지 몰라도, 신교의 목사가 되지는 않을 거요! 내가 알고 있는 몇몇 진실한 신자들은 성경을 자구 그대로 신뢰하지요. 내가 그런 사람들에게 그리스도는 인간이 아니라 영웅이자 신화이며, 인류가 자신의 모습을 영원의 벽에 그려 놓은 거대한 그림자 상像이라고 말할 수는 없을 것이오. 그리고 지혜로운 말을 듣기 위해, 의무 이행을 위해, 어떠한 일도 소홀히 하지 않으려는 등등의 이유로 교회에 나오는 다른 사람들, 그런 사람들에게 내가 무슨 말을 해야 할까요? 당신은 그들을 개종시켜야 한다고 생각하나요? 나는 전혀 그렇게 생각하지 않아요. 목사는 개종시키려고 하지 않지요. 그는 다만 신자들 사이에서, 자기와 같은 사람들 속에서 살려고 할 뿐이지요.

그는 우리가 신을 만들어 내는 감정을 지지하고 표현하는 자가 되려는 거지요."

그는 말을 중단했다. 그러고 나서 다시 말을 계속했다. "이봐요, 우리가 지금 아브락사스라는 이름을 붙여 준 우리의 새로운 신앙은 좋은 것이지요. 그 신은 우리가 지닌 것 중에서 최상이오. 그러나 아직은 젖먹이에 불과해요! 아직 날개가 돋지 않았어요. 아, 고독한 종교, 그것은 아직 진정한 종교가 아닙니다. 그것은 공동의 것이 되어야 하고, 예배와 도취, 축제와 비밀 종교의식이 있어야 해요……."

그는 깊이 생각하며 자신 속으로 빠져들었다.

"그 비밀 종교의식을 혼자서나 혹은 극소수의 집단끼리 행할 수는 없나요?" 나는 주저하며 물었다.

"그럴 수도 있지요." 그는 고개를 끄덕였다. "나는 벌써 오래전부터 그렇게 해오고 있어요. 만약 다른 사람이 알면 나는 몇 년간 감옥살이를 해야 할 예배를 드렸답니다. 그렇지만 그것이 아직은 올바른 행위가 아니라는 걸 나는 알고 있어요."

갑자기 그가 내 어깨를 툭 치는 바람에 나는 흠칫 놀랐다. "이보시오." 그는 힘주어 말했다. "당신에게도 비밀스러운 종교의식이 있겠지요. 당신이 내게 말하지 않는 꿈을 꾸고 있다는 것을 알고 있어요. 그 꿈을 알려고 하지는 않겠어요. 그러나 내 말은 그 꿈대로 살고, 그 꿈을 행하고, 그 꿈을 위한 제단을 세우라는 거요! 아직 완전한 것은 아니지만, 그것도 하나의 길이지요. 우리,

즉 당신과 나, 그리고 몇 명의 다른 사람들이, 언젠가 세계를 쇄신하게 될지는 두고 봐야겠지요. 그러나 우리의 내면에서는 날마다 세계를 쇄신해야 합니다. 그렇지 않으면 우리는 아무것도 아닌 존재가 되고 말 거요. 그걸 생각해 보란 말이오! 싱클레어, 당신은 열여덟 살인데, 거리의 창녀한테도 달려가지 못하고 있어요. 분명 사랑의 꿈, 사랑의 소망을 가지고 있는데도 말이오. 어쩌면 당신이 두려워하는 게 그 꿈일지도 모르지요. 두려워하지 마시오! 그것은 당신이 지닌 것 중에서 최상의 것이오! 내 말을 믿어도 좋아요. 나는 당신 나이 때 내 사랑의 꿈을 억압하는 바람에 많은 것을 잃어버렸어요. 그럴 필요가 없어요. 아브락사스를 아는 사람이면 더 이상 그렇게 해서는 안 되지요. 우리 내면의 영혼이 소망하는 것이라면 그 무엇도 두려워해서는 안 되고, 어느 것도 금지되었다고 생각해서는 안 되지요.”

나는 놀라서 반문했다. “그러나 생각이 떠오른다고 뭐든지 할 수는 없잖아요! 또한 누군가가 마음에 들지 않는다고 죽여서도 안 되고요.”

그는 내게로 좀 더 가까이 다가왔다.

“사정에 따라서는 그것도 가능합니다. 그러니 대부분의 경우는 잘못일 뿐이지요. 당신의 마음에 떠오른 모든 것을 그대로 그냥 실행해 버리라는 말은 아닙니다. 그게 아니라 좋은 뜻을 지닌 생각을 몰아내 버리거나, 그것에 대해 이런저런 도덕을 논함으로써 망가뜨리지 말라는 겁니다. 자신이나 다른 사람을 십자가에 못 박는 대신 엄숙한 생각이 담긴 잔으로 포도주를 마시고, 그러면서 희생의 비밀 종교의식을 생각해 볼 수도 있지요. 그런 행위를 하지 않더라도 자신의 충동과, 이른바 유혹을 존중하고 사랑할 수 있겠지요. 그러면 충동과 유혹은 나름대로의 의미를 드러낼 것이오. 그 안에는 온갖 의미가 담겨 있으니까요. 만약 또다시 당신에게 정말 터무니없는 짓이나 부당한 생각이 떠오른다면, 싱클레어, 누군가를 살해하거나 어떤 엄청나게 추악한 짓을 저지르고 싶다면, 그렇게 당신의 내면에서 엉뚱한 상상을 하는 것은 바로 아브락사스라고 잠시 생각해 봐요! 당신이 죽이고 싶은 사람은 결코 아무개 씨가 아니고, 그는 분명 어떤 위장된 존재에 불과할 거예요. 우리가 어떤 사람을 미워한다면, 그의 모습에서 우리 자신의 내면에 들어 있는 무언가를 미워하는 거예요. 우리 자신의 내면에 들어 있지 않은 것에 우리는 흥분하지 않으니까요."

피스토리우스가 가장 은밀한 내 마음속을 이렇게 정확히 짚어 내는 말을 한 적은 없었다. 나는 대답할 수 없었다. 그러나 가장 강력하고 특이하게 내 마음에 와 닿았던 것은, 이 충고가 몇 년 동안 내 가슴속에 담고 있었던 데미안의 말과 일치한다는 사실이었다. 두 사람은 서로를 전혀 모르는데도 내게 똑같은 말을 하는 것이었다.

피우토리우스는 나지막한 소리로 말했다. "우리 눈에 보이는 사물은 우리 마음속에 있는 사물인 거요. 우리가 마음속에 지니고 있는 것과 다른 현실은 존재하지 않아요. 그 때문에 대부분의 사람들은 외부의 영상을 현실로 생각하고, 자신의 내면 세계에는 전혀 발언권을 주지 않기 때문에 너무나 비현실적으로 살아가고 있어요. 그러면서도 행복해질 수는 있겠지요. 그러나 일단 다른 것이 있다는 사실을 알고 나면, 이젠 대부분의 사람들이 가는 길을 가겠다고 선택하지는 않을 겁니다. 싱클레어, 대개의 사람들이 가는 길은 쉽지요. 그런데 우리가 가는 길은 험난하지요. 그렇지만 우리 함께 가봅시다."

며칠 후 두 번이나 그를 기다리다 허탕을 친 다음, 나는 밤 늦게 길거리에서 그와 마주쳤다. 그는 혼자 찬 밤바람을 맞으며 완전히 술에 취해 비틀거리면서 모퉁이를 돌아 다가오고 있었다. 나는 그를 부르고 싶지 않았다. 그는 나를 보지 못하고 내 곁을 지나갔다. 그는 마치 미지의 곳에서 들려오는 어두운 부름을 따라가는 사람처럼, 불타오르지만 고독에 젖은 눈으로 앞을 응시하고 있었다. 나는 다음 거리까지 그의 뒤를 따라갔다. 그는 눈에 보이지 않는 철사 줄에 끌려가듯 열광적이지만 흐트러진 걸음걸이로 마치 유령처럼 걸어가고 있었다. 나는 슬픈 마음을 안고 집으로, 구원받지 못한 나의 꿈으로 돌아왔다.

'그는 이제 저런 식으로 자기 내면 세계를 쇄신하는구나!' 나는 그렇게 생각하면서도, 또한 그 순간 저급하고 도덕적인 생각을 했다고 느꼈다. 내가 그의 꿈에 대해 무엇을 안단 말인가. 그는 어쩌면 술 취한 상태에서도, 불안에 싸인 나보다 더 확실한 길을 갔을지도 모른다.

내가 한 번도 주의 깊게 보지 않은 한 급우가, 수업 시간 사이의 쉬는 시간에 내게 접근하려고 하는 모습이 눈에 띄었다. 키가 작고 약해 보이는 가냘픈 소년이었다. 숱이 적고 붉은빛이 도는 머리카락은 금발이었고, 눈초리와 태도에는 무언가 독특한 구석이 있었다. 어느 날 저녁이었다. 집으로 돌아가는 길에 그가 골목에서 기다리고 있다가, 내가 옆을 지나쳐 가게 내버려 두더니, 다시 내 뒤를 쫓아와 우리 집 대문 앞에서 발걸음을 멈추었다.

"내게 무슨 볼일이 있니?" 나는 물어보았다.

"너와 이야기 좀 하고 싶어서 그래." 그는 수줍은 듯 말했다. "같이 조금만 걸어 줬으면 좋겠어."

나는 그를 따라 걸었다. 그가 몹시 흥분하고 기대에 차 있는 것이 느껴졌다. 그의 두 손은 떨리고 있었다.

"너 심령론자니?" 그는 뜬금없이 물었다.

"아니야, 크나우어." 나는 웃으며 말했다. "절대로 아니야. 어떻게 그런 생각을 하게 됐지?"

"그럼 접신술사니?"

"그것도 아니야."

"아, 그렇게 숨기려 들지 마! 너한테는 뭔가 특별한 구석이 있다는 걸 금방 느낄 수 있어. 네 눈에 나타나 있다고. 네가 영혼과 통하는 게 확실해 보여. 호기심에서 묻는 게 아니야, 싱클레어. 그런 게 아니야! 나 자신도 구도자야. 그리고 너도 알다시피 난 너무 외로워."

"계속 이야기해 봐!" 나는 그를 격려했다. "난 영혼에 대해선 전혀 아는 게 없어. 나는 내 꿈속에서 살고 있는데, 그걸 네가 느낀 거야. 다른 사람들도 역시 꿈속에서 살지만, 그들 자신의 꿈속에서 살고 있지는 않지. 그게 차이야."

"그래, 어쩜 그럴지도 모르겠어." 그 아이는 속삭이듯 말했다. "사람들이 어떤 종류의 꿈속에서 살아가느냐가 가장 중요한 문제라는 거지. 선善 마술에 대해 들어본 적이 있니?"

나는 부정할 수밖에 없었다.

"그건 자기 자신을 다스리는 법을 익히면 된다고 해. 불멸의 존재가 될 수도 있고, 마법을 부릴 수도 있대. 너는 한 번도 그런 연습을 해본 적 없어?"

나는 어떤 연습인지 궁금해서 물어보았다. 처음에는 그가 말을 하지 않고 비밀에 부치려고 했다. 그래서 내가 가려고 몸을 돌리자 그제야 그는 털어놓기 시작했다.

"예를 들어 잠들려고 하거나 정신을 집중하려고 할 때도 난 그런 연습을 해. 그 무언가를, 예컨대 한 단어나 이름이나 기하 도형을 생각하는 거야. 그리고는 될 수 있는 한 힘껏 내 마음속에 그려 보려고 노력하는 거야. 그런 것이 내 속에, 내 머릿속에 있다고 상상해서, 마침내 그 속에 있다는 느낌이 들게끔 하는 거야. 그다음에는 그게 목에 있다고 생각하고, 마침내 그런 식으로 내가 완전히 그런 생각으로 가득 차게 될 때까지 생각하는 거야. 그러면 나는 완전히 확고부동해져서, 무엇도 더 이상 마음의 안정을 깨뜨릴 수 없게 되는 거야."

그가 하는 말이 어느 정도는 이해가 되었다. 하지만 여전히 그가 무언가를 숨기고 있다는 걸 금방 알 수 있었다. 그는 이상하게 흥분하고 있었고 성급했다. 나는 그가 자신의 문제를 가볍게 여기도록 도왔다. 그러자 그는 곧 본래의 관심사를 털어놓았다.

"너도 금욕을 하고 있니?" 그는 조심스레 물었다.

"무슨 말이니? 성적인 것 말이야?"

"그래, 그래. 나는 지금 2년째 금욕하고 있어. 그 교리를 알고 나서부터 말이야. 그 전에는 너도 알다시피 자주 죄악을 범했지. 그럼 너는 한 번도 여자하고 자본 적이 없니?"

"없어." 나는 말했다. "나는 마음에 맞는 상대를 찾지 못했어."

"그러나 네가 마음에 맞는 상대라고 생각하는 여자를 발견한다면, 그 여자하고 같이 자겠니?"

"그래, 물론이지. 그 여자가 반대하지 않는다면 말이야." 나는 약간 조롱하듯 말했다.

"아, 그렇다면 너는 잘못된 길로 들어서는 거야! 완전한 금욕을 해야만 내면의 힘을 갈고닦을 수 있어. 나는 2년 동안이나 그렇게 해왔어. 2년하고 한 달이 좀 넘었지! 그것은 참 힘든 일이야! 더 이상 견뎌 낼 수 없을 정도인 때도 가끔 있었어."

"이봐, 크나우어, 난 금욕이 그렇게 대단히 중요하다고는 생각하지 않아."

"나도 알아." 그는 내 말을 막았다. "모두들 그렇게 말하지. 하지만 너까지 그렇게 말할 줄은 몰랐어. 보다 높은 정신적인 길을 가려는 사람은 순결을 지켜야 해. 반드시 말이야!"

"그래, 그럼 그렇게 해라! 하지만 난 자신의 성을 억제하는 사람이 왜 다른 사람보다 '더 순결하다'는 것인지 이해하지 못하겠어. 아니면 너는 모든 생각과 꿈에서까지 성적인 것을 배제할 수 있다는 거야?"

그는 나를 절망적으로 바라보았다.

"아니야, 그럴 수는 없지! 이런 제기랄, 하지만 그렇게 해야만 해. 나는 밤에 나 자신에게조차도 들려줄 수 없는 꿈을 꾼단 말이야! 아주 무서운 꿈이지!"

피스토리우스가 했던 말이 기억났다. 하지만 아무리 그의 말이 옳다고 느꼈어도 그 이야기를 전해 줄 수는 없었다. 나 자신의 체험에서 나온 것이 아니고, 나 자신도 아직 따를 수 없다고 느끼는 그런 충고를 해줄 수는 없었던 것이다. 나는 말문이 막혔고, 누군가 충고를 해달라는데 해줄 말이 없다는 게 부끄러웠다.

"나는 모든 것을 다 시험해 보았어!" 크나우어는 내 옆에서 탄식하는 소리로 말했다. "사람이 할 수 있는 일이라면 다 해봤어. 냉수마찰도 해보고 눈으로 마찰도 해봤고, 체조나 달리기도 해보았지만, 모두 다 아무 소용이 없었어. 밤마다 생각조차도 해서는 안 되는 꿈을 꾸다가 깨어나곤 해. 그런데 끔찍한 일은, 그로 인해 내가 정신적으로 배웠던 모든 것들이 점차 다시 사라지고 있다는 사실이야. 이젠 정신을 집중하거나 잠들기도 어려워졌어. 가끔은 뜬눈으로 밤을 꼬박 새울 때도 있어. 이대로는 더 이상 견딜 수 없을 것 같아. 그런데 결국 내가 이 싸움을 이겨 내지 못한다면, 굴복하여 다시 나 자신을 더럽히게 된다면, 애초부터 한 번도 싸운 적 없는 다른 모든 사람들보다 더 타락하게 되고 마는 거야. 내 말 이해하겠니?"

나는 고개를 끄덕였지만 뭐라고 해줄 말이 없었다. 나는 그가 지루해지기 시작했다. 그가 털어놓은 고통과 절망이 나에게 그다지 깊은 인상을 주지 못해서 나는 깜짝 놀랐다. 나는 그를 도울 수 없다는 느낌만 들었을 뿐이었다.

"그러면 넌 전혀 해줄 말이 없는 거니?" 그는 마침내 기진맥진해 슬픈 듯이 말했다. "전혀 없다고? 그래도 어떤 방법이 있을 거야! 넌 대체 어떻게 하고 있니?"

"아무 말도 해줄 수 없어, 크나우어. 그런 일은 서로 도와줄 수 없는 거야. 나 역시 아무 도움도 받지 못했어. 너 자신을 생각해 봐야 하고, 정말로 네 본질에서 우러나오는 일을 해야 해. 그 외에 다른 방법은 없어. 네가 네 자신을 발견할 수 없으면, 영혼도 발견할 수 없을 거야."

그 조그만 녀석은 실망하여 갑자기 말이 없어지더니, 나를 쳐다보았다. 그러다가 그의 시선이 갑자기 증오로 불타올랐다. 그는 얼굴을 찡그리며 분노하여 소리쳤다. "아, 넌 훌륭한 성인인 모양이구나! 너도 나쁜 짓을 하겠지, 나도 알고 있단 말이야! 너는 현자처럼 굴면서 남몰래 나나 다른 모든 사람들과 마찬가지로 지저분한 것에 매달리잖아! 넌 돼지야, 나와 똑같이 돼지야. 우리 모두는 돼지란 말이야!"

나는 그를 내버려 둔 채 그곳을 떠났다. 그는 나를 두세 걸음 따라오다가 멈추고는 뒤돌아서더니 그대로 달아나 버렸다. 연민과 혐오가 뒤섞인 감정 탓에 기분이 좋지 않았다. 집에 돌아와 조그만 나의 방에서 그림 몇 장을 주위에 세워 놓고, 더없이 간절한 심정으로 나 자신의 꿈에 몰두할 때까지 그런 감정에서 벗어날 수 없었다. 그러자 이내 대문과 문장, 어머니와 낯선 부인에 대한 꿈이 다시 되살아났다. 나는 그 부인의 표정이 너무나 선명히 보여서 그날 밤 그녀의 모습을 그리기 시작했다.

의식을 잃은 듯 몽환적인 상태에서 15분씩 작업을 하여 며칠 후에 그림이 완성되었다. 그러자 나는 저녁에 그 그림을 벽에 걸고, 탁상 램프를 그 앞으로 옮겼다. 그러고는 결판이 날 때까지 싸워야 할 유령을 대하듯 그 앞에 서 있었다. 그것은 예전의 그림과 비슷하고, 내 친구 데미안과도 닮았으며, 어떤 표정은 나 자신과도 닮은 얼굴이었다. 한쪽 눈은 다른 눈보다 훨씬 더 높이 달려 있었고, 운명으로 충만해 생각에 잠긴 시선은 내 너머 먼 곳을 응시하고 있었다.

나는 그림 앞에 서 있었고, 긴장해서 가슴속까지 서늘해졌다. 나는 그 그림에게 따져 묻고, 호되게 비난하고, 애무하고, 그것에 기도를 올리기도 했다. 나는 그림을 어머니라 불렀고, 연인이라 불렀고, 매춘부이자 창녀라고 불렀으며, 아브락사스라고 불렀다.

그러는 중에 피스토리우스의 말이 — 아니면 데미안의 말이었을 까? — 떠올랐다. 언제 들은 말인지는 기억할 수 없었지만, 그 말 이 다시 들리는 것 같았다. 그것은 야곱이 신의 천사와 싸움할 때 '당신이 내게 축복하지 아니하면 가게 하지 아니하겠나이다'✦ 라고 한 말이었다.

그려 놓은 얼굴은 램프 불빛을 받아 내가 부를 때마다 변했 다. 환히 빛나기도 하다가, 검게 어두워지기도 했다. 생기를 잃은 눈 위로 맥없는 눈꺼풀을 감았다가 다시 뜨고는, 불타오르는 눈 빛을 반짝이기도 했다. 그것은 여자였다가 남자였고, 소녀였다가 어린아이였고, 동물이기도 했다. 그것은 천 조각으로 나뉘며 흐 릿해졌다가 다시 커지며 선명해졌다. 결국 나는 내면의 강력한 부름에 따라 눈을 감았고, 그러자 이제 그림은 나의 내면에서 더 욱 강력하고 힘차게 보였다. 나는 그 앞에 무릎을 꿇으려고 했 다. 그러나 그림은 내 내면에 너무나 깊숙이 들어가 있어서, 마치 나 자신과 혼연일체가 되어 버린 듯 그것을 나 자신과 분리할 수 없었다.

그때 봄의 폭풍우 때문인 것처럼 어둡고 묵직하게 쏴쏴 하는 바람 부는 소리가 들렸다. 나는 불안이나 체험과 관련된 형언할 수 없이 새로운 감정에 전율했다. 별들이 내 앞에서 번쩍거리다 가 꺼졌다. 완전히 잊혀진 최초의 유년 시절에까지 이르는, 아니

✦ 창세기 32장 26절.

그 이전의 삶과 생성의 초기 단계에까지 이르는 기억들이 뒤섞여 내 곁을 흘러갔다. 그러나 내 인생의 가장 은밀한 부분까지 전부 되풀이해 보여 준 것 같았던 기억은 어제오늘로 그치는 게 아니라, 계속 나아갔고, 미래를 비추었으며, 나를 현재로부터 끌어내어 삶의 새로운 형식 속으로 데려갔다. 그 새로운 형식의 모습은 굉장히 밝고 눈부셨지만, 나중에는 아무것도 제대로 기억나지 않았다.

밤중에 깊은 잠에서 깨어난 나는 옷을 입은 채 침대에 비스듬히 누워 있었다. 불을 켰고, 무언가 중요한 일을 생각해 내야만 할 것 같은 기분이 들었지만, 몇 시간 전의 일이 전혀 생각나지 않았다. 불을 켜자 차츰 기억이 돌아왔다. 나는 그림을 찾았다. 그림은 이제 벽에 걸려 있지 않았고, 책상에 놓여 있지도 않았다. 그림을 불태워 버렸다는 기억이 어렴풋이 떠올랐다. 혹은 그림을 손에 올려놓고 불태운 뒤 그 재를 먹었던 게 꿈이었을까?

갑자기 몹시도 불안한 기분이 들었다. 나는 모자를 쓰고, 마치 강요를 당하는 듯 집과 골목을 돌아다녔다. 폭풍우에 날려가듯 거리와 광장을 달리고 또 달렸다. 내 친구의 어두운 교회 앞에서 귀를 기울였고, 무엇인지 알지도 못하고 막연한 충동에 이끌려 찾고 또 찾았다. 나는 사창가가 늘어선 교외를 지나갔는데, 그곳은 아직 여기저기에 불이 켜져 있었다. 더 멀리 외곽 지대에는 신축 건물들이 서 있었고 그 옆에는 벽돌 더미가 쌓여 있었다. 그중 일부는 잿빛 눈으로 덮여 있었다. 몽유병자처럼 알 수 없는 압박감 속에서 그 황량한 곳을 헤매고 있을 때, 고향 도시의 신축 건물이 머리에 떠올랐다. 그곳은 예전에 나를 괴롭히던 크로머가 빚을 갚으라며 처음으로 나를 끌고 갔던 장소였다. 그와 비슷한 건물이 여기서도 잿빛 어둠 속에서 내 앞에 서 있었고, 뻥 뚫린 시커먼 문이 나를 향해 입을 벌리고 있었다. 나는 이끌리듯 그 안으로 들어갔다. 피해 가려고 했지만 모래와 쓰레기 더미에 걸려 넘어지기도 했다. 그러자 안으로 들어가야겠다는 욕구가 더욱 강해져서 계속해서 들어가지 않을 수 없었다.

나는 널빤지와 깨어진 벽돌들을 넘어서 비틀거리며 황량한 공간으로 들어갔다. 습한 냉기와 돌멩이 냄새가 나서 음산한 기분이 들었다. 모래 더미 하나가 밝게 빛나는 회색 얼룩처럼 보일 뿐, 그 외에는 모든 것이 캄캄했다.

그때 깜짝 놀란 목소리가 나를 불렀다. "아니, 싱클레어, 어디서 오는 길이야?"

내 곁의 어둠 속에서 한 사람이, 작고 마른 사내가 유령처럼 몸을 일으키고 있었다. 나는 급우인 크나우어임을 알아보았지만, 너무 놀라서 여전히 머리카락이 곤두선 채였다.

"어떻게 여길 왔지?" 너무 흥분해서 정신이 나간 듯 그가 물었다. "어떻게 날 찾아냈어?"

나는 무슨 소리인지 알 수 없었다.

"너를 찾아다닌 게 아니야." 나도 당황해서 말했다. 말 한마디 한마디가 힘들었고, 얼어붙은 듯 무겁고 생기 없는 입술 사이로 간신히 흘러나왔다.

그는 나를 뚫어지게 쳐다보았다.

"찾아다닌 게 아니라고?"

"그래. 무언가에 이끌려 들어왔어. 나를 불렀니? 네가 나를 부른 게 틀림없어. 여기서 대체 뭐하는 거야? 이 밤중에 말이야."

그는 마른 두 팔로 미친 듯이 나를 껴안았다.

"그래, 밤이야. 곧 아침이 될 거야. 오, 싱클레어, 나를 잊지 않았다니! 나를 용서해 줄 수 있겠니?"

"대체 뭘 용서한다는 말이야?"

"아, 나는 정말 못난 놈이야!"

이제야 비로소 우리가 나눈 대화가 기억났다. 사나흘쯤 전의 일이었던가? 그 이후로 마치 한평생이 지나간 것 같았다. 그러나 지금 갑자기 모든 것을 알게 되었다. 우리 사이에 무슨 일이 일어났는지, 뿐만 아니라 왜 내가 이곳으로 오게 되었는지, 크나우어가 이런 외딴 곳에서 무슨 짓을 하려고 했는지도 알게 되었다.

"그러니까, 죽으려고 했지, 크나우어?"

그는 추위와 두려움에 떨고 있었다.

"그래, 그럴 생각이었어. 할 수 있을지는 모르겠지만, 아침이 될 때까지 기다리려고 했어."

나는 그를 바깥으로 데리고 나왔다. 수평으로 비치는 새벽의 첫 햇살은 말할 수 없이 차갑고 흐릿한 잿빛 대기 속에서 희미하게 빛나고 있었다.

나는 그의 팔을 잡고 어느 정도 거리만큼 데리고 갔다. 내 입에서 이런 말이 나왔다. "이제 집으로 돌아가, 그리고 아무에게도 말하지 마! 넌 잘못된 길을 걸었어, 잘못된 길을 말이야! 우리는 네가 생각하는 것처럼 모두 돼지는 아니야. 우린 인간이야. 우린 신들을 만들어 내고 그 신들과 싸우고 있어. 그리고 신들은 우리를 축복해 주고 있지."

우리는 말없이 계속 걷다가 헤어졌다. 집으로 돌아왔을 때는 이미 날이 새 있었다.

성 xx시에서 지낸 그 시절 나는 피스토리우스와 오르간 곁에서 혹은 벽난로 앞에서 있었던 시간들이 가장 좋았다. 우리는 아브락사스를 다룬 그리스어 원전을 함께 읽었다. 그는 내게 베다 경에서 번역된 대목을 읽어 주었고, 성스러운 '옴'을 발하는 법을 가르쳐 주었다. 그러는 중에도 내 내면을 성장시킨 것은 그런 해박한 지식이 아니라 오히려 그 반대였다. 나의 내면이 계속 발전하는 것, 나 자신의 꿈, 생각, 예감에 대한 신뢰가 굳어가는 것 그리고 내 내면에 있는 힘이 커가는 것을 깨닫자 기분이 좋아졌다.

피스토리우스와 나는 가능한 모든 방법으로 서로 통하고 있었다. 내가 그를 골똘히 생각하기만 하면 그 자신이, 아니면 안부를 전하는 그의 말이 오는 것을 확신했다. 나는 데미안에게 그랬던 것처럼, 그가 눈앞에 없어도 무언가를 물어볼 수 있었다. 그의 모습을 눈앞에 떠올리고, 생각을 집중해서 그에게 질문을 보내기만 하면 되었다. 그러면 질문에 쏟았던 모든 정신력이 대답이 되어서 내 마음속으로 되돌아왔다. 다만 내가 눈앞에 떠올렸던 인물은 피스토리우스나 데미안이라는 인물이 아니었고, 내가 꿈꾸었고 그렸던 영상, 남자인 동시에 여자이자 나의 데몬인 꿈속의 영상이었다. 내가 불러내야만 했던 것은 그것이었다. 그것은 이제 더 이상 내 꿈속에서나, 그림이 그려진 종이 위에서만 사는 것이 아니라, 나 자신의 이상적인 상像이나 고양된 모습으로 내 안에서 살고 있었다.

자살하려다 실패한 크나우어와 내가 맺게 된 관계는 특이하고 때로는 우스꽝스럽기도 했다. 어떤 힘에 이끌려 그를 찾아갔던 날 밤 이후로 그는 충직한 하인이나 개처럼 내게 매달렸고, 자신의 삶을 나의 삶과 결부하려 했으며, 나를 맹목적으로 추종했다. 그는 아주 기묘한 질문과 소망을 안고 나를 찾아왔고, 영혼을 보려고 했으며, 카발라*를 배우려고 했다. 내가 그런 것들을 전혀 모른다고 확실하게 말해도 그는 믿지 않았다. 그는 내가 온갖 힘을 가졌다고 생각했다. 그러나 이상한 일은 내가 마음속의 어떤 매듭을 풀어야 할 바로 그때마다 그가 찾아와 기묘하고 어리석은 질문을 던졌고, 그의 변덕스러운 착상이나 관심사가 가끔은 화두이자 문제 해결의 실마리가 되었다는 점이었다. 나는 때때로 그가 귀찮아져서 강압적으로 그를 쫓아 버리기도 했다. 하지만

---

* Kabbalah. 유대교의 신비주의. 신, 인간, 세계의 속성 및 그들 사이의 관계 따위에 대해 설명하는 사상적 체계를 이르거나 그 가르침을 따르는 교파를 이른다. 본격적인 교파는 12-13세기 유럽에서 나타나 수세기 동안 유행했다.

그 역시 내게 보내진 사람이고, 내가 그에게 베풀어 준 것이 배가 되어 내 마음속으로 되돌아오며, 그 또한 내게는 인도자이거나 하나의 길이라고 느꼈다. 그가 내게 가져왔고, 그 속에서 구원을 찾으려 했던 대단히 훌륭한 책과 문서들도, 내가 즉시 깨달을 수 있었던 것 이상으로 많은 것을 가르쳐 주었다.

이 크나우어는 훗날 내가 느끼지 못한 사이에 나의 길에서 사라져 버렸다. 그와는 대결할 필요가 없었던 것이다. 그러나 피스토리우스와는 그래야 할 필요가 있었다. 성 xx시에서의 학창 시절이 끝나갈 무렵 나는 다시 한 번 이 친구와 독특한 체험을 했다.

아무리 선한 사람이라도 평생에 한 번이나 몇 번쯤은 효성과 감사라는 미덕에 대해서 갈등을 겪게 마련이다. 누구나 한 번은 아버지나 선생님으로부터 자신을 분리시키는 발걸음을 옮겨야만 한다. 대부분의 사람들이 그것을 제대로 견디지 못하고 곧장 다시 원래 자리로 기어든다 해도, 누구든 고독의 쓴맛을 어느 정도는 느껴 보아야 한다. 나는 부모님과 그들의 세계로부터, 나의 아름다운 유년 시절의 '밝은' 세계로부터 격렬하게 싸우며 헤어진 게 아니었다. 천천히, 거의 눈에 띄지 않게 그들과 조금씩 멀어지고 낯설어졌다. 마음이 아팠다. 그래서 고향을 찾아갈 때면 가슴 쓰린 순간이 가끔 있었으나, 가슴속까지 그렇지는 않아서 그런대로 견딜 만했다.

그러나 습관 때문이 아니라 지극히 고유한 욕구 때문에 사랑과 경의를 바쳤을 경우, 우리가 더없이 진정한 마음으로 제자나 친구가 되었을 경우, 우리 내면의 주된 흐름이 사랑하는 사람으로부터 떠나가려 하는 것을 갑자기 깨달을 때는 쓰리고도 끔찍한 순간이 될 것이다. 그때는 친구나 선생님을 거부하는 생각들 하나하나가 독침이 되어 자신의 심장을 겨누고, 자신을 방어하려는 각각의 타격이 자신의 얼굴을 맞히는 것이다. 그때는 자기의 내면에 타당한 도덕을 지녔다고 생각하는 사람에게는 '배신'과 '배은망덕'이란 이름이 치욕스러운 별명과 낙인처럼 떠오르기 마련이다. 그때 깜짝 놀란 가슴은 겁에 질려 유년 시절의 미덕이라는 그리운 골짜기로 도망쳐 들어가게 되며, 이런 단절이 필수적이고, 이런 유대도 끊어져야 한다는 사실이 도저히 믿기지 않게 되는 것이다.

시간이 흐름에 따라 내 마음속의 감정은 내 친구 피스토리우스를 그토록 무조건적인 인도자로 인정하는 데 대해 서서히 저항하기 시작했다. 내가 청춘 시절의 가장 중요한 몇 달 동안에 체험한 것은 그와의 우정이었고, 그의 충고, 그의 위로, 그와 가까이 지낸 것이었다. 신은 그를 통해 내게 말했었다. 내 꿈은 그의 입을 통해 내게로 되돌아왔고 명백해졌으며 해석되었다. 그는 내게 나 자신에게로 향해 가는 용기를 선사했다. 아, 그런데 이제 그에 대해 서서히 커져 가는 반항심을 느꼈던 것이다. 나는 그의 말에서 교훈적인 내용을 너무나 많이 들었고, 그가 완전히 이해하는 것은 나의 일부분에 지나지 않는다고 느꼈다.

우리들은 전혀 싸우거나 말다툼하지 않았고, 우리 사이에는 결렬이나 담판 같은 것도 없었다. 나는 그에게 오직 한마디, 사실 그것도 악의 없는 말을 했을 뿐이었다. 그러나 바로 그 순간 우리들 사이의 환상은 갈기갈기 산산조각 나고 말았다.

한동안 이미 나는 어떤 예감에 짓눌리고 있었다. 그런데 어느 일요일 그의 낡은 서재에서 분명하게 느끼기 시작했다. 우리는 난롯불 앞의 바닥에 엎드려 있었고, 그는 비밀 종교의식과 종교 형태에 관해 이야기하고 있었다. 그는 그런 종교를 연구하고 깊이 생각하며, 그것의 가능한 미래에 몰두하고 있었던 것이다. 그러나 내게는 그 모든 것이 인생을 살아가는 데 중요하다기보다는, 오히려 기이하고 흥미롭게 다가왔다. 박식함을 과시하면서, 옛 세계의 잔해를 지치도록 뒤지고 다니는 것처럼 들렸다. 그래서 나는 갑자기 이 모든 방식과 이런 신화 숭배에 대해, 전승된 종교 형식을 모자이크처럼 짜 맞추는 유희에 대해 반감을 느끼게 된 것이다.

"피스토리우스." 나는 갑자기 스스로도 의외라고 깜짝 놀랄 만큼 악의에 차서 말했다. 이런 말이 불쑥 터져 나왔던 것이다. "다시 한 번 꿈 이야기를, 당신이 밤에 꾼 실제의 꿈 이야기를 해주세요. 당신이 지금 한 말은 너무, 지독히도 고리타분한 냄새가 나요!"

그는 내가 그런 식으로 말하는 것을 한 번도 들어 본 적이 없었다. 바로 그 순간 나 스스로도 번개처럼 느꼈다. 그를 향해 쏘아대 그의 심장을 맞힌 화살은 실은 그의 무기고에서 가져온 것임을. 나는 그가 가끔 반어조로 내뱉었던 자책의 말을, 이제 심술궂게도 날카로운 형태로 그에게 퍼부은 것이다. 나는 수치심을 느꼈고 경악을 금치 못했다.

그는 순간적으로 그런 사실을 느꼈고, 즉시 잠잠해졌다. 나는 불안한 심정으로 그를 지켜보았다. 그의 얼굴이 끔찍하게 창백해져 갔다.

한참 동안 무거운 침묵이 흐른 뒤에 그는 장작을 새로 불에 올려 놓으며 조용히 말했다. "전적으로 당신 말이 옳아요, 싱클레어. 당신은 영리한 친굽니다. 이젠 고리타분한 냄새가 나는 말로 당신을 괴롭히지 않겠소."

그는 아주 침착하게 말했다. 하지만 나는 그가 받은 상처의 고통을 충분히 감지할 수 있었다. 내가 무슨 짓을 저지른 것인가!

눈물이 나올 것만 같았다. 그에게 내 진심을 전해 용서를 빌고, 나의 사랑과 애정 어린 감사의 마음을 믿게 하고 싶었다. 찡한 감동을 주는 말이 머리에 떠올랐지만, 말할 수 없었다. 나는 바닥에 엎드려 불을 들여다보며 아무 말도 하지 않았다. 그 역시 아무 말도 없었다. 우리는 그렇게 엎드려 있었고, 불은 다 타서 서서히 꺼져 갔다. 나는 불꽃이 하나씩 꺼져 갈 때마다, 다시 돌아올 수 없는 아름다운 것과 친밀한 것도 타서 없어지고 날아가 버리는 것 같았다.

"내 말을 오해하지 않았는지 염려됩니다." 마침내 나는 몹시 압박감을 느끼면서 건조하고 쉰 목소리로 말했다. 어리석고 무의미한 말이 마치 신문 연재소설을 낭독하듯이 입술에서 자동적으로 흘러나왔다.

"난 당신 말을 아주 정확히 이해했어요." 피스토리우스가 나직이 말했다. "당신 견해는 옳아요." 그는 잠시 뜸을 들이다가 천천히 말을 계속했다. "한 인간이 다른 인간에 대해 옳다고 할 수 있는 한에서 말이오."

아니, 아니, 내가 틀렸어요! 하고 나는 마음속으로 외쳤다. 그러나 아무 말도 할 수 없었다. 나는 단 한마디의 사소한 말로 그의 본질적인 약점, 그의 급소와 상처를 지적했다는 사실을 알고 있었다. 그 스스로도 불신하고 있던 지점을 건드린 것이다. 그의 이상은 '고리타분한 냄새'가 났고, 그는 과거를 향해 무언가를 추구하는 자였고, 낭만주의자였다. 그리고 갑자기 마음속 깊이 이런 느낌이 들었다. 피스토리우스가 내게 의미했던 것, 내게 주었던 것은 그 자신에게는 의미가 될 수도, 선사할 수도 없었던 것이다. 그는 인도자인 그 자신도 뛰어넘고 떠나야 했던 길로 나를 인도했던 것이다.

어떻게 그런 말이 나왔는지 도무지 모를 일이었다! 나는 그 말을 결코 나쁜 뜻으로 하지 않았고, 파국이 오리라고도 전혀 예상하지 못했다. 나는 말하는 순간에 전혀 알지 못한 말을 입 밖에 내버린 것이다. 약간 재기 있고, 조금 악의적인 사소한 착상 하나를 입 밖에 냈는데, 그것이 그만 운명이 되고 말았다. 사소한 부주의로 저지른 무례 탓에 그는 나를 심판한 것이다.

나는 그 당시 그가 화를 내고, 자신을 변호하고, 내게 호통을

178

치기를 얼마나 간절히 바랐던가! 그러나 그가 그렇게 하지 않았기에, 나는 마음속에서 스스로 그래야만 했다. 만약 할 수만 있었더라면 그는 미소라도 지어 보였으리라. 그렇게 하지 못했다는 걸 보면, 얼마나 뼈아프게 충격을 받았는지 알 수 있었다.

그리고 그는 나한테서, 건방지고 배은망덕한 제자한테서 받은 타격을 그저 조용히 감수할 뿐만 아니라, 아무 말 없이 내 말이 옳다고 인정했다. 내 말을 운명으로 인정함으로써 피스토리우스는 내가 나 스스로를 증오하게 만들었고, 내 경솔함을 수천 배나 더 증폭시켰던 것이다. 공격을 가했을 때 나는 상대방이 강자이자 방어 능력이 있다고 생각했다. 그런데 알고 보니 그는 참고 견디는 조용한 인간이고, 말없이 항복하는 무방비 상태의 인간이었던 것이다.

우리는 서서히 꺼져 가는 불 앞에 오랫동안 엎드려 있었다. 불 속에서 타오르는 형상 하나하나, 구부러져 가는 막대 모양의 재를 보고 있자니 행복하고 아름다웠고 풍요로웠던 시간들이 기억 속에 떠올랐다. 그리고 피스토리우스에 대한 죄책감이 점점 더 커져 갔다. 이런 상태를 마침내 더는 견딜 수 없었다. 나는 일어나서 나와 버렸다. 그의 방문 앞에서, 컴컴한 계단 위에서, 또 한동안은 집 바깥에서도 혹시 그가 방을 나와서 따라오지나 않을까 기다렸다. 그리고 나는 계속 걸었고, 몇 시간이나 시내와 교외를, 공원과 숲을 밤이 될 때까지 돌아다녔다. 그리고 그때 처음으로 내 이마에 카인의 표지를 느꼈다.

다만 나는 점차 곰곰 생각해 볼 수 있게 되었다. 나는 모두가 나를 비난하고 피스토리우스를 옹호하게 하려는 심산이었다. 그런데 모든 것이 내 의도와는 반대로 끝나 버렸다. 나는 내 경솔한 말을 수천 번이라도 뉘우치고 취소할 용의가 있었다. 그런데 그건 사실이었다. 나는 이제야 비로소 피스토리우스를 이해할 수 있었고, 그의 모든 꿈을 내 앞에 그려 볼 수 있었다. 목사가 되어 새로운 종교를 알리고, 찬양과 사랑, 예배에 새로운 형식을 부여하며, 새로운 상징을 세우려는 꿈이었다. 그러나 그에게는 힘겨운 일이었고, 그의 직분이 아니었다. 그는 너무 안일하게 기존의 것에 안주해 있었다. 그리고 그는 과거의 것을 너무 자세히 알고 있었으며, 이집트와 인도에 대해, 미트라스*와 아브락사스에 대해 지나치게 많이 알고 있었다. 그의 사랑은 이 세상이 이미 보아왔던 형상들에 얽매여 있었다. 그러면서도 그는 마음속 가장 깊은 곳에서 잘 알고 있었다. 새로운 것이란 새롭고 다른 것이고, 신선한 대지에서 솟아나오는 것이지 박물관이나 도서관에서는 찾아낼 수 없다는 것을. 그의 직분은 어쩌면 그가 이미 내게 그렇게 해준 바와 같이, 인간이 자기 자신에게 이르도록 돕는 일이었을 것이다. 그들에게 지금까지 들어 보지 못했던 새로운 신들

---

* Mithras. 고대 이란, 인도, 페르시아의 신 미스라에서 유래되었고, 후에 로마에서 미트라스교가 성립되어 널리 전파되었다. 미트라스는 예수의 탄생일과 같은 12월 25일 태양신이 자신의 어머니와 정을 통해 탄생했다고 한다. 미트라스교는 로마에서 기독교가 공인된 후 쇠퇴하여 사라졌다.

을 제시하는 것은 그의 직분이 아니었던 것이다.

그런데 이때 갑자기 나의 내면에서 하나의 깨달음이 맹렬한 불꽃처럼 타올랐다. 즉 누구에게나 하나의 '직분'은 있지만, 누구에게도 스스로 선택하고 정의하며 마음대로 할 수 있는 직분은 없다는 것이었다. 새로운 신을 원하는 것은 잘못이었고, 이 세상에 무언가를 제공하겠다는 것은 완전한 잘못이었다! 깨달은 인간에게는 스스로를 찾고, 내면을 굳게 다지며, 어디로 가든 개의치 않고 자신의 길을 앞으로 더듬어 가는 것 이외에는 어떤 의무도 존재하지 않았다. 그런 깨달음에 나는 깊은 충격을 받았다. 그리고 그것이야말로 내가 그 체험에서 얻은 결실이었다. 나는 이따금 미래의 형상들과 함께 유희를 즐겼으며, 혹시 시인으로 또는 예언자나 화가로, 또는 그 밖의 무언가로 내게 배정되었을 역할에 대해 꿈꾸곤 했다.

하지만 그 모든 것은 아무것도 아니었다. 나는 시를 쓰기 위해, 설교하기 위해, 그림을 그리기 위해 존재하는 것이 아니었다. 나도 그 밖의 다른 인간도 그런 것을 위해 존재하는 것은 아니었다. 그 모든 것은 단지 부수적으로 발생했을 뿐이다. 모든 인간의 진정한 사명은 자기 자신에 이르는 것뿐이다. 그 길은 시인이나 광인으로, 예언가나 범죄자로 끝날 수도 있을 것이다. 그러나 그것은 그와는 상관없는 문제일 뿐만 아니라, 결국 중요하지도 않다. 그에게 중요한 문제는 임의의 것이 아닌 스스로의 운명을 발견하는 일이며, 그 운명을 자신 속에서 완전하게, 마음껏 펼치며 살아가는 일이다. 다른 모든 것은 불완전하고, 달아나려는 시도이고, 일반 대중의 이상으로 다시 도피하는 행위이며, 순응이자 자신의 내면에 대한 두려움이다. 새로운 영상이 무섭고도 신성한 모습으로 내 앞에 떠올랐다. 나는 그 영상을 수백 번이나 예감하고, 어쩌면 이미 여러 번 말했을지도 모르지만, 이제야 비로소 체험한 것이었다. 나는 자연이 던진 주사위였다. 불확실한 곳, 어쩌면 새로운 것을 향해, 어쩌면 무를 향해 내던져진 존재인 것이다. 그리고 이렇게 주사위를 던지는 행위를 본래의 심연에서 작용시키고, 그 의지를 내 마음속에서 느껴 완전히 내 것으로 만드는 일, 그것만이 나의 사명인 것이다. 그것만이!

나는 이미 숱한 고독을 맛보았다. 이제 나는 더 깊은 고독이 존재하며, 그곳으로부터 벗어날 수 없음을 예감했다.

나는 피스토리우스의 마음을 달래려고 하지 않았다. 우리는 변함없이 친구 사이였지만, 친구로서의 관계는 변하게 되었다. 우리는 단 한 번 그 문제에 대해 이야기했다. 아니, 실은 그 이야기를 한 사람은 그였다. 그가 말했다.

"당신도 알다시피 나는 목사가 되려는 소망을 갖고 있어요. 우리가 잘 알고 있는 새로운 종교의 목사가 되고 싶었어요. 내가 결코 성직자가 될 수 없으리라는 걸 잘 알고 있어요. 나 스스로에게 완전히 고백하지는 않았지만 이미 오래전부터 알았어요. 나는 다른 분야에서 성직자로서 봉사를 할 거요. 오르간을 연주하거나, 아니면 그 밖의 다른 방법으로 말이에요. 그러나 나는 언제나 내가 아름답고 신성하다고 느끼는 무언가에, 즉 오르간 음악이나 비밀 종교의식, 상징과 신화 같은 것에 둘러싸여 있어야만 해요. 내게는 그런 것들이 필요하고, 나는 또 그런 것에서 떠나지 않을 거에요. 그게 내 약점이지요. 왜냐하면 나도, 싱클레어, 가끔 그런 소망을 가져서는 안 된다는 걸, 그것이 사치이자 약점이라는 것을 알기 때문이지요. 만약 내가 어떤 요구도 하지 않고 그저 단순히 운명에 순응한다면, 더 위대하고 합당할지도 모르지요. 하지만 그럴 수 없습니다. 그건 내가 할 수 없는 유일한 것이거든요. 어쩌면 당신은 언젠가 그렇게 할 수 있을지도 모르지요. 운명에 순응하기란 어려운 일이고, 세상에 존재하는 정말 유일하게 힘든 일이 그것이지요. 이봐요, 나는 가끔 그런 꿈을 꾸지만 그렇게는 할 수 없었고, 그 생각을 하면 소름이 끼칩니다. 나는 그렇게 완전히 벌거벗은 몸으로 고독하게 서 있을 수는 없어요. 나 역시 약간의 따뜻함과 먹이를 필요로 하고, 때로는 자기와 같은 부류를 곁에 느끼고 싶어 하는 불쌍하고 약한 개입니다. 정말 자신의 운명 외에는 아무것도 바라지 않는 자는 자기와 같은 부류를 더 이상 소유할 수 없어요. 그런 자는 전적으로 홀로 서 있는 거지요. 그의 주위에는 차가운 우주밖에 없는 겁니다. 당신도 알겠지만, 겟세마네 동산의 예수가 바로 그랬지요. 기꺼이 십자가에 못 박힌 순교자들이 있기는 했지요. 그러나 그들 역시 영웅은 아니었고, 해방된 존재도 아니었어요. 그들 역시 친숙한 고향 같은 무언가를 원했지요. 그들에게 모범과 이상도 있었어요.

오로지 운명만을 원하는 자는 더 이상 모범도 이상도 없고, 사랑
스러운 것도 위안을 주는 것도 없답니다! 사람들은 모름지기 그
런 길을 가야 해요. 나나 당신 같은 사람은 정말 고독하긴 하지
만, 우리는 그래도 아직 서로를 소유하고 있어요. 또한 우리는 남
과 다르다, 반항한다, 비범한 것을 바란다면서 은밀히 만족하지
요. 만약 온전히 자신의 길을 가려는 자는 그것마저 없어야 해
요. 그런 자는 혁명가가 되려고 해서도 안 되고, 모범이 되려고
해서도, 순교자가 되려고 해서도 안 됩니다. 그건 생각할 수도 없
는 일입니다."

그렇다, 그건 생각할 수도 없는 일이었다. 그러나 꿈을 꿀 수는
있었고, 예감하거나 어렴풋이 느낄 수는 있었다. 아주 고요한 시
간을 만날 때면 나는 몇 번이고 느껴 보았다. 그럴 때면 나는 내
면을 들여다보고, 두 눈을 부릅뜨고 내 운명의 상像을 들여다보
았다. 그 눈은 지혜로 가득 찰 수도 있었고, 광기로 충만해 있을
수도 있었으며, 사랑으로 빛나거나 또는 깊은 악의를 내뿜을 수
도 있었다. 아무래도 상관없었다. 우리는 그 어느 것도 마음대로
선택할 수 없었고, 원할 수도 없었다. 원할 수 있는 것은 오직 자
신의 운명뿐이었다. 그 운명에 이르는 길에서 피스토리우스는 나
의 인도자 역할을 수행했던 것이다.

그 시절 나는 마치 눈이 먼 것처럼 사방을 헤매고 다녔다. 마
음속에는 폭풍우가 몰아치고 있었고, 한 걸음 한 걸음 앞이 바로
위험 그 자체였다. 내 앞에는 지금까지의 모든 길이 사라지고 가

라앉아 버린, 깊이를 알 수 없는 암흑밖에 보이지 않았다. 그리고
나의 내면에서는 데미안을 닮은, 그리고 눈 속에 나의 운명이 적
힌 인도자의 모습이 보였다.

나는 종이에 이렇게 적었다. '한 인도자가 나를 떠났다. 나는
완전히 암흑 속에 서 있다. 혼자서는 한 발도 내디딜 수 없다. 나
를 도와다오!'

나는 데미안에게 그 종이를 보내려고 했다. 그렇지만 그만두기
로 했다. 그런 일을 하려고 할 때마다 어리석고 무의미하게 느껴
졌던 것이다. 그러나 나는 그 짧은 기도를 외워, 가끔 마음속으
로 되뇌곤 했다. 그 기도는 언제나 내 뒤를 따라다녔다. 나는 기
도가 무엇인지 어렴풋이 느끼기 시작했다.

나의 학창 시절은 끝났다. 나는 방학 동안 여행을 떠날 예정이
었다. 아버지가 생각해 낸 일이었다. 그 뒤에는 대학교에 들어갈
예정이었다. 무슨 과목을 전공할지는 아직 정하지 않았다. 한 학
기 동안 철학 강의를 듣고 싶었고, 수락된 상태였다. 철학이 아닌
다른 어느 과목을 듣는다 해도 역시 만족스러웠으리라.

7. 에바 부인

방학 중에, 나는 몇 해 전 막스 데미안이 그의 어머니와 함께 살았던 집에 한번 가보았다. 한 노부인이 뜰에서 산책을 하고 있었다. 나는 그 노부인에게 말을 걸었고, 그 집이 부인 소유라는 것을 알았다. 데미안의 가족에 대해서도 물어보았다. 부인은 그들을 잘 기억하고 있었지만, 그들이 지금 어디에 사는지는 알지 못했다. 내가 관심을 보이자, 부인은 나를 집 안으로 데리고 가서 가죽 앨범을 꺼낸 뒤 데미안의 어머니 사진을 보여 주었다. 내게 그녀에 대한 기억은 거의 없었다. 그러나 그 작은 사진을 보는 순간 내 심장은 고동을 멈추었다. 바로 그녀였다. 내 꿈속의 영상이었다! 키가 크고 흡사 남자 같은 여성의 모습이었다. 아들과 닮았고, 어머니다운 표정, 엄격한 표정, 강한 열정을 지닌 표정, 아름답고 유혹적이며, 아름다우면서도 접근하기 어려운 표정, 데몬이자 어머니, 운명이자 연인이었다. 바로 그녀였던 것이다!

내 꿈속의 영상이 지상에 살고 있다는 사실을 알았을 때, 그 모습은 믿기지 않는 기적처럼 엄습해 왔다! 내 운명의 표정을 지닌 그런 모습의 여성이 실존했던 것이다! 그런 여성이 어디에 있었을까? 어디에? 그런데 그 여성이 바로 데미안의 어머니였다.

그 후 나는 여행을 떠났다. 독특한 여행이었다! 나는 늘 그 여성을 찾아서 그때그때 생각나는 대로 쉬지 않고 이곳저곳을 돌아다녔다. 그녀를 생각나게 하고 그녀를 연상하게 하는, 온통 그녀를 닮은 모습들만 만났던 날도 있었다. 그 모습들은 마치 혼란스러운 꿈속에서처럼 낯선 도시의 골목길, 기차역이나 기차 안으로 나를 이끌고 갔다. 그렇게 찾아다니는 일이 얼마나 부질없는 짓인지 깨닫는 날도 있었다. 그런 때는 어느 공원이나 호텔 정원, 대합실 같은 곳에 마냥 죽치고 앉아 나의 내면을 들여다보며 마음속의 영상을 생생히 그려 내려고 애썼다. 하지만 이제 그 영상은 꺼지면서 금방 사라져 버렸다. 나는 도저히 잠을 이룰 수 없었다. 기차를 타고 알지 못하는 풍경을 지나가며 15분쯤 깜빡 선잠을 잘 수 있었을 뿐이다. 한번은 취리히에서 어떤 여자가 내 뒤를 따라왔다. 예쁘지만 약간 뻔뻔한 여자였다. 나는 마치 그녀가 공기라도 되는 양 그녀를 거의 거들떠보지도 않고 계속 걸어갔다. 다른 여자에게 한 시간이라도 관심을 보이느니 차라리 당장이라도 죽어 버리는 게 나을 것 같았다.

나는 나를 끌어당기는 운명을 감지했고, 그 운명이 곧 이루어질 것이라는 것도 느꼈다. 그러나 그러한 성취를 위해 아무것도 할 수 없다는 초조감 때문에 거의 미칠 것만 같았다. 한번은 막 출발하는 기차의 창가에서 그 여성을 생각나게 하는 모습을 보고는 며칠이나 불행한 기분에 사로잡혀 있었다. 인스부르크라고 생각되는 한 기차역에서였다. 그런데 갑자기 그 모습이 밤에 꿈속에서 다시 나타났다. 그렇게 쫓아다니는 행위가 무의미하다는 것을 깨달은 나는 부끄럽고 황량한 느낌으로 잠에서 깨어나, 곧장 집으로 돌아왔다.

몇 주 후에 나는 H대학에 등록했다. 그러나 대학의 모든 것에 실망했다. 내가 수강한 철학사 강의는 대학생들의 행동처럼 내용과 특색이 없었다. 모든 것이 판에 박은 듯했고, 누구나 할 것 없이 똑같이 행동했다. 소년 같은 얼굴들이 상기된 표정으로 즐거워하는 모습은 슬프도록 공허했고, 기성품처럼 보였다! 그러나 나는 자유로웠고, 하루 종일 나를 위해 시간을 낼 수 있었다. 나는 교외의 낡은 집에서 조용하고 멋진 생활을 했으며, 내 책상 위에는 니체의 책이 몇 권 놓여 있었다. 나는 니체와 함께 살았고, 그의 영혼의 고독을 느꼈으며, 끊임없이 그를 몰아댄 운명을 감지했다. 나는 그와 함께 괴로워했으며, 그토록 엄격하게 자신의 길을 갔던 사람이 존재했다는 사실에 무척 행복했다.

언젠가 늦은 밤, 나는 가을바람이 부는 시내를 거닐고 있었다. 술집에서는 동아리에 소속된 대학생들의 노랫소리가 들렸다. 열린 창문으로는 담배 연기가 자욱이 흘러나왔다. 노랫소리는 거센 파도처럼 크고 빈틈이 없었지만 활기차지도 않고 생기도 없이 단조로웠다.

나는 어느 길모퉁이에 서서 귀를 기울였다. 두 곳의 술집에서 젊음의 쾌활함이 제대로 발산되어 밤하늘에 울려 퍼졌다. 어디에나 단체가 있고, 어디에나 모임이 있었다. 사람들은 곳곳에서 운명을 발산하고 마음에 맞는 사람들 곁으로 도피했다!

두 사내가 내 뒤에서 천천히 지나갔다. 나는 그들이 나누는 대화의 일부를 들을 수 있었다.

"마치 흑인촌의 청년회관 같지 않아요?" 한 사내가 말했다. "다 똑같아요. 문신도 아직까지 유행하고 있어요. 보시다시피, 이것이 젊은 유럽이라오."

그 목소리는 이상하게도 경고를 하듯, 귀에 익은 듯 들렸다. 나는 어두운 골목에서 그 두 사람을 따라갔다. 한 사람은 키가 작고 세련된 일본인이었다. 나는 가로등 아래서 환히 빛나며 웃고 있는 황색 얼굴을 보았다.

그때 다른 사람이 다시 말했다.

"그런데, 당신의 나라 일본이라 해서 사정이 더 낫지는 않을 겁니다. 무리를 따르지 않는 사람들은 어디서나 드물어요. 여기에도 그런 사람은 겨우 몇 명 있을 뿐입니다."

그의 말 한마디 한마디가 마음속을 파고들어 나는 놀랍고도 기뻤다. 나는 말하는 그 사람을 알고 있었다. 바로 데미안이었다.

바람이 부는 밤에 나는 그와 일본인을 따라 어두운 골목을 지나가며, 그들이 나누는 대화에 귀를 기울였고, 길에 울리는 데미안의 목소리를 즐겼다. 그 목소리는 예전 같은 음색을 지녔고, 예전의 아름다운 안정감과 평온을 지녔으며, 나를 지배하는 힘을 갖고 있었다. 이제 모든 것이 다 해결되었다. 나는 데미안을 발견한 것이다.

교외에 있는 거리 끝에서 일본인은 데미안과 작별하고 대문을 열었다. 데미안은 왔던 길을 되돌아갔다. 나는 발걸음을 멈추고 길 한가운데서 그를 기다리고 있었다. 그가 반듯한 자세로 경쾌하게 나를 향해 다가오는 모습을 보고 가슴이 두근거렸다. 그는 갈색 우비를 입고 팔에는 가느다란 지팡이를 걸고 있었다. 그는 한결같은 걸음걸이를 유지하며 바로 내 앞까지 와서 모자를 벗고 예전처럼 환한 얼굴을 보여 주었다. 그는 입을 꼭 다물고 있었고 넓은 이마는 독특하게 환했다.

"데미안!" 내가 불렀다.

그는 내게 손을 내밀었다.

"너로구나, 싱클레어! 널 기다렸어."

"내가 여기 있는 걸 알고 있었어?"

"딱히 알고 있었던 것은 아니지만, 분명히 그러기를 바랐지. 오늘 저녁에야 비로소 너를 봤는데, 너는 줄곧 우리 뒤를 따라다녔잖아."

"그러니까 나를 금방 알아본 거야?"

190

"물론이지. 사실 너는 변하기는 했어. 그러나 그 표지는 여전히 지니고 있구나."

"그 표지라고? 무슨 표지 말이야?"

"아직 기억할지 모르지만, 전에 우린 그것을 카인의 표지라고 불렀지. 그건 우리들의 표지야. 넌 언제나 그것을 지니고 있었어. 그래서 난 네 친구가 되었지. 그런데 지금은 그 표지가 더 뚜렷해졌구나."

"나는 몰랐어. 어쩌면 알고 있었는지도 모르지. 언젠가 너의 초상을 그린 적이 있었어, 데미안. 그런데 그것이 나와 닮아서 놀랐어. 그것이 그 표지였을까?"

"바로 그거였어. 네가 이곳에 있다니 참 다행이구나! 어머니도 기뻐하실 거야."

나는 깜짝 놀랐다.

"너의 어머니가? 여기 계신다고? 어머니는 나를 전혀 모르시는데."

"아, 너에 대해 알고 계셔. 네가 누구인지 이야기하지 않았어도 너를 아실 거야. 넌 오랫동안 아무 연락이 없었어."

"아, 가끔 편지를 쓰려고 했지만 잘되지 않았어. 얼마 전부터는 분명히 너를 곧 발견하게 될 거라고 느꼈어. 날마다 그러기를 기다려 왔어."

그는 팔을 내 팔에 끼운 채 함께 계속 걸어갔다. 그에게서 평온함이 흘러나와 나의 내면으로 스며들었다. 우리는 곧 예전처럼 이런저런 이야기를 주고받았다. 학창 시절과 견진성사 수업, 그 당시 방학 때의 불행했던 만남도 회상했다. 다만 우리 둘 사이를 최초로 이어 준 가장 긴밀한 끈이었던 프란츠 크로머에 대해서만은 이번에도 이야기하지 않았다.

알지 못하는 동안에 우리는 이상하고 예감에 가득 찬 대화로 빠져들었다. 데미안이 일본인과 나눈 대화를 되새기며, 우리는 대학 생활에 대한 이야기를 나누었다. 그러다 그와 동떨어진 대화로 화제를 옮겼다. 그렇지만 그것도 데미안이 말하면 서로 연결되어 밀접한 관련을 갖게 되었다.

그는 유럽의 정신과 이 시대의 특징에 대해 이야기했다. 어디서나 동맹과 집단의 형성이 유행하고 있지만, 자유와 사랑은 어디에도 없다고 그는 말했다. 대학생 동아리와 합창단에서 국가에 이르기까지 모든 단체는 강제적인 결속이며, 불안과 공포, 당황에서 비롯된 공동체인데, 그 내부가 썩고 낡아서 붕괴 직전이라고 했다.

"단체란," 데미안이 말했다. "좋은 것이지. 그러나 지금 도처에 번창하고 있는 건 결코 단체가 아니야. 단체는 개개인이 서로를 아는 데서 새롭게 생겨날 것이고, 한동안 세계의 모습을 바꾸어 놓을 거야. 지금의 단체는 무리 짓기에 불과해. 사람들은 서로가 두렵기 때문에 서로에게로 도망치는 거야. 귀족은 귀족끼리, 노동자는 노동자끼리, 학자는 학자끼리 말이야! 그런데 그들은 왜 불안한 걸까? 사람들은 자기 자신과 일치하지 못할 때에만 불안한 거야. 그들은 한 번도 진정한 자기 자신을 알지 못했기 때문에 불안한 거지. 자기 자신 속에 있는 미지의 것을 두려워하는 사람들만 모인 공동체인 거야! 그들 모두는 자신의 생활법칙이 이제 더 이상 옳지 않다는 것과 자신들이 낡은 서판書板에 따라 살고 있다고 느끼는 거야. 그들의 종교도 도덕도, 그 어느 것도 우리가 필요로 하는 것과 맞지 않다고 느끼는 거야. 유럽은 백 년 이상 그저 연구만 하고 공장을 세우기만 했지! 그들은 한 인간을 죽이는 데 몇 그램의 화약이 필요한지는 정확히 알고 있지만, 신에게 어떻게 기도해야 하는지는 모르고, 어떻게 하면 한 시간 동안 즐겁게 지낼 수 있는지조차 모르거든. 대학생이 드나드는 술집을 한번 살펴봐! 아니면 부자들이 가는 유흥업소를 보라고! 절망적이야! 이봐, 싱클레어, 그런 것에서는 즐거움을 얻을 수 없어. 그렇게 불안하게 모여 있는 사람들은 두려움과 악의에 가득 차 있고, 남을 신뢰하지 않아. 그들은 더는 이상이 아닌 이상에 매달리고, 새로운 이상을 내세우는 사람을 돌로 쳐 죽이지. 대결이 한 번 있을 것 같은 예감이 들어. 대결이 있을 거야. 틀림없이 곧 대결이 벌어질 거야! 물론 그런 대결로 세상이 '개선'되지는 않을 거야. 노동자가 공장주들 때려죽이든지, 혹은 러시아와 독일이 서로 총질을 하든지 해도 주인만 바뀔 뿐이겠지. 그렇다고 그것이 헛된 일은 아닐지도 몰라. 그로 인해 오늘날의 이상이 무가치하다는 사실이 밝혀질 거고, 석기 시대의 신들이 정리될 거야. 지금의 이 세계는 죽어가고 있고, 파멸하려고 해. 그리고 실제로 그렇게 될 거야."

"그럼 우린 어떻게 되지?" 나는 물었다.

"우리 말이야? 아, 아마 우리도 함께 파멸하고 말겠지. 우리 같은 사람은 맞아 죽을 수도 있어. 우리가 그런 식으로 처리되지 않기만 바랄 뿐이야. 우리에게서 남는 것, 또는 우리 중에서 살아남는 자들 주위에 미래의 의지가 모이겠지. 우리 유럽이 기술과 과학이라는 대목장을 여는 바람에, 한동안 들리지 않았던 인류의 의지가 드러날 거야. 그러면 인류의 의지가 오늘날의 공동체인 국가와 민족, 단체나 교회의 의지와는 전혀 다르다는 사실이 밝혀질 거야. 또 자연이 인간에게 원하는 것이 개개인의 마음속에, 너와 나의 마음속에 기록되어 있어. 예수와 니체의 마음속에도 적혀 있었지. 이런 유일하게 중요한 흐름들을 위해 — 물론 그 흐름은 날마다 다르게 보일 수 있겠지만 — 오늘날의 공동체가 붕괴해 버리면 공간이 생기게 될 거야."

우리는 밤 늦게 강가에 있는 어느 뜰 앞에 멈춰 섰다.

"여기가 우리 집이야." 데미안이 말했다. "빠른 시일 내에 한번 찾아와 줘! 우린 너를 기다리겠어."

나는 서늘해진 밤에 먼 거리를 걸어 기쁜 마음으로 집에 돌아왔다. 귀가하는 대학생들이 시내 곳곳에서 시끄럽게 떠들어 대며 비틀거렸다. 나는 그들의 익살맞은 즐거움과 내 고독한 생활 사이의 대립이 때로는 아쉽기도 했고 때로는 비웃고 싶기도 했다. 그러나 그런 것이 나와 얼마나 무관한지, 이런 세계가 내게서 얼마나 멀리 사라져 버렸는지를, 오늘처럼 평온하고 비밀스러운 힘 안에서 느낀 적이 없었다. 고향 도시의 공무원들, 나이가 많고 위엄 있는 분들이 기억에 떠올랐다. 그들은 행복한 낙원의 기억인 것처럼 술집에서 보낸 대학 시절의 추억에 매달렸고, 흔히 시인이나 다른 낭만주의자들이 유년 시절을 예찬하듯 지금은 사라져버린 학창 시절의 '자유'를 예찬했다. 어디서나 똑같았다! 그들은 어디에서나 과거의 어느 시점에서 '자유'와 '행복'을 찾았다. 그것은 순전히 그들 자신의 책임이 기억날 수 있으며, 그들 자신의 길을 가라는 경고를 받을 수도 있다는 불안감 때문이었다. 그들은 수년 동안 술을 퍼마시며 환호성을 질러 대다가, 피난처를 찾아 근엄한 공무원이 된 것이다. 그렇다, 썩어 있었다, 우리의 삶은 썩어 있었다. 그리고 그런 대학생들의 어리석은 짓보다 더 어리석고 고약한 일들이 수없이 많았다.

그러나 멀리 떨어진 내 집에 도착하여 잠자리에 들었을 때 이모든 생각은 어느덧 사라져 버렸다. 오늘이 내게 가져다준 커다란 약속에 마음이 온통 쏠려 있었다. 원하기만 한다면 내일이라도 데미안의 어머니를 만나볼 수 있었다. 대학생들이 술판을 벌이고 얼굴에 문신을 새기든, 세계기 썩고 몰락을 기다리든, 그것이 나와 무슨 상관이란 말인가! 나는 운명이 새로운 모습으로 다가오기만을 기다렸다.

나는 아침 늦게까지 곤히 잠들었다. 새로운 날은 소년 시절의 성탄절 축제 이후로는 더 이상 겪어 보지 못한 엄숙한 축제일처럼 밝아왔다. 나는 마음 가득 불안했지만, 전혀 두렵지는 않았다. 내게 중요한 하루가 밝았다고 느꼈다. 내 주변의 세계가 변했고, 암시를 주며 엄숙히 기다리고 있었다. 소리 없이 내리는 가을비 역시 아름답고 조용해서, 엄숙하고 흥겨운 음악으로 가득 찬 축제일이 떠올랐다.

처음으로 외부 세계가 나의 내부 세계와 어우러져 순수하고 조화로운 음을 냈다. 영혼의 축제일이 왔고, 그다음에는 삶의 보람을 느꼈다. 어떤 집도, 어떤 쇼윈도도, 골목의 어떤 얼굴도 거슬리지 않았다. 모든 것이 그렇게 존재해야 하는 그대로 있었지만, 익숙해진 일상의 공허한 얼굴이 아니었다. 기대 속에 기다리는 자연의 형상이었고, 그것은 경건히 운명을 맞이할 채비를 하고 있었다. 내가 어린 소년이었을 때 성탄절이나 부활절 같은 큰 축제일 아침에는 세상이 그렇게 보였던 것이다.

나는 또 이 세상이 이렇게 아름다울 수도 있다는 것을 몰랐다. 나는 내면을 향하는 삶에 익숙해져 있었다. 또한 외부에 대한 감각이 내게서 사라졌다는 것을, 반짝이는 색채를 잃는다는 것은 유년 시절의 상실과 불가분의 관계가 있다는 것을, 영혼의 자유와 남성성을 얻는 대가로 이 사랑스러운 희미한 빛을 어느 정도는 포기해야 한다는 것을 감수하는 데도 익숙했다. 이제 나는 이 모든 것이 단지 파묻히고 어둠에 덮여 있을 뿐이라는 사실을 알게 되었다. 또 유년 시절의 행복을 포기하고 자유를 얻고 나서도 세상이 환히 빛나는 모습을 볼 수 있고, 아이와 같은 시각에서 진정한 전율을 맛볼 수 있다는 것을 황홀한 기분으로 깨달았다.

그날 밤, 막스 데미안과 작별했던 교외의 그 정원을 다시 찾아 갔다. 비에 젖어 잿빛을 띤 높다란 나무 뒤에 밝고 살기 좋아 보이는 조그만 집 한 채가 숨겨진 채 서 있었다. 커다란 유리벽 뒤로는 키 큰 다년생 관목이 자라고 있었고, 밝게 빛나는 창문 뒤쪽에 있는 어두운 방의 벽에는 그림과, 줄지어 늘어선 책들이 있었다. 대문은 난방이 된 작은 홀과 곧장 이어졌다. 검은 옷에 흰 앞치마를 두른 늙은 하녀가 말없이 나를 맞으며 외투를 받아 주었다.

하녀는 나를 홀에 혼자 두었다. 나는 주위를 둘러보았고, 곧장 꿈속에 잠겼다. 문 위쪽에 있는 어두운 나무 벽의 검은 액자에 든 유리 안에, 낯익은 그림이 걸려 있었다. 세상의 껍질을 뚫고 날아오르려는 황금빛 매 머리를 지닌 나의 새였다. 나는 충격을 받아 그 자리에 멈춰 섰다. 그 순간에 내가 행하고 체험했던 모든 일이, 어떤 답변과 성취가 되어 되돌아오는 듯해 무척 기쁘기도 하고 슬프기도 했다. 수많은 영상이 번개처럼 순식간에 내 영혼을 스쳐 지나갔다. 아치형의 대문 위에 돌로 된 오래된 문장이 박힌 고향 집, 그 문장을 그리던 소년 데미안, 적이 크로머의 사악한 마술에 사로잡혀 겁에 질려 있던 소년인 나 자신, 조용하고 조그만 책상에서, 마구 엉킨 실타래처럼 혼란스러운 마음으로 그리움의 새를 그리던 청년인 나 자신 그리고 모든 것, 그 순간까지의 모든 것이 마음속에서 메아리쳤고, 내 마음속에서 긍정되었으며 답을 얻었고 인정받았다.

나는 촉촉이 젖은 눈으로 내 그림을 응시하며 내 마음을 읽었다. 그때 내 시선은 아래로 향했다. 새 그림 아래 열린 문 앞에 검은 옷을 입은 키 큰 부인이 서 있었다. 바로 그 여성이었다.

나는 아무 말도 할 수 없었다. 아름답고 기품 있는 여성이 내게 다정스레 미소 지었다. 아들의 얼굴과 닮은, 시간과 연령을 초월한 얼굴이었고, 혼이 담긴 의지로 가득 찬 얼굴이었다. 부인의 시선은 일종의 성취였고, 그녀의 인사는 귀향을 의미했다. 나는 부인에게 말없이 두 손을 내밀었다. 부인은 내 손을 힘차고 따뜻한 그녀의 두 손으로 꼭 쥐었다.

"당신이 싱클레어군요. 바로 알아봤어요. 마침 잘 왔어요!"

부인의 목소리는 은은하고 따뜻했다. 나는 달콤한 포도주라도 되는 양 그 목소리를 들이마셨다. 그리고 이제 눈을 들어 부인의 고요한 얼굴, 깊이를 알 수 없는 검은 눈, 생기 있고 성숙한 입술, 표지를 지닌 훤하고 기품 있는 이마를 들여다보았다.

"얼마나 기쁜지 모릅니다!" 나는 그녀에게 말하며 두 손에 입을 맞췄다. "저는 지금까지 살아오는 동안 늘 헤매고 다닌 것 같습니다. 그런데 이제야 집에 돌아온 기분입니다."

부인은 어머니 같은 미소를 지어 보였다.

"결코 집으로 돌아오지는 못하지요." 부인은 다정하게 말했다. "하지만 정든 길이 서로 만나는 곳에서는 일순간 온 세계가 고향처럼 보이는 거지요."

부인은 내가 그녀에게 오는 도중에 느꼈던 것을 그대로 말했다. 부인의 목소리와 말 역시 아들과 아주 비슷했는데, 그러면서도 완전히 달랐다. 모든 것이 더 성숙하고, 더 따뜻하며, 더 자명했다. 그러나 예전에 막스가 누구에게도 소년처럼 보이지 않았던 것처럼, 그의 어머니 역시 다 자란 아들을 둔 어머니 같지 않았다. 부인의 얼굴과 머리카락에서 풍기는 분위기는 매우 젊고 감미로웠다. 금빛 살결은 아주 팽팽해서 주름 하나 없었고, 입술은 탐스럽게 꽃피어 있었다. 그녀는 내 꿈속에서보다 더 위엄 있게 내 앞에 서 있었다. 부인과 함께 있다는 것은 사랑을 얻은 행복이었고, 부인의 눈길은 성취를 의미했다.

　그러니까 이것은 내 운명이 내 앞에 스스로를 드러낸 새로운 형상이었다. 그 모습은 더 이상 엄격하거나 고독하지 않고, 오히려 성숙하고 기분 좋았다! 나는 어떤 결단도 내리지 않았고, 어떤 맹세도 하지 않았다. 나는 하나의 목표에 도달해 있었고, 어떤 높은 지점에 와 있었다. 그곳에서 계속되는 길은 멀리 찬란히 언약의 땅을 향해 뻗어 있었다. 그 길은 가까운 행복의 나뭇가지로 그늘져 있었고, 온갖 즐거움을 주는 가까운 동산으로 서늘해져 있었다. 내가 어떻게 되어 간다 해도 세상에서 이 부인을 알고, 부인의 음성을 마시고, 부인 곁에서 숨을 쉴 수 있어서 무척 행복했다. 부인이 내게 어머니가 되건, 연인이 되건, 여신이 되건, 그녀가 거기 있는 한! 나의 길이 부인의 길 가까이에 있는 한!

　부인은 내가 그린 매 그림을 가리켰다.

"지금까지 이 그림만큼 우리 막스를 기쁘게 한 것은 없었어요."
부인은 생각에 잠겨 말했다. "나 역시 그랬고요. 우린 당신을 기다리고 있었어요. 그리고 이 그림이 오자 우린 당신이 우리에게 오는 도중이라는 것을 알았지요. 당신이 어린 소년이었을 때, 싱클레어, 내 아들이 어느 날 학교에서 오더니 이렇게 말했어요. '이마에 표지를 가진 소년이 있어요. 그 아이는 내 친구가 되어야 해요.' 그 소년이 바로 당신이었어요. 사는 게 쉽지는 않았겠지만, 우린 당신을 믿었어요. 한번은 당신이 방학 때 집에 돌아와서 막스와 만난 적이 있었지요. 그 당시 열여섯 살쯤 되었을 거예요. 막스한테 그 이야길 들었어요."

나는 부인의 말을 중단시켰다. "아, 막스가 그런 말까지 했군요! 그때는 제가 가장 비참했던 시절이었어요!"

"그래요, 막스가 말하더군요. '지금 싱클레어는 가장 힘든 순간에 직면했어요. 그 아이는 다시 공동체 속으로 도피하려고 해요. 심지어 술집 단골이 되었어요. 그러나 그의 뜻대로 되지는 않을 거예요. 그의 표지는 가려져 있지만, 그것이 남몰래 그를 불타오르게 할 테니까요'라고요. 그렇지 않았나요?"

"아, 그래요, 그랬어요, 정말 그랬어요. 그 후 저는 베아트리체를 발견했고, 그다음에 마침내 다시 어떤 인도자가 제 앞에 나타났어요. 그의 이름은 피스토리우스였어요. 그제야 비로소 제 소년 시절이 막스와 왜 그토록 강하게 결합되었는지, 왜 제가 그에게서 벗어날 수 없었는지 분명히 알게 되었습니다. 친애하는 부인,

아니 어머니, 전 그 당시 때때로 자살해야겠다고 생각하곤 했어요. 인생길은 누구에게나 그렇게 힘든 것인가요?"

부인은 내 머리를 손으로 바람처럼 가볍게 쓰다듬어 주었다.

"태어난다는 것은 늘 힘든 일이지요. 알다시피 새는 알을 깨고 나오려고 애쓰지요. 기억을 돌이켜 한번 물어보세요. '대체 그 길이 그렇게 힘들었던가? 단지 힘들기만 했던가? 또한 그 길이 아름답지는 않았던가? 혹시 더 아름답고 더 쉬운 길을 알고 있었던가?'라고요."

나는 고개를 가로저었다.

"힘들었어요." 나는 꿈속에서처럼 말했다. "그 꿈을 꿀 때까지는 힘들었어요."

부인은 고개를 끄덕이며 예리한 눈초리로 나를 쳐다보았다.

"그래요. 자신의 꿈을 발견해야 해요. 그러면 길은 쉬워지지요. 그러나 언제까지나 지속되는 꿈은 없어요. 어느 꿈이든 새 꿈으로 교체되기 마련이지요. 그러니 어느 꿈에도 집착하려 해서는 안 돼요."

나는 몹시 놀랐다. 그것은 이미 하나의 경고였을까? 방어였을까? 그러나 그건 아무래도 상관없었다. 나는 부인의 인도를 받겠지만, 목표는 묻지 않겠다는 각오가 되어 있었다.

"모르겠어요." 나는 말했다. "저의 꿈이 얼마나 오래 지속될지 말입니다. 그 꿈이 영원하기를 바랍니다. 새 그림 아래에서 운명은 어머니처럼 그리고 연인처럼 저를 맞아 주었습니다. 저는 운명의 것이지, 다른 어느 누구의 소유도 아닙니다."

"그 꿈이 당신의 운명인 한 당신은 그것에 충실해야 해요." 부인은 진지하게 확인해 주었다.

나는 한 가닥 슬픔에, 그리고 마법에 걸린 이 순간에 죽었으면 하는 간절한 소망에 사로잡혔다. 눈물이 ― 내가 울지 않은 지 얼마나 오래되었던가! ― 걷잡을 수 없이 안에서 솟아나와 나를 압도해 버릴 것 같았다. 나는 부인으로부터 황급히 몸을 돌리고 창가로 걸어가, 흐려진 눈으로 화분의 꽃 너머를 바라보았다.

등 뒤에서 부인의 목소리가 들렸다. 침착한 목소리였지만 넘치도록 포도주가 채워진 술잔처럼 애정이 가득 담겨 있었다.

"싱클레어, 어린아이 같군요! 당신의 운명은 당신을 사랑하고 있잖아요. 당신이 계속 충실하다면 당신이 꿈꾸는 것처럼 언젠가 그 운명은 완전히 당신의 것이 될 거예요."

나는 격한 감정을 억누르며 다시 부인 쪽으로 고개를 돌렸다. 부인은 내게 손을 내밀었다.

"내겐 친구가 몇 명 있어요." 부인은 미소 지으며 말했다. "얼마 되지는 않지만 무척 가까운 친구들이죠. 그들은 나를 에바 부인이라고 부른답니다. 괜찮다면 당신도 나를 그렇게 불러 주세요."

부인은 문이 있는 곳까지 나를 데려가서는 문을 열고 정원을 가리켰다. "저 밖에 막스가 있어요."

큰 나무들 아래에서 나는 넋이 나가 충격을 받은 듯 서 있었다. 예전보다 더 생생히 깨어 있는 것인지 아니면 더 꿈을 꾸고 있는 건지 알 수 없었다. 나뭇가지에서 조용히 빗방울이 떨어지고 있었다. 나는 강기슭을 따라 멀리 이어져 있는 정원 속으로 천천히 들어갔다. 드디어 데미안을 찾아냈다. 웃통을 벗은 그는 문이 열린 조그만 정자에 매달아 놓은 샌드백 앞에서 권투 연습을 하고 있었다.

나는 깜짝 놀라 멈춰 섰다. 데미안의 몸은 대단히 근사해 보였다. 넓은 가슴은 떡 벌어졌고, 머리는 단단하고 남자다웠으며, 치켜 올린 두 팔의 팽팽한 근육은 강하고 튼실했다. 허리, 어깨, 팔꿈치는 마치 솟아오르는 샘물처럼 활기차게 움직였다.

"데미안!" 나는 소리쳤다. "대체 거기서 뭐하고 있어?"

그는 쾌활하게 웃었다.

"연습 중이야. 그 작은 일본인과 격투를 벌이기로 했거든. 그 녀석은 고양이처럼 날쌜 뿐만 아니라 그만큼 음흉하기도 하지. 그러나 나를 당해 내지는 못할 거야. 그에게 아주 사소하게 굴욕을 당한 적이 있어서, 그걸 갚아야 해."

그는 셔츠와 웃옷을 걸쳤다.

"벌써 어머니를 만나고 왔어?" 그가 물었다.

"그래. 데미안, 참으로 훌륭한 어머니시더군! 에바 부인이라면서! 아주 잘 어울리는 이름이야. 모든 존재들의 어머니 같으신 분이야."

그가 잠시 생각에 잠겨 내 얼굴을 들여다보았다.

"벌써 이름까지 알고 있어? 이봐, 넌 자랑스러워해도 되겠어.

어머니가 처음 만나서 이름을 알려 준 사람은 너뿐이야."

그날부터 나는 아들이나 형제처럼 그리고 또한 사랑하는 사람처럼 그 집을 드나들었다. 등 뒤로 대문을 닫고 들어설 때나, 멀리서 정원의 큰 나무들이 보일 때면 나는 이미 흐뭇하고 행복했다. 바깥에는 '현실'이 있었다. 바깥에는 거리와 집, 사람과 공공기관, 도서관과 강의실이 있었다. 그러나 이곳 안에는 사랑과 영혼이 있었다. 이곳에는 동화와 꿈이 살아 있었다. 그렇지만 우리는 결코 세상과 단절되어 사는 것이 아니었다. 생각하고 대화하는 도중에 종종 세상의 한가운데에서, 다만 다른 영역에서 살아갈 뿐이었다. 우리는 대부분의 다른 사람들과 경계선에 의해서가 아니라 단지 다르게 보는 방식에 의해 분리되어 있었다. 우리의 임무는 이 세상에서 하나의 섬을, 어쩌면 하나의 모범을 나타내는 것이었는데, 어쨌든 다른 식으로 살아갈 수 있음을 알리는 것이었다. 오랫동안 고독하게 살아온 나는 완전한 고독을 맛본 사람들 사이에서만 가능한 공동체를 알게 되었다. 나는 결코 행복한 사람들의 연회나, 쾌활한 사람들의 잔치로 다시 돌아가기를 갈망하지 않았다. 나는 다른 사람들이 서로 함께하는 생활을 바라볼 때도, 결코 시샘하거나 향수에 사로잡히지 않았다. 그리고 나는 차츰 '표지'를 달고 있는 이들의 비밀에도 정통하게 되었다.

세상에서는 표지를 달고 있는 우리를 이상하다고, 심지어 미쳤다거나 위험하다고 간주하는 게 당연한 것 같았다. 우리는 깨어난 자들, 혹은 깨어나고 있는 자들이었다. 우리는 점점 더 완벽히 깨어 있는 상태가 되고자 노력했다. 반면에 다른 사람들은 그들의 의견, 그들의 이상과 의무, 그들의 삶과 행복을 점점 더 집단의 그것에 밀접하게 연결시키려 노력하고, 그런 식으로 행복을 추구했다. 그곳에도 노력이 있었고, 그곳에도 힘과 위대함이 존재했다. 그러나 우리의 견해를 밝히자면, 표지를 지닌 우리는 자연의 의지를 새로운 것, 개별화된 것과 미래의 것으로 나타내는 반면, 다른 사람들은 그것을 고수하려는 의지로 살아갔다. 그들은 인류를, 우리뿐만 아니라 그들도 사랑하는 인류를 보존하고 지켜야 하는 완성품이라 여겼다. 반면에 우리는 인류를 머나먼 미래로 보았다. 우리 모두 그것을 향해 가는 도중이며, 그 모습은 누구도 알지 못하고, 그 법칙은 그 어디에도 쓰여 있지 않은 머나먼 미래로 본 것이다.

에바 부인, 막스 그리고 나 외에도 매우 상이한 부류의 구도자들이 멀든 가깝든 간에 우리의 무리에 속했다. 그들 중 일부는 특별한 오솔길을 걸어갔고, 남다른 목표를 정해 놓고 특별한 견해와 의무에 매달려 있었다. 그들 중에는 점성술사와 카발라 교도, 그리고 톨스토이 백작의 신봉자도 있었다. 그리고 여리고 수줍어하며 쉽게 상처받는 온갖 부류의 사람들이 있었고, 새로운 종파의 신봉자, 요가 수련자, 채식주의자 등도 있었다. 그들 모두와 우리는 각자 다른 사람의 비밀스러운 꿈을 존중한다는 점 외에는 정신적인 공통점이 전혀 없었다. 그러나 우리와 좀 더 가까운 다른 사람들도 있었다. 그들은 인류가 찾으려 했던 신들과 새로운 이상을 과거 속에서 추구하는 자들이었다. 나는 그들의 연구를 보면서 가끔 피스토리우스를 상기하곤 했다. 그들은 다양한 책을 가져와서 고대어로 쓰인 원전을 번역해 주었고, 고대의 상징과 제식을 모사한 그림을 보여 주기도 했다. 그들은 지금까지 인류가 지니고 있던 모든 이상이 무의식적인 영혼의 꿈으로 이루어져 있다는 것을 가르쳐 주기도 했다. 그 꿈 속에서 인류는 미래의 여러 가능성을 모색하며 예감을 따라갔던 것이다. 그렇게 해서 우리는 기독교로 개종하는 방향 전환이 이루어지는 여명기에 이르기까지, 천 개의 머리를 지닌, 고대 세계의 괴상한 신들의 무리를 개관할 수 있었다. 우리는 고독하고 경건한 자들의 종파와 민족에서 민족으로 넘어간 종교의 변화 과정도 알게 되었다. 그리고 우리가 수집한 모든 자료에서 우리 시대와 현대 유럽에 대한 비판이 일었다. 유럽은 엄청난 노력을 기울여 인류의 강력하고 새로운 무기를 만들어 냈지만, 결국 극심하고도 현저하게 정신이 황폐해져 버린 것이다. 유럽은 온 세계를 얻었지만, 그러다가 영혼을 잃어버리고 만 것이다.

여기에도 특정한 희망과 구원론을 믿는 신자와 신봉자들이 있었다. 유럽을 개종시키려는 불교도가 있었고, 톨스토이 추종자와 그 밖의 다른 종파도 있었다. 우리는 보다 가까운 무리들끼리 귀를 기울여 들었고, 그 교리 내용을 모두 그저 일종의 상징으로 받아들였다. 미래를 어떤 모습으로 형성할 것인지에 대해서는, 표지를 지닌 우리가 걱정할 문제는 아니었다. 우리가 보기에는 어떤 종파든, 어떤 구원론이든 이미 예전부터 죽어 있고 아무 쓸모가 없었다. 우리가 유일하게 의무이자 운명이라고 느꼈던 것은, 우리들 각자가 완전한 자기 자신이 되고, 자신의 내부에서 활동하는 본성의 싹을 정당하게 평가하고, 그것의 요구에 따라 사는 것, 불확실한 미래가 초래할 모든 일에 대비해 만반의 준비를 갖춰야 한다는 것뿐이었다.

왜냐하면 이미 이야기를 했든 하지 않았든, 새로운 탄생과 현존하는 것의 붕괴가 임박했으며, 그것을 이미 감지할 수 있다는 사실이 우리 모두의 감정에 분명해졌기 때문이다. 데미안은 내게 여러 번 이렇게 말했다. "무슨 일이 닥칠지는 도저히 상상할 수 없어. 유럽의 영혼은 무한히 오랫동안 묶여 있었던 짐승과도 같아. 그 짐승이 자유의 몸이 되어 처음에 하는 행동은 결코 사랑스럽지는 않을 거야. 그러나 오랫동안 번번이 기만당하고 마비되곤 했던 영혼의 진정한 고난이 드러나는 날에는 지름길이나 우회로는 중요하지 않아. 그럴 때 우리의 날이 올 것이고, 그럴 때 사람들이 우리를 필요로 할 거야. 사람들은 우리를 인도자나 새로운 입법자로서가 아니라 — 우리는 더는 새로운 법을 체험하진 못할 거야 — 오히려 자신해서 일히는 자로서 필요로 할 거야. 운명이 부르는 곳이면 어디든지 함께 가고 그곳에 서 있을 각오가 된 그런 사람들로서 말이야. 이봐, 모든 사람은 자신의 이상이 위협받을 경우 도저히 믿을 수 없는 일을 해낼 각오가 되어 있어. 그러나 새로운 이상, 새롭지만 어쩌면 위험하고 무시무시할지도 모르는 성장의 움직임이 문을 두드릴 때는 아무도 내다보지 않을 거야. 그럴 때 그곳에 나타나 함께 가는 몇 안 되는 사람이 우리일 거야. 그렇게 하라고 우리에게 표지가 찍혀 있는 거야. 두려움과 증오를 불러일으키고, 그 당시의 인류를 좁고 목가적인 세계에서 위험하고 더 넓은 세계로 몰아갈 수 있도록 카인에게 표지가 찍혔던 것처럼 말이야. 인류의 행보에 영향을 준 사람들이 능력을 발휘하고 영향력을 행사할 수 있었던 까닭은, 그들 모두 하나같이 자신의 운명을 맞이할 각오가 되어 있었기 때문이야. 모세와 부처도 그랬고, 나폴레옹과 비스마르크도 마찬가지였지. 어떤 파도에 봉사하느냐, 어떤 극極의 지배를 받느냐는 스스로 선택할 수 있는 문제가 아니야. 만약 비스마르크가 사회민주주의자들을 이해하고 그들의 입장에 동조했더라면, 그는 현명한 인물은 되었을지 모르지만 운명의 인간으로 남지는 못했을 거야. 나폴레옹이 그랬고, 카이사르나 로욜라도 그랬고, 모두 다 그랬어! 우리는 항상 그 문제를 생물학과 진화론의 입장에서 생각해야 해! 지구 표면에서 일어난 변혁이 수상 동물을 뭍으로, 육상 동물을 물속으로 몰아 넣었을 때, 운명을 맞이할 각오를 한 선례들이 있었지. 전대미문의 새로운 일을 완수하고 새롭게 적응하여 자신의 종種을 구해 낼 수 있었던 선례들 말이야. 이같은 선례가 예전에 자신의 종에서 보수적이고 보존을 중시하는 자로서, 아니면 오히려 괴짜나 혁명가로서 두드러진 활약을 했는지 우리는 몰라. 그들은 각오가 되어 있었고, 그 때문에 새로운 진화 단계로 넘어가면서 그들의 종을 구해 낼 수 있었어. 우리가 알고 있는 것은 그뿐이야. 그 때문에 우리는 각오하고 있으려는 거야."

이런 대화를 나눌 때 에바 부인도 가끔 함께 있을 때가 있었다. 하지만 부인 스스로는 이런 식의 대화에 끼지 않았다. 부인은 우리가 각자의 생각을 말할 때, 신뢰하고 한없이 이해하며 이야기를 경청하는 자이자 메아리였다. 마치 그런 생각이 모두 부인에게서 나와 부인에게로 돌아가는 것 같았다. 부인의 가까이에 앉아 이따금 그 목소리를 듣고, 그녀를 에워싸고 있는 성숙함과 영혼의 분위기에 동참하는 것이 내게는 행복이었다.

내 마음속에 어떤 변화가 생기고 의식이 탁해지거나, 어떤 쇄신이 발생하면 부인은 즉시 감지했다. 내가 잠을 자면서 꾸었던 꿈은 부인이 불어넣어 준 암시인 것만 같았다. 나는 가끔 부인에게 꿈 이야기를 했다. 그 꿈은 부인으로서는 잘 이해할 수 있는 당연한 것이었다. 부인은 아무리 이상한 일이라도 분명한 느낌으로 이해할 수 있었다. 나는 한동안 낮에 나누었던 우리의 대화를 그대로 복제한 것 같은 꿈을 꾸었다. 온 세계가 혼란에 빠지는 꿈과, 나 혼자 혹은 데미안과 함께 긴장하여 거대한 운명을 기다리는 꿈을 꾸기도 했다. 운명은 여전히 모습을 감추고 있었지만, 어딘지 에바 부인을 닮은 표정을 하고 있었다. 부인의 선택을 받거나 배척되는 것, 그것이 바로 운명이었다.

부인은 가끔 미소를 띠며 이렇게 말했다. "당신의 꿈은 완전하지 않아요, 싱클레어. 당신은 최상의 것을 잊어버렸어요." 그러자 다시 그 생각이 떠올랐고, 어떻게 그것을 잊을 수 있었는지 나는 이해할 수 없었다.

때때로 나는 불만스러웠고, 욕구에 시달리기도 했다. 부인을 포옹하지 못하고 곁에서 바라만 보는 것을 더는 견딜 수 없다는 생각이 들었던 것이다. 언젠가 며칠 동안 그 집에 가지 않다가 심란한 마음에 다시 찾아가자, 부인은 나를 따로 불러 말했다.

"당신은 스스로 생각해도 실현 가능성이 없는 소망에 몰두해서는 안 돼요. 당신이 무엇을 바라는지 알고 있어요. 그런 소망을 포기할 수 있어야 해요. 아니면 온전하고 올바르게 소망할 수 있어야 해요. 당신이 마음속으로 그 성취를 완전히 확신할 정도로 소망한다면, 한 번은 이룰 수 있을 거예요. 그러나 당신은 소망하면서도 다시 후회하고 그러면서 두려워하기도 해요. 그 모든 것을 극복해야 해요. 동화를 하나 들려줄게요."

그러고서 부인은 별과 사랑에 빠진 한 청년 이야기를 해주었다. 그 청년은 바닷가에 서서 두 손을 뻗고 별을 숭배했으며, 별의 꿈을 꾸고 항상 별만 생각했다. 그러나 그는 인간이 별을 포옹할 수 없다는 것을 알고 있었거나 또는 알고 있다고 생각했다. 그는 실현되리라는 희망도 없이 별을 사랑하는 것을 자신의 운명이라고 여겼다. 그리고 그런 생각에서 자신을 교화하고 정화시켜 줄 말없는 진실한 고민과 체념에 관한 완전한 생生의 시 한 편을 지었다. 그러나 그의 꿈은 모두 별을 향해 있었다. 어느 날 밤 그는 다시 바닷가의 높은 벼랑 위에 서서 별을 쳐다보며 그 별에 대한 사랑에 불타고 있었다. 그리고 그리움이 극에 달한 순간 그는 별을 향해 풀쩍 뛰어올라 허공으로 몸을 던졌다. 그러나 뛰어오른 순간 번개처럼 어떤 생각이 뇌리를 스쳐 지나갔다. 도저히 불가능한 일이야! 그는 산산조각이 난 몸으로 해변에 쓰러졌다. 그는 사랑하는 법을 알지 못했던 것이다. 만약 그가 뛰어오르는 순간 굳고 확실하게 실현될 거라고 믿는 정신력을 지녔더라면, 그는 하늘로 날아 올라가 별과 하나가 되었을지도 모른다.

"사랑이란 간청해서 되는 게 아니에요." 부인은 말했다 "요구해서도 안 되고요. 사랑은 자신의 내면에서 확신에 이르는 힘을 지녀야 해요. 그러면 그것은 더 이상 끌려가는 것이 아니라 끌어당기는 것이지요. 싱클레어, 당신의 사랑은 나에 의해 끌리고 있어요. 언젠가 당신의 사랑이 나를 끌어당기면 나는 가겠어요. 나는 거저 주고 싶지는 않아요. 나는 획득되고 싶은 거예요."

다음번에 부인은 다른 이야기를 해주었다. 실현 가능성 없는 사랑에 빠진 남자가 있었다. 그는 완전히 자신의 영혼 속에 틀어박혀 사랑에 불타 버릴 것 같았다. 그에게서는 세상이 사라져 버렸고, 푸른 하늘도 초록색 숲도 더는 보이지 않았다. 시냇물 소리도 들리지 않았고, 하프 소리도 울리지 않았다. 모든 것이 사라져 버렸고, 그는 가엾고 비참해졌다. 그러나 그의 사랑은 커져만 갔다. 그는 사랑하는 아름다운 여인을 소유하는 것을 단념하느니 차라리 죽어 버리거나 타락해 버리고 싶었다. 그때 그는 자신의 사랑이 마음속의 다른 모든 것을 불태워 버렸음을 깨달았다. 그래서 그 사랑은 더 강력해져서 끌어당기고 또 끌어당기는 바람에 아름다운 여인은 따라오지 않을 수 없었다. 마침내 그녀가 왔다. 그는 그녀를 자기에게로 끌어당기기 위해 두 팔을 벌리고 섰다. 그러나 그녀가 그의 앞에 와 섰을 때 그녀의 모습은 완전히 변했다. 그는 잃어버렸던 세계 전체를 자신에게로 끌어당겼다는 것을 알고 전율을 느꼈다. 그 세계는 그의 앞에 서서 그에게 자신을 바쳤다. 하늘과 숲과 시냇물, 그 모든 것들이 새로운 색으로, 신선하고 근사하게 그를 향해 다가와 그의 것이 되었고 그의 언어로 말했다. 그래서 그는 단순히 한 여자를 얻는 데 그치지 않고 온 세계를 마음속에 소유하게 되었다. 하늘의 모든 별이 그의 내면에서 불타올랐고, 그의 영혼을 통해 기쁨의 빛을 반짝였다. 그는 사랑을 했고, 그러면서 자기 자신을 발견했다. 그러나 대부분의 사람들은 자신을 잃어버리기 위해 사랑을 했다.

에바 부인에 대한 나의 사랑이 내 삶의 유일한 내용인 것 같았다. 그러나 부인은 날마다 다른 모습으로 보였다. 때로, 나의 본질이 이끌어 가려고 애쓰는 대상은 그 부인이라는 인물이 아니라는 생각이 들었다. 부인은 내 내면의 한 상징에 불과하며, 나를 나 자신 속으로 더 깊이 끌고 들어가려 할 뿐이라는 확신이 들었다. 가끔 부인으로부터 듣는 말이, 내 마음을 움직이는 절실한 질문에 대한 내 무의식의 대답처럼 들릴 때가 있었다. 그리고 어떤 순간에 나는 그 부인 곁에서 관능적인 욕구에 불타면서 그녀가 손댔던 물건에 입을 맞추곤 했다. 그리고 점차 관능적인 사랑과 관능과는 거리를 둔 사랑이, 현실과 상징이 서로 겹쳐졌다. 그다음에 나는 내 방에 조용히 앉아 진심으로 부인을 생각했고, 그럴 때면 부인의 손이 내 손에, 부인의 입술이 내 입술에 닿는 느낌을 받기도 했다. 또한 내가 부인 곁에서 그녀의 얼굴을 바라보며 대화를 나누고 목소리를 들으면서도, 부인이 실제로 옆에 있는 것인지, 혹시 꿈은 아닌지 분간이 안 될 때도 있었다. 나는 어떻게 하면 사랑을 지속적인 불멸의 것으로 소유할 수 있는지 어렴풋이 느끼기 시작했다. 어떤 책을 읽다가 만난 새로운 인식이었는데, 마치 에바 부인의 입맞춤과 같은 느낌이었다. 부인은 내 머리를 쓰다듬어 주고, 성숙하고 향내 나는 온기를 미소로 보내 주었다. 그럴 때 나는 마치 나 자신의 내면에서 어떤 성과를 거둔 듯한 기분이었다. 내게 중요하고 운명적이었던 모든 것은 부인의 모습을 띨 수 있었다. 부인의 모습은 나의 모든 생각으로 변할 수 있었고, 나의 모든 생각은 부인의 모습으로 변할 수 있었다.

나는 부모님 집에서 성탄절 휴가를 보내야 한다는 게 두려웠다. 2주 동안이나 에바 부인과 떨어져 지내야 하다니, 분명 고통스러울 것이라고 생각했기 때문이다. 그러나 예상보다 고통스럽지 않았다. 집에서 부인 생각을 하는 것도 괜찮았다. 나는 H시로 돌아온 후에도 이틀 동안 그녀의 집에 가지 않았다. 관능적인 부인의 존재로부터 안정감과 해방감을 즐기기 위해서였다. 또한 나는 부인과의 결합이 새로운 비유적인 방식으로 완수되는 꿈을 꾸기도 했다. 부인은 바다였고, 나는 강물처럼 그 바다로 흘러들었다. 부인은 하나의 별이었고, 나 자신도 하나의 별이 되어 부인에게 가는 중이었다. 그리고 우리는 서로 만났고, 서로에게 이끌렸다. 우리는 함께 머물렀고, 가까이에서 소리를 울리는 원을 그리며 영원히 행복하게 서로의 주위를 맴돌았다.

다시 부인을 찾아갔을 때 나는 그 꿈 이야기를 들려주었다.

"아름다운 꿈이군요." 부인은 조용히 말했다. "그 꿈을 실현하도록 하세요."

초봄의 어느 날, 결코 잊을 수 없는 일을 목격했다. 나는 홀 안으로 들어갔다. 창문은 열려 있었고, 바람이 부드럽게 불어와 히아신스의 짙은 향기가 방 안에 진동했다. 아무도 눈에 띄지 않았기에 나는 계단을 올라가 막스 데미안의 서재로 들어갔다. 가볍게 문을 두드리고 항상 그랬던 대로 대답을 기다리지 않고 방 안으로 들어갔다.

방은 어두웠고, 커튼이 모두 드리워 있었다. 막스가 화학 실험실로 마련해 놓은 조그만 옆방으로 통하는 문이 열려 있었다. 거기에서부터 밝고 하얀 봄 햇살이 비구름을 뚫고 비쳐들었다. 나는 그곳에 아무도 없다고 생각하고 한쪽 커튼을 열어젖혔다.

그때 나는 커튼이 드리운 창문 곁에 있는 의자에 막스 데미안이 이상하게 변한 모습으로 웅크린 채 앉아 있는 것을 보았다. 언젠가 이미 그런 모습을 본 적이 있었지! 하는 생각이 번개처럼 스쳐 지나갔다. 그는 꼼짝 않고 두 팔을 늘어뜨리고, 두 손은 무릎에 얹고 있었다. 눈을 크게 뜨고 약간 앞으로 숙인 얼굴은 초점을 잃고 생기가 없었다. 번쩍거리는 작은 반사광에 의해 그의 눈동자는 마치 한 개의 유리 조각처럼 반짝였다. 깊은 생각에 잠긴 창백한 얼굴에는, 섬뜩한 기분이 드는 응시의 표정만이 떠올라 있었다. 마치 신전의 현관에 있는 태곳적 짐승의 가면처럼 보였다. 그는 숨도 쉬지 않는 것 같았다.

나는 옛 기억을 떠올리고 전율했다. 수년 전 내가 아직 소년이었을 때 그런 모습, 꼭 그런 모습을 한 번 본 적이 있었다. 두 눈은 그렇게 내면을 응시하고 있었고, 그때도 두 손은 이렇게 생기 없이 가지런히 놓여 있었으며, 파리 한 마리가 그의 얼굴 위를 맴돌고 있었다. 그리고 한 6년 전쯤에도 바로 지금처럼 나이가 들고, 시간을 초월한 듯 보였으며, 얼굴의 주름 하나도 오늘과 다르지 않았다.

나는 두려움에 사로잡힌 채 가만히 방에서 나와 층계를 내려왔다. 홀에서 에바 부인을 만났다. 부인은 창백했고 지쳐 보였다. 부인의 그런 모습은 처음이었다. 그림자 하나가 창문을 스쳐 지나갔고, 눈부시게 하얀 햇살은 갑자기 사라져 버렸다.

"막스한테 갔었어요." 나는 재빨리 속삭이듯 말했다. "무슨 일이 있었나요? 막스가 사는 건지 생각에 깊이 잠겨 있는 것인지는 모르겠어요. 전에도 언젠가 그런 모습을 본 적이 있어요."

"그 애를 깨우지는 않았지요?" 부인은 다급히 물었다.

"네. 그는 제가 방에 들어간 것도 몰랐어요. 저는 얼른 다시 나왔고요. 에바 부인, 막스에게 무슨 일이 일어났는지 말씀해 주시겠어요?"

부인은 손등으로 이마를 쓰다듬었다.

"안심해요, 싱클레어. 어떤 일도 일어나지 않아요. 깊은 생각에
잠겨 있는 거예요. 오래 걸리지는 않을 거예요."

방금 비가 내리기 시작했는데도 부인은 자리에서 일어나 정원
으로 나갔다. 같이 가서는 안 될 것 같은 느낌이 들었다. 그래서
나는 홀 안을 이리저리 거닐며 히아신스의 강렬한 향기를 맡기
도 하고, 문 위에 걸린 나의 새 그림을 쳐다보기도 했다. 그러면
서 오늘 아침 이 집을 가득 채우고 있는 이상하고 어두운 그림자
를 가슴 졸이며 느꼈다. 무슨 일일까? 무슨 일이 일어났을까?

에바 부인은 곧 돌아왔다. 부인의 검은 머리에 빗방울이 맺혀
있었다. 부인은 자신의 안락의자에 가서 앉았다. 부인은 피곤한
기색이 완연했다. 나는 부인 곁으로 다가가 부인의 몸 위에 고개
를 숙이고, 물방울에 입을 맞추어 머리에서 떼어냈다. 부인의 두
눈은 밝고 고요했다. 그런데 물방울은 눈물 같은 맛이 났다.

"막스를 살펴 보고 올까요?" 나는 속삭이듯 물었다.

부인은 힘없이 미소를 지어 보였다.

"어린아이 같은 짓 하지 말아요, 싱클레어!" 부인은 마치 자신
을 옭아매는 마력을 깨뜨리기 위해 그러는 것처럼 큰 소리로 주
의를 주었다. "지금 밖으로 나갔다가 나중에 다시 오세요. 지금
은 당신과 같이 이야기할 수 없어요."

나는 그 집에서 나와 집과 도시를 뒤로 하고 산을 향해 달렸

다. 비스듬히 내리는 가랑비가 내게 떨어졌고, 구름은 무거운 압력을 받아 겁에 질린 듯 낮게 흘러갔다. 아래쪽은 거의 바람 한 점 불지 않았지만, 높은 곳은 폭풍이 몰아치는 것 같았다. 햇살이 일순간 강철처럼 단단해 보이는 잿빛 구름을 뚫고 여러 차례, 흐릿하면서도 눈부시게 비쳐 나왔다.

그때 하늘 저쪽으로 느슨하게 풀린 황색 구름이 흘러갔다. 그 구름은 잿빛 벽에 막혀 멈추더니, 몇 분 지나지 않아 황색 구름과 푸른색 하늘로 하나의 형상을 만들었다. 거대한 새의 모습이었다. 그 새는 푸른색의 혼돈을 헤치고 나와 훨훨 날갯짓하며 하늘 속으로 사라져 버렸다. 그러고 나서 폭풍우 소리가 들려왔고, 비가 우박에 뒤섞여 후두두 소리를 내며 쏟아졌다. 짧지만 요란하고 끔찍한 소리를 내는 천둥이 비가 쏟아지는 풍경 위로 둔중하게 울려 퍼졌다. 그런 후에 다시 한줄기 햇살이 새어 나왔고, 갈색 숲 너머 가까운 산 위에서 반짝이는 창백한 눈은 흐릿하고 비현실적으로 보였다.

비에 젖고 바람에 날리며 몇 시간 뒤에 돌아왔을 때는 데미안이 직접 대문을 열어주었다.

그는 나를 자기 방으로 데리고 올라갔다. 실험실에는 가스불이 타고 있고, 종이가 사방에 흩어져 있었다. 그는 작업을 했던 것 같았다.

"앉지그래." 그는 자리를 권했다. "피곤하겠다. 매우 고약한 날씨야. 밖에서 호되게 비바람을 맞은 모양이구나. 곧 차를 가져올 거야."

"오늘 무슨 일이 있었어?" 나는 망설이며 말을 시작했다. "단순한 비바람은 아닌 것 같았어."

그는 나를 살피듯이 쳐다보았다.

"무엇을 보았는데 그러지?"

"그래, 잠시였지만, 구름 속에서 분명히 한 형상을 보았어."

"무슨 형상 말이야?"

"새의 형상이었어."

"매였어? 그 새였어? 너의 꿈속의 새라고?"

"그래, 그건 나의 매였어. 황색의 거대한 새였는데 검푸른 하늘 속으로 날아가 버렸어."

데미안은 깊은 안도의 한숨을 내쉬었다.

그때 문을 두드리는 소리가 났다. 늙은 하녀가 차를 가져왔다.

"어서 마셔, 싱클레어. 네가 그 새를 본 건 우연이 아닌 것 같은데?"

"우연? 그런 것을 우연히 볼 수 있을까?"

"좋아, 그럴 수 없지. 그건 어떤 의미가 있는 거지. 무엇인지 알겠어?"

"아니. 일종의 충격, 운명 속에서의 한 걸음이라는 것만은 느낄 수 있었어. 그것은 우리 모두와 관계가 있는 것 같아."

그는 급하게 이리저리 오갔다.

"운명 속에서의 한 걸음이라고!" 그는 큰 소리로 외쳤다. "나도 간밤에 똑같은 꿈을 꾸었어. 어머니도 어제 예감하고 계셨는데, 역시 같은 것이었어. 나는 사다리를 타고 나무 줄기이거나 탑 같은 곳에 올라가는 꿈을 꾸었어. 위에 올라가자 커다란 평원이었던 나라 전체가 도시와 마을과 함께 불타고 있는 게 보였어. 아직 모든 것을 다 이야기해 줄 수는 없어. 모든 것을 전부 다 분명히 알고 있는 것은 아니거든."

"넌 그 꿈을 너 자신과 연관지어 해석하는 거야?" 나는 물어보았다.

"자신과 연관시킨다고? 물론이지. 자기와 무관한 꿈을 꾸는 사람은 없어. 그러나 그 꿈은 나 혼자에게만 관련된 게 아니야. 그점에서 네 말이 옳아. 난 자신의 영혼 속의 움직임을 알려 주는 꿈과, 매우 드물지만 온 인류의 운명이 암시되는 다른 꿈을 꽤 정확히 구분할 수 있어. 그런 꿈을 꾼 경우는 드물었어. 예언의 성격을 띠었고, 실현되었다고 말할 수 있는 꿈은 한 번도 꾼 적이 없었어. 해석이 너무 애매하겠지. 그러나 나는 그 꿈이 나 혼자에게만 관련되지 않았다는 사실은 분명히 알고 있어. 다시 말해 그 꿈은 내가 꾸었고, 또 계속되고 있는 예전의 다른 꿈에 속한 거야. 싱클레어, 이 꿈은 내가 이미 네게 말했던 거야. 예감을 얻게 만드는 꿈이라고. 우리는 우리 세계가 정말 썩었다는 것을 알고 있어. 하지만 그것으로 아직 몰락이나 그 비슷한 것을 예언할 근거는 되지 못할 거야. 그러나 나는 몇 년 전부터 꿈을 꾸어왔는데, 그 꿈에서 결론을 내리자면, 또는 네가 원하는 대로 말해도 좋지만, 어쨌든 나는 구세계의 붕괴가 임박했다는 것을 느끼고 있어. 처음에는 아주 미약하고 희미한 예감이었지만, 점점 분명해지고 강렬해졌어. 내가 알고 있는 사실은 나 자신과도 관련된 크고 무서운 무언가가 다가오고 있다는 것뿐이야. 싱클레어, 우린 우리가 가끔 이야기했던 것을 체험하게 될 거야! 세계는 스스로를 쇄신하려 하고 있어. 죽음의 냄새가 나고 있어. 새로운 것이 오려면 죽음이 따르기 마련이지. 그것은 내가 생각했던 것 이상으로 끔찍한 일이야."

나는 깜짝 놀라서 그를 응시했다.

"네 꿈의 나머지 부분을 이야기해 줄 수 없겠어?" 나는 수줍게 부탁했다.

그는 고개를 가로저었다.

"안 돼."

문이 열리고 에바 부인이 들어왔다.

"여기에 같이 있구나! 얘들아, 너희들 슬퍼하고 있는 것은 아니겠지?"

부인은 생기가 돌았고 이젠 전혀 피곤해 보이지 않았다. 데미안은 부인에게 미소를 지어 보였다. 부인은 겁먹은 아이에게 다가가는 어머니처럼 우리에게 다가왔다.

"우리는 슬퍼하지 않아요, 어머니. 우리는 다만 이 새로운 표지의 수수께끼를 조금 풀어 보았어요. 하지만 그건 전혀 중요하지 않은 문제예요. 어차피 올 것은 급작스레 올 것이고, 그러면 우리가 알아야 할 필요가 있는 것을 경험하게 되겠지요."

　그러나 나는 별로 기분이 좋지 않았다. 그래서 그들과 작별하고 혼자 홀을 지나갈 때, 향기롭던 히아신스 냄새는 시들고 김빠져 송장 냄새처럼 느껴졌다. 우리들 머리 위에 어두운 그림자가 드리웠던 것이다.

8. 종말의 시작

　나는 여름 학기에도 H시에 머무르려고 했던 의지를 관철했다. 우리는 집에 있는 대신 이제는 거의 언제나 강가에 있는 정원에 있었다. 격투에서 형편없이 패배한 일본인은 떠났고, 톨스토이 추종자도 사라지고 없었다. 데미안은 승마에 재미를 붙여 날마다 꾸준히 말을 타고 돌아다녔다. 나는 가끔 그의 어머니와 둘이서만 있었다.

　때때로 나는 내 삶이 평화로운 데 대해 의아한 기분이 들기도 했다. 워낙 오랫동안 홀로 지내는 것, 포기하기, 고통과 힘겹게 맞붙어 싸우는 데 익숙해져서 H시에서 지낸 몇 달간이 꿈속의 섬처럼 생각되었다. 그곳에서 나는 편안하게 마법에 걸린 듯 오직 아름답고 유쾌한 일과 행복한 감정 속에서만 살아갈 수 있었다.

나는 그것이 우리가 생각했던, 보다 새롭고 고양된 공동체의 전조임을 예감했다. 그런데 이런 상태가 오래 지속될 수 없다는 것을 잘 알고 있었기에, 그런 행복을 누리면서도 때때로 깊은 슬픔에 사로잡히기도 했다. 나는 풍요롭고 안락한 생활을 하도록 태어난 사람이 아니었고, 내겐 고통과 역경이 필요했다. 어느 날 나는 이런 아름다운 사랑의 영상에서 깨어나, 고독과 투쟁만 있을 뿐 평화도 공존도 없는 타인들의 차디찬 세계에서, 다시 홀로, 완전히 홀로 지내게 되리라는 예감을 느꼈다.

그래서 나는 여전히 아름답고 고요한 내 운명에 기뻐하며, 갑절의 애정을 품고 에바 부인의 곁을 떠나지 않았다.

몇 주의 여름은 금방 지나갔고, 학기는 이미 끝나 가고 있었다. 이별이 눈앞에 와 있었다. 나는 그런 사실을 생각해서는 안 되었고 또 생각하지도 않았으며, 꿀이 든 꽃에 매달린 나비처럼 아름다운 나날에 매달려 있었다. 그런데 그때는 나의 행복한 시절이었고, 내 인생에서 이룬 최초의 성취이자 처음으로 가입한 동맹이었다. 그다음에는 무슨 일이 닥칠까? 어쩌면 나는 또다시 나 자신과 싸워서 혈로를 뚫고 나가고, 그리워하며 고통받고, 꿈을 꾸고, 홀로 남게 될지도 모른다.

그렇게 지나가던 어느 날, 나는 그러한 예감에 너무나 강렬히 사로잡혔고, 에바 부인에 대한 사랑이 갑자기 고통스러울 만큼 불타올랐다. 맙소사, 그러면 즉시 나는 부인을 더 이상 보지 못할 것이다. 부인이 또박또박 부드럽게 걸으며 집 안을 거니는 소리를 다시는 듣지 못할 것이고, 내 책상 위에서 부인의 꽃을 보지 못하게 되리라. 그런데 나는 무엇을 이루었단 말인가? 부인을 얻는 대신, 부인을 소유하기 위해 싸우고 그녀를 영원히 내 곁으로 끌어오는 대신, 꿈을 꾸고 요람 속에 안락하게 누워 있을 뿐이었다. 일찍이 부인이 내게 진정한 사랑에 대해 말했던 모든 것, 자주 입에 올렸던 다정한 경고의 말, 그 많은 조용한 유혹과 약속이 떠올랐다. 그런 것으로 나는 무엇을 이루었는가? 아무것도! 아무것도 이루지 못했다!

나는 방 한가운데에 서서 온 의식을 집중시키고 에바 부인을 생각했다. 부인이 내 사랑을 느끼게 하고, 그녀를 내게로 끌어당기기 위해 정신력을 한데 모으려고 했다. 부인은 내게로 와서 나의 포옹을 열망해야 했다. 나의 입맞춤은 만족할 줄 모르고 부인의 성숙한 사랑의 입술을 헤집어 놓아야만 했다.

나는 긴장해서 손가락과 발이 차가워질 때까지 서 있었다. 힘이 빠져 나가는 게 느껴졌다. 잠깐 동안 환하고 서늘한 무언가가 내 안에서 굳고 단단하게 응결되었다. 나는 그 순간 내 가슴속에 수정 하나가 돋아난 것 같았다. 그리고 그것이 나의 자아라는 사실을 알았다. 냉기가 가슴까지 차올랐다.

끔찍한 긴장에서 깨어났을 때 무언가가 다가오는 느낌이 들었다. 나는 죽을 듯 기진맥진했으나, 에바가 황홀히 불타오르며 방안으로 들어오는 모습을 바라볼 준비는 되어 있었다.

그때 말발굽 소리가 긴 거리를 쿵쿵 두드리며 다가왔고, 요란하게 가까이서 들리다 갑자기 멈추었다. 창가로 달려갔다. 창밑에는 데미안이 말에서 내리고 있었다. 나는 달려 내려갔다.

"무슨 일이야, 데미안? 어머니에게 무슨 일이 생긴 건 아니겠지?"

그는 내 말을 듣지 않았다. 그는 몹시 창백했고 땀이 이마에서 양쪽 뺨 위로 흘러내리고 있었다. 그는 헐떡이는 말의 고삐를 정원 울타리에 매고 나서는 내 팔을 붙잡고 함께 거리로 내려갔다.

"벌써 소식 들었니?"

나는 아무것도 듣지 못했다.

데미안은 내 팔을 꼭 쥔 채 어둡고 연민에 찬 이상한 눈길을 보내며 내 쪽으로 얼굴을 돌렸다.

"그래, 이봐, 이제 시작된 거야. 러시아와 긴장이 고조되었다는 사실은 너도 알고 있었지……."

"뭐라고? 전쟁이 일어났다고? 생각도 못했던 일인데."

그는 우리 가까이에 아무도 없는데도 나직이 말했다.

"아직 선전포고를 하지는 않았어. 그러나 전쟁이 일어난 거야. 내 말을 믿어 줘. 나는 지금까지 이 문제로 너를 성가시게 하지는 않았어. 그러나 나는 그때부터 세 번이나 새로운 징후를 보았어. 그러니까 세계가 몰락하거나 지진이 나거나 혁명이 일어나는 게 아니야. 전쟁이야. 바로 전쟁이 일어나는 거야. 너는 일이 어떻게 진행되는지 목격하게 될 거야! 사람들은 그걸 희열로 받아들일 거야. 벌써 지금도 다들 한판 벌어지기를 고대하고 있지. 그들에게는 삶이 그렇게 무미건조해진 거야. 하지만, 싱클레어, 이건 단지 시작에 불과하다는 사실을 넌 알게 될 거야. 어쩌면 큰 전쟁, 대단히 큰 전쟁이 벌어질지도 몰라. 하지만 그것도 단지 시작에 불과해. 새로운 것이 시작되고 있어. 그런데 그 새로운 것은 옛것에 매달리는 사람들에게는 깜짝 놀랄 일이 될 거야. 넌 어떻게 할 거야?"

나는 당혹스러웠다. 그 모든 말이 내게는 아직 낯설고 황당무계했다.

"잘 모르겠어, 그런데 넌?"

그는 어깨를 으쓱했다.

"동원령이 내리면 군에 입대해야 해. 난 대위거든."

"네가? 전혀 몰랐는데."

"그래, 그건 내가 적응한 형식들 중 하나였어. 너도 알다시피 난 외부의 눈에 띄는 것을 좋아하지 않아. 그리고 늘 올바른 모습을 보이기 위해 지나치게 많은 일을 해왔지. 일주일 후면 나는 이미 전쟁터에 나가 있을 거야……."

"설마, 그런 일이."

"자, 이봐, 일을 감상적으로 파악해서는 안 돼. 살아 있는 사람을 향해 사격 명령을 내리는 건 결코 즐겁지 않을 거야. 그러나 그건 부차적인 문제이지. 이제 우리 모두는 커다란 수레바퀴 밑에 휩쓸려 들어가고 말 거야. 너도 마찬가지야. 너도 틀림없이 군에 징집될 거야."

"그럼 너의 어머니는, 데미안?"

그제야 비로소 나는 15분 전에 있었던 일을 다시 생각해 냈다. 세상이 얼마나 변해 버렸는가! 나는 더없이 감미로운 영상을 불러내기 위해 온 힘을 한데 모았다. 그런데 이제 운명은 갑자기 위협하듯 섬뜩한 가면을 쓰고 나를 새로이 노려보고 있었다.

"우리 어머니 말이야? 아, 어머니 걱정은 전혀 할 필요가 없어. 어머니는 안전하셔. 지금 이 세상의 어느 누구보다도 더 안전하시지. 너는 어머니를 그토록 사랑하는 거니?"

"데미안, 너도 알고 있었어?" 그는 거리낌 없이 밝게 웃었다.

"어린 꼬마야! 물론 알고 있었지. 우리 어머니를 사랑하지 않으면서 에바 부인이라고 부른 사람은 아무도 없었어. 그건 그렇고, 어떻게 된 거지? 네가 오늘 어머니나 나를 부른 거지, 안 그래?"

"그래, 불렀어. 에바 부인을 불렀어."

"어머니는 그것을 느끼셨어. 어머니가 갑자기 너한테 가봐야 한다고 나를 보내셨어. 난 어머니에게 막 러시아 소식을 이야기하려던 참이었어."

우리는 돌아섰고, 더 이상 별다른 말을 하지 않았다. 그는 울타리에 매어 둔 고삐를 풀고 말에 올라탔다.

위층의 내 방에 올라와서야 비로소 나는 데미안이 전한 소식과, 그보다 더 조금 전에 긴장한 일 때문에 나 자신이 얼마나 지쳐 있는지 느낄 수 있었다. 하지만 에바 부인은 내가 부르는 소리를 들었던 것이다! 나는 내 마음속의 생각만으로 부인과 연락이

닿았던 것이다. 부인이 직접 왔더라면 좋았을 텐데. 그렇지 않더라도 이 모든 일은 얼마나 이상하고, 근본적으로 얼마나 아름다운가! 이제 전쟁이 일어날 예정이다. 우리가 이미 몇 번이고 이야기했던 그 일이 이제 시작될 것이다. 그리고 데미안은 그에 대해 이미 많은 것을 알고 있었다. 이제 더 이상 세계의 흐름이 그 어디선가 우리 곁을 스쳐 지나가지 않고, 지금 갑자기 우리의 가슴 한가운데를 뚫고 지나간다. 모험과 모진 운명이 우리를 부르고, 지금 아니면 머지않아 이 세계가 스스로 변화하려 하며 우리를 필요로 하는 순간이 온다는 것은 얼마나 이상한 일인가. 데미안의 말이 옳았다. 그 문제는 감상적으로 생각할 일이 아니었다. 그런데 내가 그처럼 고독했던 '운명'을 그처럼 많은 사람들과, 아니 온 세계와 공동으로 체험하게 된다는 사실만은 주목할 만했다. 아무튼 좋다!

나는 각오가 되어 있었다. 저녁에 시내를 다녀 보니 거리 곳곳이 흥분으로 크게 들끓고 있었다. 사방에서 '전쟁'이라는 말이 들려왔다!

나는 에바 부인 댁으로 갔다. 우리는 정원의 작은 정자에서 저녁을 먹었다. 내가 그 집의 유일한 손님이었다. 전쟁에 대해서는 다들 한마디도 하지 않았다. 다만 밤늦게 내가 떠나기 직전에 에바 부인이 이렇게 말했을 뿐이었다. "사랑하는 싱클레어, 오늘 나를 불렀지요. 왜 내가 직접 가지 않았는지 알 거예요. 그러나 이제 당신은 부르는 법을 안다는 사실을 잊지 마세요. 그러니 표지를 지닌 누군가가 필요하거든 언제든지 다시 부르세요!"

부인은 몸을 일으켜 어스름한 어둠에 쌓인 뜰을 뚫고 앞장서 갔다. 신비스러운 부인은 고요한 나무들 사이를 당당하고 기품 있게 걸어갔다. 부인의 머리 위에서는 수많은 작은 별들이 사랑스럽게 빛나고 있었다.

내 이야기는 끝을 향해 가고 있다. 사태는 빠른 속도로 진행되었다. 곧 전쟁이 일어났다. 데미안은 군복에 은회색 외투를 걸치고 놀라울 만큼 낯선 모습으로 떠나 갔다. 나는 그의 어머니를 집에 바래다주었다. 나도 곧 그녀와 작별했다. 그녀는 내 입술에 입을 맞췄고, 잠시 나를 가슴에 끌어안았다. 부인의 큰 두 눈이 가까이에서 내 눈으로 뚜렷하게 타들어 왔다.

마치 모든 사람이 형제가 된 것 같았다. 그들은 조국과 명예를 말하고 있었다. 그러나 그들 모두는 한순간 운명의 가리지 않은 얼굴을 들여다본 것이었다. 젊은 남자들은 병영에서 나와 기차에 올라탔다. 그리고 수많은 얼굴에서 나는 표지를 — 그것은 우리의 표지가 아니었다 — 사랑과 죽음을 의미하는 아름답고 품위 있는 표지를 보았다. 나 역시 한 번도 본 적이 없는 사람들의 포옹을 받았다. 나는 그런 사정을 이해했고 기꺼이 그런 행동에 응했다. 그들의 그런 행동은 일종의 도취일 뿐 운명의 의지는 아니었다. 그러나 그러한 도취는 신성했다. 모두가 그처럼 잠시 흔들어 깨우는 시선으로 운명의 눈을 들여다보았기 때문이었다.

내가 전쟁터로 갔을 때는 이미 겨울이 다가오고 있었다.

처음에는 총격전에 감동받기도 했지만 곧 모든 것에 실망했다. 예전에는 곰곰이 많은 생각을 해보았다. 한 인간이 이상을 위해 살아갈 수 있는 일이 왜 이리도 극히 드문 것인지에 대해서. 그런데 지금 나는 많은 사람, 아니 모든 사람이 이상을 위해 죽을 수 있다는 걸 알게 되었다. 다만 그것은 개인적으로 자유롭게 선택한 이상일 수 없었고, 공동으로 떠맡은 이상일 뿐이었다.

그러나 시간이 흐르면서 나는 나 자신이 인간을 과소평가했음을 알았다. 그들이 군 복무와 공동의 위험으로 획일화되기는 했지만, 나는 살아 있는 사람이든 죽어가는 사람이든 많은 사람들은 운명의 의지로 의연하게 접근하는 광경을 보았기 때문이다. 많은 사람들, 매우 많은 사람들이 공격할 때뿐만 아니라 어느 때나 확고한 표정으로 먼 곳을 바라보며 약간 홀린 듯한 눈빛을 하고 있었다. 목적에 대해 아무것도 모르면서, 무시무시한 무언가에 완전히 빠져 있음을 의미하는 눈빛이었다. 이런 사람들은 항상 자신들이 원하는 그대로 믿고 생각하는 자들이긴 하지만 ─ 그들은 각오하고 있었고, 쓸모 있었으며, 그들에게서 미래가 형성될지도 모를 일이었다. 그리고 이 세계가 전쟁과 영웅심에, 명예나 그 밖의 낡은 이상에 완강히 초점을 맞추고 있는 것처럼 보일수록, 표면상으로 인간성을 외치는 각각의 목소리가 좀 더 아득하고 황당무계하게 들릴수록, 그 모든 것은 전쟁의 외적이고 정치적인 목적에 대한 질문이 그렇듯이 단지 피상적인 것에 불과했다. 심연 속에서는 무언가가, 새로운 인간성과 같은 무언가가 생성되고 있었다. 왜냐하면 나는 많은 사람들을 볼 수 있었고, 그들 중의 많은 사람들이 내 곁에서 죽어갔기 때문이다. 그들에겐 미움과 분노, 살육과 파괴가 대상들과 결부되어 있지 않다는 깨달음을 얻을 수 있었다. 그렇다, 목표와 마찬가지로 그 대상도 완전히 우연한 것이었다. 원래의 감정은 아무리 무자비한 것이라 해도 적을 향한 것이 아니었다. 그들의 피비린내 나는 행위는 그저 내면의 방사, 내면에서 분열된 영혼의 방사일 뿐이었다. 그 영혼은 새로 태어나고자 광분하고, 죽이고, 파괴하려 했다. 거대한 새가 알을 깨고 나오려고 싸우고 있었다. 그 알은 세계였고, 그 세계는 산산조각이 나야 했다.

어느 이른 봄날 밤, 나는 우리가 점령한 농가 앞에서 보초를 서고 있었다. 희미한 바람이 변덕스럽게 불어왔고, 플랑드르 지방의 높은 하늘 위로 구름 떼가 몰려가고 있었다. 그 구름 뒤 어디엔가 달이 떠 있으리라는 예감이 들었다. 나는 이미 온종일 불안했고, 알 수 없는 근심에 마음이 어지러웠다. 지금 나는 어두운 초소에서 지금까지 살아온 내 삶의 영상들, 에바 부인과 데미안을 진실한 마음으로 생각해 보았다. 나는 미루나무에 몸을 기대고 요동치는 하늘을 응시했다. 은밀하게 경련을 일으키는 밝은 하늘은 이내 일련의 커다란 형상으로 변해 솟아올랐다. 맥박이 이상하게 가냘프게 뛰고, 피부가 바람과 비에 무감각해지며, 내면이 번쩍이며 깨어나고 있었다. 내 주위에 인도자가 있음을 알리는 증거였다.

구름 속에 대도시가 보였다. 거기서 수백만의 사람이 쏟아져 나와 광활한 지역으로 떼 지어 퍼져 나갔다. 그들의 한가운데에 강력한 신의 형상이 나타났다. 머리에는 반짝이는 별을 달고, 산맥처럼 거대하며, 에바 부인의 모습을 지닌 형상이었다. 인간의 대열은 거대한 동굴 속으로 들어가듯 그 형상 속으로 들어가더니 사라져 갔다. 그 여신은 땅바닥에 웅크리고 앉아 있었고, 이마의 표지는 환히 빛나고 있었다. 여신은 어떤 꿈에 지배당하는 듯했다. 여신은 두 눈을 감았다. 그러자 여신의 큰 얼굴이 고통으로 일그러졌다. 갑자기 여신은 날카로운 소리로 비명을 질렀다. 여신의 이마에서 별들이, 수천 개의 반짝이는 별들이 튀어나왔다. 별들은 반원으로 멋진 곡선을 그리며 어두운 하늘 위로 날아 올라갔다.

그 별들 중의 하나가 날카로운 소리를 내며 똑바로 나를 향해 날아와서, 나를 찾는 것 같았다. 그때 별은 우르릉 꽝 하는 굉음과 함께 수천 개의 불꽃으로 쪼개지면서 나를 위로 끌어올렸다가 다시 땅바닥으로 내동댕이쳤다. 천둥 치는 소리를 내면서 세계는 내 머리 위에서 붕괴했다.

나는 흙에 뒤덮이고 상처를 많이 입은 채 미루나무 근처에서 발견되었다.

나는 어느 지하실에 누워 있었다. 머리 위에서는 포탄 소리가 울렸다. 내가 누워 있는 수레가 텅 빈 들판을 덜커덩거리며 지나

232

갔다. 나는 대체로 잠을 잤거나 혹은 의식이 없는 상태였다. 그러나 깊이 자면 잘수록 무언가가 나를 끌어당기고, 나를 지배하는 어떤 힘을 따라가고 있음을 더욱 강하게 느꼈다.

나는 어느 외양간의 짚더미에 누워 있었다. 어두웠다. 누군가가 내 손을 밟았다. 그러나 나의 내면은 계속 나아가려 했고, 더욱 강하게 나를 끌어당겼다. 나는 다시 수레에 누워 있었고, 그 후에는 들것이나 사다리 위에 누워 있었다. 어디로 가라고 명령하는 그 느낌이 점점 강해졌고, 마침내 그곳에 가겠다는 충동 이외에는 아무것도 느끼지 못했다.

드디어 나는 목적지에 와 있었다. 때는 밤이었고, 나는 완전한 의식으로 돌아와 있었다. 지금 막 나는 속으로 강하게 끌리며 충동을 느끼고 있었다. 나는 이제 어느 홀의 바닥에 자리를 깔고 누워 있었다. 나를 부른 곳에 와 있다는 느낌이 들었다. 주위를 둘러보니 내 매트리스 바로 옆에 다른 매트리스가 놓여 있었고, 누군가가 그 위에 누워 있었다. 그 사람은 몸을 굽히고 나를 바라보았다. 이마에 표지가 있었다. 그는 바로 막스 데미안이었다.

나는 뭐라고 말을 할 수 없었다. 그 역시 말할 수 없었거나 말하려고 하지 않았다. 그는 다만 나를 바라보기만 할 뿐이었다. 그의 머리 위 벽에 걸린 등의 불빛이 그의 얼굴을 비춰 주었다. 그는 내게 미소를 지어 보였다.

한없이 오랜 시간 동안 그는 줄곧 내 눈을 들여다보았다. 그가 천천히 자기의 얼굴을 내게 가까이 가져와서, 급기야 우리의 몸이 거의 닿을 정도까지 되었다.

"싱클레어!" 그는 속삭이듯 말했다.

나는 눈으로 그의 말을 알아듣고 있다는 신호를 보냈다.

그는 마치 동정하는 듯한 표정으로 다시 미소를 지었다.

"어린 꼬마야!" 그는 미소를 띠며 말했다.

이제 그의 입은 내 입과 아주 가까이에 있었다. 그는 나직이 계속해서 말했다.

"프란츠 크로머 아직 기억나?"

나는 그에게 눈을 깜박였고, 또한 미소도 지을 수 있었다.

"어린 싱클레어, 내 말 잘 들어! 나는 떠날 거야. 너에게는 언젠가 또다시 내가 필요로 할지도 몰라. 크로머나 그 밖의 다른 문제로 말이야. 그때는 네가 나를 불러도 나는 더 이상 그렇게 간단히 말이나 기차를 타고 달려오지 못해. 그때는 네 자신의 내면의 소리를 들어야 해. 그러면 내가 너의 내면에 있다는 것을 깨닫게 될 거야. 내 말 알아듣겠어? 그리고 또 말할 게 있어! 에바 부인이 네가 언젠가 곤란한 상황에 처하면, 부인의 입맞춤을 전해 달라고 하더군. 부인은 그 입맞춤을 내게 함께 전해 주셨어……. 눈을 감아 줘, 싱클레어!"

나는 순순히 두 눈을 감았다. 입술 위에 가벼운 입맞춤이 느껴졌다. 결코 줄어들 것 같지 않은 피가 입술 위에서 조금씩 계속해서 흘러내렸다. 그러고 나서 나는 잠이 들었다.

다음 날 아침이 되자 누군가가 나를 깨웠다. 붕대를 감아야 했던 것이다. 마침내 완전히 잠에서 깨어나자 나는 얼른 옆 매트리스로 몸을 돌렸다. 거기엔 한 번도 본 적 없는 낯선 사람이 누워 있었다.

붕대를 감는 일은 고통스러웠다. 그때부터 내가 겪은 일은 모두 고통스러웠다. 그러나 이따금씩 열쇠를 발견해서 운명의 상이 잠들어 있는 컴컴한 거울 속의 나 자신 속으로 완전히 들어가게 되면, 그 시커먼 거울 위로 그냥 몸을 굽히기만 하면 되었다. 그러면 내 친구이자 인도자인 그, 이제 완전히 그와 닮은 나 자신의 모습이 보였다.

밝은 세계와 어두운 세계를 이해하고
자신의 길을 가는 싱클레어 이야기

헤르만 헤세는 제1차 세계대전 중에 여러 가지 변화를 겪고 새 출발을 하게 된다. 단지 정치적인 이유 말고도 개인적인 사정도 있었다. 헤세의 아들 마르틴은 병에 걸려 집을 떠나 있었고, 부친의 사망과 부인의 정신불안 증세 때문에 헤세 역시 심리분석 치료를 받아야만 했다. 이처럼 그가 위기에 처해 있던 1916년과 1917년 사이에 쓴 소설이 『데미안』이다. 1917년 가을, 헤세는 출판업자인 피셔에게 보낸 편지에 자신이 에밀 싱클레어라는 청년의 원고를 가지고 있는데, 중병에 걸려 시한부 생을 살고 있는 그 청년의 작품을 출판하도록 도와주고 싶다고 적었다. 그렇게 하여 발표된 그 작품은 1919년에 출판되자마자 괴테의 『젊은 베르터의 고뇌』에 버금가는 큰 파장을 일으키게 되었다. 그런데 『데미안』이 신인작가에게 수여하는 권위 있는 문학상인 폰타네 상의 수상작으로 결정되자, 헤세는 그것이 자신의 작품임을 밝히고 수상을 취소하기에 이른다. 그리하여 1920년 4판부터 『데미안』은 헤세의 이름으로 출판되었다. 집필 초기에는 우수에 찬 낭만적이고 유미적인 작품을 썼던 헤세가, 자기 내면의 기록인 『데미안』의 저자라는 사실에 많은 사람들은 놀라워했다. 작품의 주인공인 싱클레어의 이름은 독일의 작가 휠덜린이 정신병에 걸렸을 때 곁에서 그를 돌본 친구 이삭 폰 싱클레어에서 따온 것이다.

십대 청소년의 고통과 절망, 그것을 극복하는 내면의 치열한 과정을 그린 『데미안』은 그의 소설 『싯다르타』, 『황야의 늑대』와 함께 미국과 일본에서 헤세 붐을 일으키는 데 크게 기여했다. 이 세 작품은 융의 심리학과 관련이 있다는 공통점이 있다. 『데미안』은 출간 당시 독일에서 제1차 세계대전에 참전했던 군인들 사이에서 선풍적인 인기를 끌었다. 섬뜩할 정도로 시대의 정곡을 찌른 작품이었기 때문이다. 독일의 작가 토마스 만도 피셔 출판사에 편지를 보내 '무한한 감동과 기쁜 마음으로 『데미안』을 읽었다'라고 하면서 에밀 싱클레어라는 작가가 누구인지를 문의했다고 한다. 데미안이라는 이름은 내면에서 우러나오는 경고의 소리인 소크라테스적 다이모니온이기도 하고, 선악을 넘어선 초월적 존재인 데몬이기도 하다. 헤세가 이 작품에서 강조하는 것은 자기 내면의 악마와 싸우면서 자신의 길을 찾아가야 한다는 것이다.

『데미안』은 주인공인 에밀 싱클레어가 열 살 때부터 스무 살 무렵까지 겪는 내적 변화와 성장을 다루고 있다. 외적인 사건보다 내적인 감정에 더 초점을 맞춘 내용이다. 성장해 가는 동안 싱클레어는 좀 더 높고 가치 있는 삶에 이르는 유일한 힘든 길을 걷는다. 그렇게 자아를 인식하고 세상을 보는 눈이 변하면서 자아를 실현하게 된다. 이 작품은 세 단계로 나누어져 있다. 1-3장에서는 싱클레어가 데미안과 함께 고향에서 지내는 과정을 그리고, 4-6장에서는 싱클레어가 데미안과 헤어져 성 xx 시에서 기숙사학교에 다니는 과정을 다룬다. 7-8장에서는 싱클레어가 대학을 다니던 중 전쟁이 발발해 전쟁터로 나간다.

　제1단계인 1-3장에서 모범생인 싱클레어는 크로머로 대변되는 악의 세계를 경험하지만, 데미안의 보이지 않는 도움 덕택에 그 세계에서 탈출한다. 데미안이 그에게 말해 준 표지의 문제는 싱클레어가 인식과 회의, 비판을 시도하는 출발점이 된다. 제2단계인 4-6장에서 싱클레어는 부모의 세계를 떠나 삶의 의미를 성찰하고 자기 자신을 찾기 시작한다. 제3단계인 7-8장에서 그는 에바 부인을 만나고 전쟁을 겪음으로써 변모된 자신을 자각한다. 싱클레어는 부인의 인도를 빌며 독자적인 개성을 지닌 인간이 되어야 함을 배운다. 전쟁이 나자 싱클레어는 데미안과 함께 전쟁터에 나갔다가 중상을 입는다. 그러나 그는 병상에서 데미안으로부터 에바 부인의 키스를 전해 받고, 내면에서 인도자인 데미안과 닮은 자신의 모습을 본다.

라틴어 학교에 다니는 착실하고 순진한 싱클레어는 이 세상이 밝은 세계와 어두운 세계로 나누어져 있다고 생각한다. 밝은 세계는 의무와 책임, 양심의 가책과 참회, 용서와 훌륭한 결심, 사랑과 존경, 성경 말씀과 지혜가 넘치는 세계이다. 그 세계는 허용된 세계이며 선악과를 따먹기 이전의 에덴동산과 같은 곳이다. 어두운 세계는 도살장과 감옥, 술주정꾼과 악다구니 쓰는 여인네들, 새끼를 낳는 암소와 쓰러진 말들, 강도의 침입, 살인, 자살의 세계이다. 그는 하녀와 수공업 직공, 유령 이야기와 추문이 있는 어두운 세계는 자신과 무관하다고 생각하지만, 그가 보기에는 자신이 속한 밝은 세계보다는 그 유혹적인 세계가 더 흥미진진하다.

그런데 싱클레어는 술주정꾼의 아들인 크로머를 만나 공명심에서 사과를 훔친 적이 있다고 거짓말하고 맹세까지 했다가 그의 손아귀에 사로잡히고 만다. 크로머가 계속 돈을 요구하자 싱클레어는 급기야 저금통에서 돈을 훔쳐 가져다주게 된다. 이처럼 어두운 세계에 빠져든 싱클레어는 그 세계에 대해 아무것도 모르는 아버지보다 자신이 우월하다고 생각하기 시작한다. 그렇게 그는 아버지에 대한 존경심을 버리고, 그때까지 친근했던 대상들과 부모에게 이별을 고한다. 그런 한편 양심의 가책에 시달리는 싱클레어는 돌아온 탕아처럼 부모에게 자신의 죄를 고백하고 이전의 세계로 돌아갔으면 좋겠다고 생각한다. 하지만 이제 그에게 부모의 밝은 세계는 돌아갈 수 없는 잃어버린 낙원과도 같다.

싱클레어가 죽음에 이르는 뼈저린 고독을 맛보는 동안 데미안이 그의 앞에 나타난다. 데미안은 싱클레어에게 독심술을 시험하는데 그가 바로 니체가 말하는 '위버멘쉬'⁺의 유형이다. 그는 강자이며 정신력과 담력이 있다. 하지만 불안에 떠는 싱클레어를 크로머로부터 구해 주는 그는 크로머와는 다른 의미에서 악하고 나쁜 세계로 이끄는 또 하나의 유혹자이다. 데미안은 목사나 교사들과는 달리 카인을 '용기와 개성이 있는 인물'로 평하면서 독자적으로 해석한다. 카인이 악인으로 매도당하는 이유는 그의 얼굴에 다른 사람을 겁나게 하는 표지가 있기 때문이라고 한다. 데미안은 카인의 표지는 우월한 자의 표지이므로 그의 정신력과 대담성, 힘을 본받아야 한다고 가르친다. 하지만 싱클레어는 이마에 표지를 지닌 자신만의 삶을 찾아야 한다는 데미안의 가르침을 쉽게 받아들이지 못한다. 그는 오히려 자신을 카인이 아닌 아벨로 확인하고, 데미안은 구원자나 해방자가 아니라 자신을 악의 세계로 구속하려는 유혹자가 아닌지 의심하면서 수년간 내적인 갈등에 시달리며 지낸다.

그로부터 3-4년이 지난 후 싱클레어는 견진성사를 받기 위한

⁺ Übermensch. 니체의 『차라투스트라는 이렇게 말했다』에 등장하는 개념이다. 차라투스트라가 산에서 10년간 고독하게 명상하다가, 속세로 내려와 인간에게 전한 첫 번째 철학적 사유이다. 위버멘쉬는 인간 자신과 세계를 긍정할 수 있는 존재이며, 지상에 의미를 부여하고 완성시키는 주인 역할을 하는 존재. '자유정신' 그 자체이거나 자유정신의 소유자로서, 신에 가까운 강한 인간상을 의미한다.

종교 수업 시간에 다시 데미안을 만난다. 데미안은 이번에는 골고다 언덕에 예수와 함께 십자가에 매달린 두 명의 강도 이야기를 들려준다. 그는 일반적인 통념과는 달리, 끝까지 참회하지 않은 죄수를 자신의 길을 끝까지 간 신뢰할 수 있는 사람이라며 높이 평가한다. 회개하지 않은 그야말로 용기와 개성이 있는 사람이기에 프로메테우스와 카인의 후예라는 것이다. 데미안은 공인된 세계의 절반만을 인정하는 것은 자연스럽지 못하며 하느님뿐만 아니라 악마도 예배해야 한다고 가르친다. 그리하여 밝은 세계와 어두운 세계의 문제는 개인의 차원을 벗어나 전 인류의 문제로 확대된다.

견진성사를 받은 후 싱클레어와 데미안은 각자 다른 도시로 떠나 서로 헤어지게 된다. 16살이 된 싱클레어는 성 xx 시에서 기숙사학교에 다니며 다시 어두운 세계에 빠진다. 방탕하고 무절제하게 생활하던 그는 마침내 퇴학 처분을 받을 위험에 처한다. 그때 싱클레어는 오르간 연주자 피스토리우스의 도움을 받는다. 피스토리우스는 자신의 가능성을 찾아내어 굳건히 자신의 길을 가는 것이 인간의 사명이라고 말한다. 이로써 갈등을 극복한 싱클레어는 자신의 이마에서 카인의 표지를 발견한다. 이제 그는 예전의 귀엽고 착실한 소년이 아니라 야위고 무뚝뚝한 고집스러운 청년이 된다. 그는 좋지 못한 친구들과 어울리며 술집의 영웅이자 독설가로 이름을 떨친다. 학교에서는 쫓겨나기 일보 직전이고 더욱이 빛마저 지고 있어 그러한 생활에서 벗어나려면 그는 자살하거나 감화원에 수용되는 도리밖에 없다.

어느 날 싱클레어는 공원에서 베아트리체라는 소녀를 보고 남몰래 사랑에 빠져 숭배하기 시작한다. 그는 전격적으로 악의 세계에 등을 돌리고 성스러운 나라로 인도되어 경건한 사람으로 바뀐다. 싱클레어는 자아의 원형인 그녀의 모습을 그린 초상화를 바라보다가 그림 속의 인물이 데미안과 자신을 닮았음을 발견한다. 싱클레어는 새의 그림을 그려 데미안에게 보내고, 그 후 자신의 책갈피 속에서 이런 답장을 발견한다. '새는 알을 깨고 나오려고 싸운다. 알은 세계이다. 태어나려는 자는 하나의 세계를 파괴해야 한다. 새는 신에게 날아간다. 그 신의 이름은 아브락사스이다.' 한층 성숙된 싱클레어는 어느 날 구름 속에서 거대한 새의 형상을 보고 아브락사스를 현실에서 다시 체험한다. 그리고 싱클레어는 수업 시간에 신적인 것과 악마적인 것을 결합시키는 상징적인 신인 아브락사스에 관해 듣는다. 1916년 3월에 사망한 헤세 아버지의 묘비에는 시편 124절에 나오는 '끈이 끊어지므로 새는 벗어났도다'라는 구절이 쓰여 있는데, 그 또한 아브락사스 신에게 날아가고자 하는 새의 의미와 상통한다.

종교와 신화에 대한 해박한 지식을 갖춘 피스토리우스가 싱클레어에게 아브락사스에 관해 설명해 주면서 둘은 친구가 된다. 피스토리우스는 인식의 불꽃이 처음으로 희미하게 비칠 때 비로소 인간이 된다고 말한다. 그는 각자의 내부에는 인간이 될 가능성이 깃들어 있으나, 각자가 그 가능성을 예감하고 의식하는 법을 배움으로써 그 가능성이 자신의 것이 된다고 설명한다. 결국 싱클레어는 데미안과 피스토리우스를 통해 이원론적 기독교 세계관을 극복한다. 용기와 신념을 얻은 싱클레어는 자살 직전의 동료 학생 크나우어를 구해 주고 그의 숭배를 받기도 한다. 이제 싱클레어는 점차 자신감을 지닌 청년이 되어 어떤 질문에 대해서도 자신의 내면으로부터 대답을 들을 수 있을 만큼 성장한다.

그런데 싱클레어는 점차 피스토리우스의 지식이 케케묵었고 실천력이 없다는 사실을 깨닫는다. 그에게는 불확실한 미지의 운명을 향해 덤벼들 용기가 부족한 것이다. 그래서 싱클레어는 대화중에 무심코 피스토리우스를 비난하는 말을 내뱉음으로써 그와 결별한다. 이처럼 피스토리우스라는 존재는 싱클레어가 자기실현을 위한 수단이자 잠정적인 길잡이이지 최종 목적지는 아니었던 것이다. 이제 목적지에 가까이 다가선 싱클레어는 자살을 하려던 크나우어가 도움을 청했을 때 "너 자신을 생각해 봐야 하고, 정말로 너의 본질에서 나오는 일을 해야 한다"고 충고하면서 나름 교사로서의 길을 간다. 싱클레어는 피스토리우스와 헤어져 현관문을 나오면서 처음으로 자신의 이마에 카인의 표지를 느끼고, 자신의 운명을 발견하여 불굴의 정신으로 사는 것이 자신의 임무임을 인식한다.

자신의 길을 가는 싱클레어의 길은 태초의 어머니인 에바 부인을 향해 가는 길이다. 에바 부인은 데미안의 육체적 어머니인 동시에, 싱클레어의 정신적 어머니가 된다. 에바 부인은 고통을 깨닫는 상태에서 더 높은 곳으로, 모든 대립이 지양된 행복한 상태로 싱클레어를 이끌어 간다. 방학이 되자 싱클레어는 데미안이 살던 집을 찾아갔다가 우연히 데미안의 어머니 사진을 보게 되는데, 사진 속의 부인은 싱클레어가 꿈속에서 그리워하던 여성이었다. 이제 싱클레어의 얼굴에는 카인의 표지가 더욱 뚜렷해진다. 데미안은 싱클레어를 에바 부인에게 데려간다. 실제로 모습을 드러낸 에바 부인은 싱클레어가 그리던 연인의 모습과도 비슷하고, 데미안을 닮기도 했고, 싱클레어 자신과 비슷하기도 하다. 에바 부인은 싱클레어를 만나는 순간 미소를 보내는데, 그녀의 눈길은 완성을, 그녀의 인사는 귀향을 뜻한다. 싱클레어는 항상 도중에 있었지만 이제 고향에 돌아온 느낌을 갖는다. 모든 존재의 근원이자 어머니인 에바 부인과의 만남은 싱클레어에게 최초의 성취감을 안겨 준다.

대학을 다니던 어느 날 싱클레어는 데미안으로부터 전쟁이 일어났다는 말을 듣고 데미안과 함께 전선으로 나간다. 이듬해 봄 싱클레어는 심한 부상을 입고 야전병원으로 후송되는데, 잠깐 의식이 돌아온 그는 옆 침대에 누워 있는 데미안을 발견한다. 데미안은 이제부터는 자기를 불러도 예전처럼 달려갈 수 없을 테니, 그럴 때는 자신의 목소리에 귀를 기울이라고 한다. 그러면 싱클레어의 내면에 들어 있는 데미안을 깨닫게 될 거라고 한다. 다음 날 아침 깨어나 보니 데미안은 이미 사라지고 없었다. 싱클레어는 이제 자신의 길을 갈 준비가 되어 있으므로 길잡이 역할을 하는 데미안이 필요하지 않게 된 것이다. 이제부터는 싱클레어가 비춰 보는 내면의 거울에는 데미안의 얼굴이 아닌 자신의 모습이 비춰 보인다. 그리하여 싱클레어는 밝은 세계와 어두운 세계를 모두 이해하고 자신의 길을 가는 청년으로서 세상에 발을 내딛을 수 있게 된다.

『데미안』에서는 싱클레어의 꿈이 중요한 역할을 한다. 헤세는 1913년과 1914년에 문헌을 통해 심리분석에 대해 알게 되고, 1916년 5월부터 1917년 11월까지 융의 제자인 랑 박사로부터 60여 차례 심리분석 치료를 받는다. 1921년 헤세는 영지주의자에게 많은 흥미를 느낀 융한테서도 심리분석 치료를 받는다. 융의 심리학에서는 인간이 의식 세계와 무의식 세계로 이루어져 있고, 우리가 무의식 세계를 받아들여 의식 세계와 통합된 개체가 되어야만 온전한 삶을 살 수 있다고 전한다. 데미안이 들려주는 카인의 이야기는 영지주의 파의 견해를 담고 있다. 융의 심리학을 통해 헤세는 인습적인 종교관으로부터 벗어나게 되었다. 『데미안』에 나오는 중요한 꿈✦을 소개하면 이렇다.

싱클레어의 첫 번째 꿈은 처음에 식구들과 함께 보트를 타는 이야기이다. 당시 어두운 세계에 처음 발을 들여놓은 싱클레어는 양심의 가책으로 괴로워하는데, 이 꿈은 근심 없는 어린 시절로

✦ 꿈에 대한 해석은 박광자 저, 『헤르만 헤세의 소설』(충남대학교 출판부) 67-72쪽을 참조했다.

되돌아가고 싶은 소망을 나타낸다. 또 싱클레어는 아버지를 살해하는 꿈을 꾼다. 그것은 부모의 세계를 떠난 싱클레어가 밝은 세계만을 인정하는 단계에서 벗어났음을 뜻한다. 이로써 싱클레어는 꿈속에서 아버지를 살해한 후 다음 단계를 향한 자신의 길을 간다. 그다음에 크로머와 데미안에게 학대받는 꿈을 여러 번 꾸기도 한다. 그것은 자기 내면의 소리이다. 새매의 그림을 불태워 그것을 먹는 싱클레어의 꿈은 그가 혼란스러운 상태로부터 보다 고양된 상태로 상승하고자 함을 의미한다. 새의 그림을 태워서 먹었다는 것은 이제 아브락사스가 싱클레어의 내부에서 그와 하나가 되었음을 뜻한다.

어머니를 포옹하는 꿈은 사춘기 소년의 성적 욕구와 관련이 있다. 이 사랑의 꿈을 통해 싱클레어는 사랑이 최고의 선이자 악임을 깨닫는다. 이와 관련해 데미안은 싱클레어에게 성적 충동은 무조건 금지된 것이 아니고, 윤리적인 제약 역시 항구적인 것이 아니라고 말한다. 싱클레어는 또한 하늘을 날아다니는 꿈을 꾸는데, 너무 높이 비상한 그는 호흡을 조절하여 마음대로 상승하고 하강할 수 있음을 알고 마음의 안정을 되찾는다. 여기서 하늘을 나는 사람은 내면의 주인이 되어 자신의 길을 가는 사람을 뜻한다. 싱클레어가 어머니를 포옹하는 꿈은 데미안에 대한 싱클레어의 사랑과 에바 부인과의 결합을 상징한다. 싱클레어의 성적 욕구는 데미안과의 관계를 원하는 동시에, 에바 부인과의 관계를 원하는 이중적인 성적 구조를 지니고 있다.

그다음에 에바 부인에 대한 욕구 실현을 원하는 꿈은 별을 사랑한 어느 청년에 관해 그녀가 들려준 동화와 관련이 있다. 그리움이 별까지 다다른 그 청년은 별을 향해 날아가면서 별을 가슴에 안는다는 게 불가능하지 않을까 의심하는 순간, 바닷가에 떨어져 산산조각이 나고 만다. 에바 부인은 어떤 사실이 실현될 것이라고 확실히 믿는 정신력이 없어서 그렇게 되었다고 알려 준다. 부인이 들려준 다른 동화에서 한 남자는 열렬한 사랑으로 자신의 모든 것을 불태운 뒤 사랑하는 여자를 온 힘으로 끌어당겨 결국 그녀를 품에 안게 되었다. 바로 그 순간 그는 한 여자가 아닌 온 세계를 마음속에 소유하게 되었고, 사랑을 통해 스스로를 새롭게 발견하게 되었다는 것이다. 이 젊은이는 자신을 잃어버리기 위해 사랑을 하는 대부분의 사람들과는 달리 사랑을 함으로써 자기 자신을 찾은 것이다. 그 꿈을 통해 싱클레어는 모색과 방황을 끝내고 진정한 고향에 돌아왔음을 확신한다.

싱클레어는 마지막으로 온 세상이 불타는 꿈을 꾼다. 데미안이 꿈속에서 사다리를 타고 높은 곳으로 올라가 보니 나라 전체가 화염에 휩싸여 있었다. 그 꿈은 임박한 세계대전을 암시하고 있다. 싱클레어는 전쟁터에 나가 살상과 파괴의 현장을 직접 체험한다. 그는 이러한 파괴가 다시 태어나기 위한 재생의 과정임을 이해하게 된다. 그것은 알이 깨져야 새가 알을 깨고 나올 수 있는 것과 같은 이치이다. 그리고 야전병원에서 데미안이 싱클레어에게 에바 부인과 자신의 키스를 전달하는 부분은, 싱클레어가

자기실현을 이루었음을 상징한다.

『데미안』은 머리말에서 보듯이 자기실현의 문제를 주제로 내세우고 있다. '한 사람 한 사람의 삶은 자기 자신을 향해 가는 길이다. 그 길을 가려는 시도인 동시에 끊임없이 이어지는 그 좁은 길 자체를 암시하는 것이다. 일찍이 완전히 자기 자신이 되어 본 이는 아무도 없었다. 그럼에도 누구나 자기 자신이 되려고 노력한다.' 그런데 싱클레어는 자신의 내면에서 저절로 우러나오는 삶을 희구하기 때문에, 그가 추구하는 자기실현의 길은 내면적인 성격을 띠고 있다. 『데미안』은 그러한 자기실현을 주제로 하므로 전형적인 발전소설 내지는 교양소설의 형태를 띠게 된다. 작품을 세 단계로 나눌 수 있다는 점에서도 그런 특징을 보인다.

주인공이 주위 세계와 갈등을 겪는다는 것도 교양소설의 또 다른 특징이다. 원칙적으로 발전소설의 주인공은 그를 돕는 경험을 쌓아 더 성숙해져서 하나의 독자적인 인간이 되어야 한다. 그 결과 주인공은 세계에서 하나의 자리를 차지하여 세상과 화해한다. 그러므로 그는 전에 자신이 경멸했던 것이나 문제로 보았던 것의 일부가 된다. 교양소설의 마지막 특징은 텍스트에서 이전의 발전 단계를 되돌아보고 참조하도록 지시하는 것이다. 그것은 텍스트에 형식적 구조를 부여하고 독자에게 여러 단계를 인식하여 성찰할 수 있도록 이끈다. 싱클레어는 데미안의 도움으로 어두운 세계에서 벗어났다가 억압된 그 세계가 다시 그에게 찾아온 것을 느낀다. '중요한 것은 "어두운 세계", 그 "다른 세계"가 다시 나타났다는 것이다. 한때 프란츠 크로머였던 것이 이제는 나 자신의 일부가 되었다. 그리하여 나는 이제 바깥에서까지도 또다시 "다른 세계"의 지배를 받게 되었다.'

싱클레어의 발전에 큰 기여를 하는 것은 니체와 관련된 독서이다. '내 책상 위에는 니체의 책이 몇 권 놓여 있었다. 나는 니체와 함께 살았고, 그의 영혼의 고독을 느꼈으며, 끊임없이 그를 몰아댄 운명을 감지했다.' 이로써 싱클레어는 니체처럼 가차 없이 자신의 길을 걷는다. 헤세의 일차적 목표는 싱클레어의 내적 발전을 될 수 있는 한 정확히 묘사하는 것이다. 그리하여 줄거리가 아닌 내적 감정이 중요하게 부각된다. 예컨대 크로머는 단순히 악동이라기보다는 싱클레어의 내면에 살아 움직이는 억압된 요소의 투영이며 악마의 화신이다. 다른 한편으로 데미안은 싱클레어의 구원자이고 모든 것을 알고 있는 성숙한 유형이다. 데미안은 실제적인 인물을 나타내긴 하지만 실은 그 역시 싱클레어의 일부분이라 할 수 있다. '그것은 데미안의 눈빛이었다. 혹은 내 내면에 있는 눈빛, 모든 것을 다 알고 있는 그 눈빛이었다.'

데미안은 이미 처음부터 의식을 무의식과 합일시킨 완전한 개인으로 등장한다. 그는 싱클레어의 위대한 모범이고, 싱클레어가 속수무책인 상태에 있을 때 마치 부름을 받은 것처럼 때맞춰 나타난다. 그는 산속에서 내려온 니체의 차라투스트라와 다름없다. 그 뒤에는 피스토리우스가 이런 길잡이 역할을 맡는다. 그리하여 순진하고 무분별한 싱클레어는 일련의 성찰과 개성화 과정을 겪음으로써 결국 데미안으로부터 벗어나거나 그와 합일할 수 있게 되어, 스스로를 자신의 인도자로 보는 단계에 이른다. 책의 끝부분에도 데미안과의 이런 합일이 나타난다. 데미안은 마지막에 가서 '그Er'라고 대문자로 표기됨으로써 신처럼 드높여져 있다.

헤세의 젊은 시절의 모습은 여러 면에서 싱클레어와 비슷하다. 둘 다 엄격한 아버지와 자애로운 어머니, 누이들이 있다. 헤르만 헤세는 싱클레어와 마찬가지로 감수성이 예민하고 제어하기 어려운 성격이어서 부모는 여섯 살 난 그를 감화원에 보내려고 했을 정도였다. 김나지움 시절도 둘 사이에 유사한 점이 있다. 헤세도 싱클레어처럼 그 시절 술집을 드나들며 술을 마시기 시작했다. 헤세는 특히 심한 우울증에 시달렸으며 자살하겠다고 부모를 위협하기도 했다. 피스토리우스와의 대화도 융의 제자인 랑 박사와의 정신분석 치료와 연관시킬 수 있다. 싱클레어처럼 헤세역시 내쫓긴 상태에 있거나 홀로 있다는 고독을 경험했다.

이 작품에서 중요한 시도 동기는 대립 내지는 반대명제이다. 이것은 두 세계를 도입할 때 이미 시작된다. 그리하여 대립을 나타내기 위해 종종 유사한 의미를 지닌 단어들이 나란히 연결된다. 이것은 그 반대명제에 대한 독자의 인상을 강화한다. 문장에 그려진 새의 그림도 주요한 동기로서 기능한다. 그것은 처음에 데미안에 의해 언급되고, 부모 집의 돌에 새겨진 그림에서 발견된다. 그 그림은 줄거리가 진행되는 도중 싱클레어를 위한 새의 꿈이 되고, 주요한 동기이자 상징으로서 보호와 인식을 대변한다.

마침내 그 새의 꿈에서, 알을 깨고 나와 싱클레어의 발전을 상징하는 문장의 새가 나타난다. 즉 싱클레어는 자신의 운명을 따르기 위해 자신의 주변에서 자기를 보호하는 껍질을 깨야 한다.

작품에서 여러 번 등장하는 카인의 표지는 성숙에 이르는 길을 상징한다. 그 길을 걸으려면 죄를 짓고 그릇된 일을 행해야만 한다. 카인과 아벨의 이야기와 관련하여 데미안은 독특한 관점을 제시한다. "그렇게 하라고 우리에게 표지가 찍혀 있는 거야. 두려움과 증오를 불러일으키고, 그 당시의 인류를 좁고 목가적인 세계에서 위험하고 더 넓은 세계로 몰아갈 수 있도록 카인에게 표지가 찍혔던 것처럼 말이야." 마지막에 가서 그 모티프는 실제 사건에서 다시 발견된다. 그 표지를 달고 있고 아브락사스를 숭배하는 깨달음을 얻은 사람은 세상을 뒤흔들어 쇄신하려는 이념과 비전을 갖고 있다. 그리고 그러한 것들은 제1차 세계대전을 통해 현실이 된다.

1877	7월 2일 독일 남부 뷔르템베르크 주의 소도시 칼프에서 선교사로 훗날 칼프 출판협회장이 된 요하네스 헤세와 그의 부인 마리 군데르트 사이에서 장남으로 태어남. 외할아버지 헤르만 군데르트는 인도학 학자로 유명한 선교사. 인도에서 선교사로 활동하던 아버지는 건강상의 문제로 귀국하여 고향에서 헤르만 군데르트 목사의 기독교 서적 출판 사업을 돕다가 그의 딸과 결혼함. 마리 군데르트의 첫 남편인 찰스 아이젠버그는 영국 출신의 선교사였는데 그가 세상을 떠나자 32세의 나이에 요하네스 헤세와 재혼해 헤르만 외에 아델레, 파울, 게르드루트, 마리, 한스를 낳음.
1881–86	부모와 함께 스위스 바젤로 이주. 아버지는 바젤 선교난에서 교사로 활동하며 1883년에 스위스 국적을 취득.

1886-89   가족이 다시 고향 칼프로 돌아와, 헤세는 그곳에서 실업학교
           에 입학.

1890-91   괴핑겐의 라틴어 학교에 입학하여, 신학교에 입학할 수 있는
           뷔르템베르크 주 시험 준비. 시험 자격 취득을 위해 부모는
           헤르만 혼자 스위스 시민권을 포기하고 뷔르템베르크 주 정
           부의 시민권을 취득하게 함.

1891   6월에 뷔르템베르크 주 시험에 합격. 그해 9월에 케플러, 횔
           덜린을 배출한 유명한 마울브론 신학교에 입학해 6개월간
           다님.

1892   3월 7일에 마울브론 신학교를 도망쳐 나옴. '시인이 되거나
           아니면 아무것도 되고 싶지 않았기에' 자유로운 생활을 하려
           고 함. 바트 볼에 있는 블룸하르트 목사의 병원에서 치료. 6
           월에 짝사랑으로 인한 자살 기도. 슈테텐의 정신병원에서 약
           3개월간 입원 요양.

1892-93   슈투트가르트 근교에 있는 바트 칸슈타트 김나지움(인문중
           고등학교)에 1년간 다님. 중등학교 자격시험을 치른 후 학업
           중단. 에슬링겐에서 서점 견습사원으로 근무하지만 3일 후
           에 그만둠. 그 후 아버지의 조수로 일함.

1894–95	고향 칼프의 페로트 탑시계 공장에서 15개월간 견습공 생활.
1895–98	튀빙겐의 헤켄하우어 서점에서 판매원 및 서적 분류 조수로 일함.
1898	소설을 쓰기 시작함. 습작소설『고슴도치*Schweingel*』를 썼으나 원고를 분실함. 처녀 시집『낭만적인 노래*Romantishe Lieder*』발표.
1899	9월에 스위스 바젤로 이주하여 1901년까지 라이히 서점에서 서적 분류 조수로 근무. 산문집『한밤중 뒤의 한 시간*Eine Stunde hinter Mitternacht*』출간.
1900	〈스위스 일반신문〉에 여러 가지 기사와 서평을 쓰기 시작함.
1901	3월부터 5월까지 첫 번째 이탈리아 여행. 피렌체, 제노바, 라베나, 피사, 베네치아 등지를 돌아봄. 8월부터 1903년 봄까지 바젤의 바텐빌 고서집에서 판매원으로 근무. 가을에『헤르만 라우셔의 유작과 시*Hinterlassene Schriften und Gedichte von Hermann Lauscher*』를 바젤의 라이히 서점에서 간행.

1902	베를린의 그로테 출판사에서 시집『시들*Gedichte*』출간. 이 시집은 출간 직전 사망한 그의 어머니에게 헌정됨.
1903	서적 관계 일로 두 번째 이탈리아 여행을 하여 피렌체와 베네치아를 둘러봄. 서점 점원 생활을 청산하고 집필에만 전념함. 그 후 베를린 피셔 출판사로부터 작품 집필을 의뢰받고 소설『페터 카멘친트*Peter Camenzind*』를 탈고함.
1904	『페터 카멘친트』를 피셔 서점에서 출간하여 신진 작가의 지위를 확보함. 이 작품으로 빈 농민상을 수상. 8월에 아홉 살 연상인 마리아 베르누이와 결혼하여, 9월에 보덴 호수 근교의 작은 마을 가이엔호펜으로 이주. 자유작가로 생활하며 여러 신문과 잡지에 기고. 소설『보카치오*Boccaccio*』와『아시시의 프란체스코*Franz von Assisi*』출간.
1904–12	자유작가 생활을 하며 〈짐플리치시무스Simplicissimus〉, 〈라인렌더Rheinländer〉, 〈노이에 룬트샤우Neue Rundschau〉지의 동인으로 활동.
1905	12월에 첫 아들 브루노 출생. 오스트리아의 문학상 바우어른펠트 상 수상.

1906	소설 『수레바퀴 밑에*Unterm Rad*』를 피셔 출판사에서 출간. 빌헬름 2세의 권위에 노골적으로 도전하는 진보적인 주간지 〈3월*März*〉 창간에 참여하여 1912년까지 공동 편집자로 활동함.
1907	중단편집 『이 세상*Diesseits*』 출간. 가이엔호펜에 자신의 집을 짓고 이사함.
1908	중단편집 『이웃 사람들*Nachbarn*』 출간.
1909	3월에 차남 하이너 출생. 취리히, 독일, 오스트리아로 강연 여행.
1910	뮌헨의 랑겐 출판사에서 소설 『게르트루트*Gertrud*』 출간.
1911	7월에 셋째 아들 마르틴 출생. 시집 『여행 중에*Unterwegs*』 출간. 9월부터 12월까지 친구인 화가 한스 슈투르체네거와 함께 인도 및 동남아시아 여행. 가정생활의 파탄을 타개하기 위해 연말에 귀국함.
1912	단편집 『우회로*Umwege*』 출간. 가족들과 함께 스위스의 베른 교외에 있는 세상을 떠난 친구인 화가 알베르트 벨티의 집

으로 이사.

1913   인도 여행 경험을 바탕으로 피셔 출판사에서 『인도에서. 인
도 여행으로부터의 스케치*Aus Indien, Aufzeichnungen von einer
indischen Reise*』 출간.

1914   결혼 문제를 주제로 한 소설 『로스할데*Roshalde*』 출간. 스
위스 국적을 신청했으나 거부당함. 7월에 제1차 세계대전
이 일어나 자원 입대하려 했지만 시력 때문에 복무 부적
격 판정을 받음. 1915년부터 1919년까지 베른 주재 독일공
사관에 설치된 '독일 전쟁 포로 후생 사업소'에서 일하며
전쟁 포로와 억류자들을 위한 〈독일 억류자 신문Deutschen
Interniertenzeitung〉의 공동 발행인, 〈독일 전쟁 포로를 위한
책Bücherei für deutsche Kriegsgefangene〉, 〈독일 전쟁 포로를 위
한 일요일 전령Sonntagsbote für deutsche Kriegsgefangene〉의 발
행인을 맡음. 전쟁 중에 전쟁을 비판하는 글을 신문에 발표
하여 독일 국민의 반감을 샀으며, 또한 독일 저널리즘에서도
배척당함. 자신의 출판사를 만들어 1918년에서 1919년까지
스물두 권의 소책자를 펴냄.

1914–19   수많은 반전 내용의 정치 논평과 논문, 경고 호소문, 공개서
한 등을 독일, 스위스, 오스트리아 신문 잡지들에 발표.

1915	단편집 『길가에서*Am Weg*』와 소설 『크눌프. 크눌프 삶의 세 가지 이야기*Knulp. Drei Geschichten aus dem Leben Knulps*』 발표. 신작 시집 『고독한 자의 음악*Musik des Einsamen*』 출간.
1916	3월 부친 요하네스 헤세 사망. 부인 마리아의 정신분열증 시작과 막내아들 마르틴의 발병으로 인해 자신도 심한 신경쇠약에 시달리게 되어, 루체른 근처 존마트의 요양소에서 심리학자 C. G. 융의 제자인 랑 박사로부터 정신요법 치료를 수십 회 받음. 『청춘은 아름다워라*Schön ist die Jugend*』 출간.
1917	시대 비판적 출판을 금지하라는 경고를 받고 에밀 싱클레어라는 가명으로 신문과 잡지를 출간함.
1919	정치적 팸플릿 『차라투스트라의 귀환. 어느 독일인이 독일 젊은이들에게 보내는 한마디 말*Zarathustras Wiederkehr. Ein Wort an die deutsche Jugend von einem Deutschen*』을 익명으로 발표했다가 이듬해 베를린에서 실명 출간. 『데미안. 어떤 청춘의 이야기*Demian. Die Geschichte einer Jugend*』를 '에밀 싱클레어'라는 이름으로 발표하여 호평을 받았으며, 신인으로 오해되어 폰타네 상이 수여되었으나 이를 사상하고 9판부터 저자의 이름을 헤세로 밝힘. 이 외에 『작은 정원*Kleiner Garten*』, 『환상동화집*Märchen*』 출간. 4월에 베른을 떠나 가족과 떨어져 테신 주의

중심 도시 루가노 근교의 어느 농가와 조렌고의 어느 숙소에 머무르다가, 5월 11일 몬타뇰라로 이사해 카무치 별장에서 1931년까지 거주. 본격적으로 수채화를 그리기 시작.

1919–22   R. 볼테레크와 공동으로 월간지 〈생명의 절규Vivos voco〉를 발간.

1920   색채 소묘를 곁들인 열 편의 시가 수록된 시집 『화가의 시 Gedichte des Malers』와 『혼돈을 들여다봄Blick ins Chaos』이라는 제목의 도스토예프스키에 대한 에세이 출간. 수채화를 곁들인 여행 소설 『방랑Wanderung』, 세 편의 단편을 모은 『클링조어의 마지막 여름Klingsors letzter Sommer』 출간. 후고 발 부부와 가깝게 지냄.

1921   『시선집Ausgewahlte Gedichte』 출간. 창작의 위기. 취리히 근방의 퀴스나흐트에서 C. G. 융의 정신분석을 받음. 『테신에서 그린 수채화 열한 점Elf Aquarelle aus dem Tessin』 출간.

1922   '인도의 시문학'이라는 부제가 붙은 소설 『싯다르타Siddhartha』 출간.

1923   산문집 『싱클레어의 비망록Sinclairs Notizbuch』 간행. 9월 4년

전부터 별거 중이던 첫 번째 부인 베르누이와 이혼. 취리히 근방의 바덴에서 요양을 시작하여, 1952년까지 매년 늦가을이면 이곳에 와 요양함.

1924   스위스 여류 작가 리자 뱅거의 딸인 루트 뱅거와 결혼. 스위스 국적 재취득.

1925   소설 『요양객Kurgast』 발표. 루트 뱅거에게 바치는 사랑의 동화 『픽토르의 변신Piktors Verwandlungen』을 친필로 써서 발표. 뮌헨, 울름, 아우구스부르크, 뉘른베르크 등지로 낭독 여행. 이해부터 베를린 피셔 출판사에서 단행본으로 된 『헤세 전집』을 출간하기 시작함. 뮌헨에서 토마스 만을 방문.

1926   독일 프로이센 예술원 문학 분과 국제위원으로 선출됨. 감상과 기행문집 『그림책Bilderbuch』을 출간. 여류 예술사가 니논 돌빈과 사귐.

1927   산문집 『뉘른베르크 여행Nürnberger Reise』과 히피들의 성서가 된 소설 『황야의 늑대Steppenwolf』 출간. 후고 발 출판사에 의해 헤세의 50회 생일 기념으로 그의 자서전 『헤르만 헤세. 그의 생애와 작품Hermann Hesse. Sein Leben und sein Werk』 출간됨. 두 번째 부인 루트 뱅거의 요청으로 합의 이혼.

1928 산문집 『관찰*Betrachtungen*』과 시집 『위기. 한 편의 일기*Krise. Ein Stück Tagebuch*』 출간. 빈 실러 재단의 메이스트리크 상 수상.

1929 시집 『밤의 위안*Trost in der Nacht*』과 산문 『세계 문학 총서*Eine Bibliothek der Weltliteratur*』 출간.

1930 소설 『나르치스와 골드문트*Narziß und Goldmund*』 출간. 단편집 『이 세상』의 증보판 출간. 프로이센 예술원 탈퇴.

1931 프랑스 귀화인으로 체르노비츠의 아우슬랜더 가 출신 예술사가 이자 역사학자인 니논 돌빈과 결혼. 친구인 한스 보드머가 임대 해 준 몬타놀라의 카사 로사(일명 카사 헤세)로 이사해서 평생 그곳에서 거주. 『싯다르타』, 『어린이의 영혼』, 『클라인과 바그너』 그리고 『클링조어의 마지막 여름』을 한데 엮은 『내면으로의 길*Weg nach innen*』 출간. 소설 『유리알 유희*Glasperlenspiel*』 집필 시작.

1932 산문집 『동방 순례*Die Morgenlandfahrt*』 간행.

1933 단편집 『작은 세계*Kleine Welt*』 출간. 나치즘과 유대인 박해에 반 대.

1934 스위스 작가협회 회원이 됨. 시 선집 『생명의 나무에서*Vom Baum
des Lebens*』 출간. 문학 계간지 〈노이에 룬트샤우*Neue Rundschau*〉에
『유리알 유희』 발표 시작. 페터 주어캄프가 피셔 출판사와 함께
〈노이에 룬트샤우〉지 인수.

1935 중단편집 『우화집*Fabulierbuch*』 출간. 동생 한스 자살.

1936 스위스 최고 권위의 문학상인 고트프리트 켈러 문학상 수상. 전
원시집 『정원에서 보낸 시간*Stunden im Garten*』 출간.

1937 산문집 『기념첩*Gedenkblätter*』과 시집 『신시집*Neue Gedichte*』 그리고
『다리를 저는 소년*Der lahme Knabe*』 간행.

1939–45 제2차 세계대전 발발. 나치스의 탄압으로 헤세의 작품들은 몰수
되고 출판이 금지되어 『수레바퀴 밑에』, 『황야의 늑대』, 『관찰』,
『나르치스와 골드문트』가 더 이상 인쇄되지 못함. 히틀러 집권 기
간인 1933-1945년 사이 독일에는 총 20권의 헤세 저서가 나와
있었는데, 그 기간 동안 총 481권의 문고본밖에 팔리지 않았음.
주어캄프와이 합의하에 난행본으로 된 『헤세 전집』을 취리히에
있는 프레츠 & 바스무트 출판사에서 계속 간행키로 함.

1942 최초의 시 전집 『시집*Gedichte*』이 스위스 취리히에서 출간됨.

1943	장편소설『유리알 유희』를 발표.

1944   비밀경찰이 헤세 작품의 독일 출판업자 페터 주어캄프를 체포.

1945   시 선집『꽃 핀 가지*Der Blütenzweig*』와 미완성 소설『베르톨트
       Berthold』그리고 새로운 단편과 동화를 모은『꿈길*Traumfährte*』출
       간. 제2차 세계대전이 끝난 후 규칙적으로 실스 마리아에서 여름
       을 보냄.

1946   정치적 평론집『전쟁과 평화. 1914년 이후의 전쟁과 정치에 대
       한 수상집*Krieg und Frieden. Betrachtungen zu Krieg und Politik seit dem Jahr
       1914*』출간. 헤세의 작품이 다시 독일의 주어캄프 출판사에서 간
       행됨. 프랑크푸르트 시의 괴테 상 수상. 노벨 문학상 수상.

1947   베른 대학의 철학부에서 명예 문학박사 학위를 받음. 고향 칼프
       시의 명예시민이 됨.

1950   브라운슈바이크 시의 빌헬름 라베 상 수상.

1951   『후기 산문*Späte Prosa*』과『서간집*Briefe*』출간.

1952	독일과 스위스에서 헤세의 탄생 75주년 기념행사가 열림. 주어캄프 출판사에서 『헤세 문학 전집*Gesammelte Dichtungen*』 전 6권 출간.

1952 독일과 스위스에서 헤세의 탄생 75주년 기념행사가 열림. 주어캄
프 출판사에서 『헤세 문학 전집*Gesammelte Dichtungen*』 전 6권 출간.

1954 산문집 『픽토르의 변신*Piktors Verwandlungen*』, 롤랑과 주고받은 편
지를 모은 『헤르만 헤세와 로맹 롤랑의 서한집*Briefwechsel. Hermann
Hesse - Romain Rolland*』 간행.

1955 독일 출판협회의 평화상 수상. 니논에게 헌정된 후기 산문집 『주
문*Beschwörungen*』 출간.

1956 바텐 뷔르템베르크 지방의 독일 예술 후원회가 헤르만 헤세 문학
상을 위한 재단 설립.

1957 탄생 80회 기념사업으로 이미 간행된 『헤세 전집』을 증보하여
『헤세 전집*Gesammelte Schriften*』 전7권 출간. 마르틴 부버가 슈트트
가르트에서 '헤르만 헤세의 정신에 대한 봉사'라는 제목으로 축
사를 함.

1961 시 선집 『단계*Stufen*』 출간.

1962 몬타놀라의 명예시민이 됨. 바이블러가 쓴 헤세 전기 『헤르
만 헤세. 한 편의 전기*Hermann Hesse. Eine Bibliographie*』 간행. 8월

9일 85세를 일기로 몬타뇰라에서 뇌출혈로 세상을 떠남. 이틀 후 성 아본디오 묘지에 안장됨.

1963 『후기 시집Die späten Gedichte』 인젤 출판사에서 출간.

1964 바이마르의 실러 박물관에 '헤르만 헤세 문헌 기록 보관소'가 설치됨.

1965 니논 헤세가 『유작 산문집Prosa aus dem Nachlaß』 출간.

1966 니논 헤세가 작가의 서간문과 여러 가지 생에 관한 기록을 바탕으로 1877년부터 1895년까지의 생애를 내용으로 하는 『1900년 이전의 유년 시절과 청소년 시절Kindheit und Jugend vor Neunzehnhundert』을 펴냄. 9월 헤세의 부인 니논 돌빈 71세로 사망.

데미안

초판 1쇄 펴낸날 2013년 1월 31일
초판 5쇄 펴낸날 2024년 1월 26일

지은이 헤르만 헤세
옮긴이 홍성광
펴낸이 김영정

펴낸곳 (주) 현대문학
등록번호 제1-452호
주소 06532 서울시 서초구 신반포로 321(잠원동, 미래엔)
전화 02-2017-0280
팩스 02-516-5433
홈페이지 www.hdmh.co.kr

ISBN 978-89-7275-623-1 04850
세트 978-89-7275-622-4

* 책값은 뒤표지에 있습니다.